Frank I. Kockritz
Im Kreuzzuge meines eigenen Ich's

Frank I. Kockritz

Im Kreuzzuge meines eigenen Ich's

Autobiografie

Bibliografische Information der Deutschen Nationalbibliothek:
Die Deutsche Nationalbibliothek verzeichnet diese Publikation in der
Deutschen Nationalbibliografie; detaillierte bibliografische Daten sind im
Internet über
< http://dnb.d-nb.de > abrufbar.

© 2007 Frank I. Kockritz
Herstellung und Verlag: Books on Demand GmbH, Norderstedt
ISBN: 978-3-8334-8510-7

Die Geschichte, die hier von mir niedergeschrieben wurde, beruht auf einer wahren Begebenheit. Ich habe sie selbst erlebt. Es fiel mir nicht leicht, das noch einmal alles so durchzumachen. Viele Erinnerungen sind mittlerweile verblasst, aber der hauptsächliche Teil hat sich in meinem Gehirn so eingeprägt, als wäre es erst gestern geschehen. Die Leute, die in diesem Buch vorkommen, sind nicht erfunden. Ich habe mir nur erlaubt ihre Namen zu ändern.

Ich wollte die Geschichte nicht nur für meine drei Kinder aufschreiben, nein, vielmehr möchte ich jungen Leuten, die sich in der gleichen Situation befinden wie ich einmal, Mut zu machen. Wir waren alle noch sehr jung, doch hatten wir den gleichen Traum. Einen Traum von der Freiheit. Natürlich hat jeder seine eigenen Erlebnisse und Geschichten, aber am Ende sind sie sich doch sehr ähnlich. Die Zeiten ändern sich und mit ihnen die Menschen.

Ich habe im Dreck gelegen, wurde zum Alkoholiker, zum Kriminellen, Straßenjungen und zum Schluss auch noch zum Vagabunden. Ich zog durch fast ganz Europa. Immer auf der Suche nach dem großen Glück. Wurde verachtet und gemieden. Einige Male sogar verhaftet. Schlief unter Brücken und auf der Straße bei Minustemperaturen. Lernte richtigen Hunger kennen. War soweit unten, wie man nur sein konnte. Doch meinen Traum gab ich nie auf. Ein Leben in Frieden und in einer Familie. Geachtet werden von anderen Menschen. Ein Leben, wofür es sich zu leben lohnt. Es war mitunter sehr hart und zum Verzweifeln. Ich unternahm auch Selbstmordversuche. Die gingen zu meinem Glück immer schief. Ich wollte damit nur auf meine Situation aufmerksam machen.

Doch durch meinen festen Willen und auch den Glauben an mich schaffte ich es schließlich aus diesem Sumpf herauszukommen. Mit Hilfe meiner jetzigen Frau, die mir drei gesunde Jungen schenkte. Ich lebe nun auch nicht mehr in Deutschland, aber das ist auch unerheblich. Der Wille zur Veränderung ist entscheidend. Schaut nicht nach hinten. Was gewesen ist, ist vorbei. Der Morgen alleine zählt nur. Macht euch erst kleine Ziele, damit die großen bald in Erfüllung gehen.

Ich will damit nur versuchen zu erklären, dass auch ihr da draußen es schaffen könnt. Gebt nie euren Traum auf. Verlasst euch auf euer

Gewissen und Gefühl. Glaubt nicht euren falschen Freunden, die euch einreden wollen, ihr könntet ja eh nichts ändern.

Doch das könnt ihr, genau wie ich.

Es ist sicher nicht leicht, aber ihr könnt es schaffen.

Mit diesem Buch will ich versuchen, euch zum ersten Schritt zu verhelfen. Fangt an über eure Zukunft nachzudenken. Lest das Buch und ihr werdet begreifen und verstehen, was ich meine. Denkt immer daran, ich bin einer von euch!

Ich wünsche euch allen viel Freude beim Lesen und ich hoffe, ich konnte einen kleinen Beitrag dazu leisten, eure Zukunft so zu gestalten, wie ihr es für das Beste haltet. Jeder ist selbst seines Glückes Schmied!

Dieses Buch ist für alle geschrieben. Ich meine damit auch Menschen, die ein ganz normales Leben führen. Ich hoffe und wünsche mir, dass ihr danach begreift und vielleicht auch versteht, dass es auch eine andere Seite des Lebens mit Menschen, die weniger Glück hatten als ihr, gibt. Nicht immer waren sie selber Schuld an ihrer verzweifelten Lage. Danke!

Dieses Buch ist meiner Frau und meinen Kindern gewidmet. Damit sie später einmal erfahren, dass es ihr Vater nicht immer so leicht hatte, wie es der Anschein vortäuscht. Auch möchte ich mich bei allen Menschen auf diesem Wege bedanken, die mir geholfen haben. Ein besonderer Dank an die Stadt Termini-Imerese und ihren Einwohnern.

Teil I

Italien 2005

Es fing in einer kleinen Stadt in der ehemaligen DDR an. Eine Stadt wie so viele. Es gab ja schließlich viele von diesen, trostlos und verdammt einsam. Man arbeitete nicht, um zu leben, sondern man lebte, um zu arbeiten.

Fangen wir aber beim Anfang an und der ist nun ja wohl meine Geburt. 1968 kam ich zur Welt. Nach meiner Geburt wurde ich in ein Kinderheim abgegeben, denn meine Mutter ist kurz nach meiner Geburt gestorben und mein Vater durfte mich aus Gründen, die ich bis heute noch nicht verstanden habe, nicht alleine großziehen. Da ich noch einen kleinen Bruder hatte, hielt es der Staat wohl fürs Beste, uns in ein Heim zu geben. Man war wohl der Meinung, ein Mann konnte keine kleinen Kinder großziehen, geschweige denn sie auch noch richtig zu erziehen.

Ich wurde von meinen Bruder getrennt und hörte fast 35 Jahre nichts mehr von ihm.

Mit der Zeit vergaß ich sogar, dass ich einen Bruder hatte, oder besser gesagt, habe.

Mit drei Jahren wurde ich adoptiert. Ich kam in eine Familie, die eigentlich sehr nett war. Die Zeit verging und ich gewöhnte mich an sie. Bald nannte ich sie Vater und Mutter.

Mein neuer Vater war Betriebsleiter in einer BHG und meine Mutter Abteilungsleiterin bei einem Auslieferungsbetrieb für Lederwaren. Man kann sich natürlich vorstellen, dass sie sehr parteitreu waren. Dadurch gab es auch keinerlei Probleme mit den Adoptionspapieren. In der DDR war es gar nicht so leicht an die nötigen Unterlagen und Stempel zu kommen. Man brauchte schon eine Menge Einfluss und natürlich die Mitgliedschaft bei der SED.

Wir fuhren jedes Jahr in den Urlaub an die Ostsee, hatten eine Neubauwohnung und fuhren ein großes Auto. Dies waren alles Dinge, die man schon als Wohlstand bezeichnen konnte. Natürlich war das den meisten ein Dorn im Auge. Verständlicherweise. Die meisten Menschen in der ehemaligen DDR mussten von früh bis spät schuften, konnten sich dies alles nicht leisten und meine Eltern bekamen mehr oder weniger alles hinten hereingesteckt. Nun, ich begriff dies zu dieser Zeit noch nicht und profitierte selbstverständlich auch davon. Wie soll ich also weiter beschreiben? Meine Kindheit verlief eigentlich recht glücklich und mir fehlte es an nichts. Ich bekam alles, was ich nur haben wollte. Heute weiß ich auch warum.

Mit circa fünf Jahren merkte ich, dass irgendetwas nicht stimmte. Meine Eltern verhielten sich irgendwie merkwürdig und sie stritten sich immer öfter. Am Anfang versuchten sie es noch vor mir zu verbergen, aber später machten sie auch in meiner Anwesenheit keinen Hehl mehr daraus. Sie stritten sich jeden Tag und benutzten Worte, die ich noch nicht einmal bei meinen Spielkammeraden gehört hatte. Die Abende wurden ein Graus für mich. Ich bekam nur soviel mit, dass mein Vater eine andere Frau gefunden hatte und somit meine Mutter betrog. Das Problem an der ganzen Sache war, dass ich regelrecht mit hineingezogen wurde. Für ein Kind von fünf Jahren nichts Angenehmes. Jeder wollte mich auf seiner Seite haben. Dabei vergaßen sie aber völlig, dass ich doch noch ein Kind war. Das Beste kam aber noch, ich glaube, es war kurz vor Weihnachten, sie stritten sich mal wie immer. An diesem Abend sollte ich erfahren, dass sie gar nicht meine richtigen Eltern waren. Es ging um das Sorgerecht für mich, da eine Scheidung schon längst beschlossen war. Sie merkten wohl gar nicht, dass ich anwesend war, jedenfalls erfuhr ich, dass es nicht meine leibliche Eltern waren. Sie hatten mich also die ganzen Jahre belogen und betrogen. Als sie mich bemerkten, wussten sie wohl, was sie angerichtet hatten. Für mich jedenfalls brach in diesem Augenblick eine Welt zusammen. Es war einfach zu viel. Erst die ständige Streiterei und dann noch dies. Sie versuchten natürlich sofort zu beschwichtigen und noch zu retten, was noch zu retten ist, aber in mir war nur noch eine Leere. Fünf Jahre lang haben sie verschwiegen, dass ich nicht ihr eigenes Kind war. Ich weiß nicht, was andere Kinder in meiner Situation gemacht hätten. In diesem Augenblick war mir das sowieso völlig egal. Das Erste, woran ich dachte, war nur weg. Aber wohin? Langsam wurde mir auch klar, dass nicht nur meine Eltern, sondern auch der ganze Rest meiner Verwandtschaft davon wusste und mich belogen hat. Aber wie man immer so leicht sagt, das Leben muss weitergehen. Ob man will oder nicht.

Dies war, so glaube ich heute, mein Wendepunkt. Ich war nicht mehr der kleine liebe Junge, sondern wurde regelrecht rebellisch. Die Erwachsenen waren für mich alles nur Lügner. Also warum sollte ich anders sein? Von meinen Freunden distanzierte ich mich immer mehr, da ich in jedem einen Verräter vermutete. Meinen Eltern war das mehr oder weniger eh egal, da sie ihre eigenen Probleme hatten. Sie lebten in Scheidung und da war alles andere für sie nebensächlich. Ich nahm es ihnen ja nicht übel, dass sie mich adoptiert hatten. Im Gegenteil, aber unter welchen Umständen ich es erfahren musste, das war schon der Hammer. Auch war ich darüber enttäuscht, dass sie es mir über die ganzen langen Jahre verschwiegen hatten. Jeder hatte es gewusst. Ich bin heute noch der Meinung, dass es selbst meine Spielgefährten wussten. Nur mir sagte keiner ein Wort der Wahrheit.

Mit sechs Jahren wurde ich dann eingeschult. Ich weiß nicht mehr, ob ich mich darüber freute oder nicht. Ich war eh in einer Phase, wo mir alles egal war. Meine Eltern lebten zwar noch in einer Wohnung, ich musste mein Kinderzimmer für meinen Vater räumen, aber sie waren schon geschieden und es war nur noch eine Zeit bis mein Vater auszog. Ich weiß nicht warum, aber ich hing trotz alledem noch an ihm. Er war der Ruhige von allen. Meine Mutter dagegen war eine hysterische Frau.

Heute verstehe ich, warum er sie verlassen hat. Als er dann weg war, ließ sie ihren ganzen Frust bei mir ab. Das tat unserem sowieso schon angeschlagenen Verhältnis in keinster Weise gut. Wir stritten uns sehr viel, da sie immer noch versuchte mich gegen meinen Vater auszuspielen. Er war eben der Schlechte und sie die Gute. Im Nachhinein hätten sich beide schämen müssen. Erst holen sie sich ein Kind aus dem Kinderheim, um ihm eine gesicherte Zukunft zu geben und dann vernachlässigen sie es auf diese Weise. Aber lassen wir das im Augenblick.

Auf meine Schulzeit möchte ich nicht weiter groß eingehen. Nur soviel: Ich war mit Sicherheit nicht dumm, nur zu faul zum Lernen. Freunde hatte ich auch in der Schule keine. Ich muss dazu sagen, ich bemühte mich auch gar nicht darum. Ich war von Anfang an der Außenseiter. Ich hatte Schwierigkeiten mit Lehrern und dem Direktor, denn ich konnte mich einfach nicht unterordnen. Meine Erlebnisse in der Kindheit hatten mich geprägt und ich handelte dementsprechend. In der Schule wurde ich wegen meiner Zurückhaltung gemieden und hatte auch einige Repressalien zu überstehen. Es verging nicht ein Tag, wo ich nicht mit irgendwelchen Verletzungen nach Hause kam.

Mit der 8. Klasse gingen die Probleme erst richtig los. Es war die Zeit der Jugendweihe und der FDJ. Ich machte mir nicht viel aus den Blauhemden. Die Politik war mir völlig egal, sie schützte mich auch nicht vor den blauen Augen auf dem Schulhof. Die Lehrer sahen meist nicht hin oder wollten von nichts wissen.

Zu dieser Zeit lernte meine Mutter einen anderen Mann kennen. Ich kann dazu nur sagen, sie machte damit einen Volltreffer. Vom Regen in die Traufe. Er war Alkoholiker und schlug mich, wo und wann er nur konnte. Für ihn war ich ein Versager, aber nur, weil ich nicht nach seiner Pfeife tanzte. Er selbst war aber für mich der größte Idiot, den man sich nur vorstellen konnte. Nichts in der Birne, aber saufen, was das Zeug hielt. Wie er hieß möchte ich nicht erwähnen, da er es nicht wert ist. Nennen wir ihn einfach Flasche. Das passt am besten zu ihm. Dies ging solange mit meiner Mutter gut, bis er anfing auch sie zu schlagen. Da schmiss sie ihn kurzerhand aus der Wohnung. Nun lebte ich wieder alleine mit ihr und unser Verhältnis hatte sich aber leider nicht gebessert.

Es tat keiner den ersten Schritt und so blieb es beim Alten. Wir gingen uns so gut wie möglich aus dem Weg und wenn wir doch einmal zusammen waren, stritten wir uns nur. Von meinen Vater hörte ich so gut wie gar nichts. Er bezahlte seine Alimente und das war's dann auch schon. So leicht kann man es sich machen. Verantwortung zu übernehmen, fällt den meisten Menschen schwer. Auch ich musste es noch lernen, aber bis es soweit war, verging noch eine ganz lange und auch schwere Zeit.

Die Weichen meiner weiteren Entwicklung wurden schon beizeiten für mich gestellt. Meine Laufbahn war somit klar und vorprogrammiert. Kein Mensch wird als Verbrecher geboren. Die Gesellschaft und das Umfeld prägen und machen ihn zu einem. Meine Mutter und mein Vater waren daran nicht ganz unbeteiligt (aber dazu später).

In die Schule ging ich nur aus dem Grund, wenigstens für ein paar Stunden weg von zu Hause sein zu können. Mir war der Zoff mit den Lehrern lieber als der mit meiner Mutter, da auch sie angefangen hatte zu trinken. Zum Glück hielt es sich noch in Grenzen, aber es war doch sehr unangenehm für mich.

In der 9. Klasse spitzte sich nun die Lage für mich zu. Wie es nun mal so kommen musste, hatte ich nichts aus den Fehlern meiner Mutter gelernt und fing auch mit dem Trinken an. Am Anfang war es nur Zeitvertreib und natürlich der große Beweis, dass ich etwas Besonderes war. Ich war es bestimmt, aber auf meine Art. In unserer Disco, die einzige in der Stadt, kamen nicht nur Jugendliche aus geregelten Familienverhältnissen. Es waren auch ganz andere Typen vertreten. Kriminelle, Strafentlassene und was weiß ich noch für Leute. Da ich keine Freunde unter meinesgleichen hatte, fühlte ich mich zu dieser Gruppe hingezogen. Ich weiß nicht warum, aber sie hatten irgendetwas, das mich beeindruckte. Vielleicht lag es daran, dass sie Außenseiter waren, genau wie ich. Ich soff mit ihnen und fühlte mich von ihnen verstanden. Dies war natürlich ein gewaltiger Irrtum. Sie gingen nicht arbeiten, soffen den ganzen Tag und begannen natürlich auch Diebstähle, damit sie sich dies alles leisten konnten. Ich war damals noch nicht so weit, um den ganzen Umfang meiner Situation zu begreifen. Ich hatte mich auf etwas eingelassen, aus dem es kein Zurück mehr gab. Wie man so schön sagt, mein

Leben glitt mir aus den Händen. Zum Glück, dass es damals in der DDR noch keine Drogen gab. Ich hätte bestimmt auch dazu nicht nein gesagt. Also blieb es beim Alkohol. Selbstverständlich rauchte ich auch. Mit 15 Jahren war man ja schon ein richtiger Mann und da gehörte es einfach dazu.

Es wurde immer schlimmer. Mitunter kam ich auch morgens, wenn mir gerade danach war, betrunken oder sagen wir mal angetrunken zur Schule. Aber wen störte dies schon? Die meisten Lehrer tranken selber und sagten nichts, um nicht Gefahr zu laufen, entlarvt zu werden. So war eben das Schulleben in der DDR. Nichts sehen, nichts hören und vor allem nichts sagen. Es könnte nur einem selber schaden. Das einzige Unterrichtsfach, was mir Spaß machte, war Astronomie. Es lag bestimmt auch an meinem Lehrer Peter. Ich verpasste nie eine Stunde, was ich bei den anderen Fächern nicht sagen konnte. Mich faszinierten die Sterne, das Universum und alles, was damit zu tun hatte. In Mathe und Physik war ich eine Niete, doch in Astro kannte ich jede Formel und Berechnung. Es war einfach riesig. Eine ganz neue Erfahrung, die ich machte. Natürlich bemerkte auch Peter meine Begeisterung dafür. Ich lernte alles wie im Spiel. Nach dem Unterricht unternahmen wir Ausflüge zu Sternwarten. Eine Zeit, an die ich mich heute noch gerne erinnere. Leider waren es nur zwei Jahre. Von der 8. bis zur 10. Klasse. Diese zwei Jahre brachten mich aber dazu, die Abschlussprüfung zu bestehen und auch verhältnismäßig gut abzuschneiden. Ein kleiner, aber für mich großer Erfolg damals.

Mit meinem Privatleben kam ich trotz alledem nicht ins Reine. Vielleicht war ich noch nicht soweit, den Ernst der Situation zu begreifen. Ich glaube im Nachhinein, es war mir egal. Meine Lebensregel bestand daraus, denke nicht an morgen, was heute geschieht, ist entscheidend. Ich trank immer noch, jetzt schon immer öfter. Man sagte mir, wenn du so weiter machst, wirst du eines Tages ein richtiger Alkoholiker werden. War ich das denn nicht schon? Vielleicht war es die Angst vor der Zukunft. Vor meiner Zukunft. Ich hätte damals die richtigen Entscheidungen treffen müssen. Aber wie? Richtige Freunde hatte ich keine, was mitunter auch meine Schuld war. Von meiner Mutter Hilfe zu erwarten

… lassen wir das lieber. Ich hatte bis dahin fast nur schlechte Erfahrungen mit meinen Mitmenschen erlebt. Ich sah also nur das Schlechte im Menschen, also warum sollte ich dann anders sein?

Mein Motto: Ich glaube an die Menschheit, wenn auch nur ein Mensch an mich glaubt. Große Worten aber mir war eh alles scheißegal.

Die meisten denken nur an sich. Ist ja schließlich auch bequemer und man kommt leichter durchs Leben.

Jedenfalls wie durch ein Wunder bekam ich eine Lehrstelle. Mehr oder weniger vom Staat. Nicht arbeiten zu gehen war in der DDR ein Verbrechen und man musste dafür ins Gefängnis. Wie schon erwähnt, man lebte, um zu arbeiten und nicht um zu leben. Wer nicht arbeiten wollte, war ein Staatsfeind, der der DDR schaden wollte.

Ich fing also eine Lehre als Schlosser in einem Kraftwerk an. Eine Arbeit, die mir überhaupt nicht zusagte. Das einzig Gute daran war, dass ich nun endlich weg von zu Hause war. Untergebracht wurden wir in einem Lehrlingswohnheim. Dort verbrachte ich die ganze Woche. Freitags ging es wieder nach Hause. Meist blieb ich aber auch das Wochenende dort, weil ich keine Lust hatte, zu meiner Mutter zurückzumüssen. Es gab ja doch meist nur das ganze Wochenende Zoff.

Am ersten Tag fuhr ich mit dem Zug nach Cottbus. Ich glaube und bin mir auch sicher, meine Mutter war genauso froh, mich endlich aus dem Haus zu haben. Mit einen Koffer und etwas Geld erreichte ich die Stadt. Ich war voller Tatendrang, da ja schließlich alles noch neu für mich war. Vielleicht würde sich doch noch alles zum Guten wenden. Ab jetzt war ich auf mich selbst angewiesen. Das Internat war erst neu eröffnet worden und sah gar nicht so schlecht aus. Wir wurden in Gruppen eingeteilt und bekamen unsere Zimmer zugewiesen. Ich landete auf ein Zweimannzimmer, wo auch ein Junge aus meiner Gegend wohnte. Schließlich lernten wir unsere Erzieherin und die Heimleiterin kennen. Die Erzieherin war noch sehr jung und hübsch. Die Heimleiterin dagegen sah aus wie ein Drachen und war auch einer, wie sich später herausstellte. Eine dicke alte Frau, die außer Fett nichts im Schädel hatte. Sie war mir gleich vom ersten Augenblick an unsympathisch. Sie kannte wohl meine Schulakte und machte auch keinen Hehl daraus, dass ich mit ihr sicher noch Ärger bekommen würde. Sie sollte Recht behalten. Weiterhin war sie eine echte Kommunistin und der SED verschworen. Ich habe eigentlich nichts gegen Kommunisten (als Kind habe ich mit Vorliebe »Der Weg zum Smolny« von Lenin gelesen), aber diese Leute von der SED waren keine für mich. Sie drehten die Gesetze genauso, wie sie es für richtig hielten. Ich nannte die Gesetze mit ihren Paragraphen auch »Gummiparagraphen«. Richtige Kommunisten bereichern sich nicht auf Kosten anderer, so denke ich jedenfalls. Die Typen von der SED waren da wohl anderer Meinung.

Jedenfalls war die Heimleiterin eine von denen. Nennen wir sie Frau Schmidt. Ich konnte sie auf jeden Fall nicht ausstehen. Mein erster Auftritt bei ihr ging also voll in die Hose, was ja auch nicht anders zu erwarten war.

In den nächsten Tagen begann dann auch schon der Unterricht. Als Erstes hatten wir eine so genannte militärische Ausbildung. Was das mit der Lehre zu tun hatte, begreife ich bis heute noch nicht. Das war aber nun mal so üblich in der DDR. Ich musste im Gleichschritt laufen lernen, bekam eine KK-Ausbildung (KK heißt Kleinkalibergewehr) und auch Gewaltmärsche waren angesagt. Diese Tortur dauerte zwei Wochen, danach begann nun der eigentliche Schulunterricht. Früh aufstehen, Frühstücken und dann zur Schule, die gleich am Internat angegliedert war. Für das erste halbe Jahr war nur Theorie angesagt. Langweiliger ging es schon nicht mehr. Also musste man etwas dagegen unternehmen und Gleichgesinnte waren schnell gefunden. Mein Zimmerkamerad war einer davon. Er hieß Olaf. Des Weiteren waren da noch Reiner und Ulf. Wir gingen nach der Schule auf die Suche nach irgendwelchen Abenteuern. Was immer in einem Saufgelage endete. Natürlich war ich der Beste darin, da ich schon eine Menge Erfahrung diesbezüglich mitbringen konnte. Ich befand mich mal wieder voll in meinem Element und konnte es auch gut ausspielen. Natürlich brauchten wir auch Geld, um die Trinkgelage zu finanzieren. Also, was macht man in so einen Fall, wenn man keins hat? Man geht klauen. Von kleinen Laden- und Taschendiebstählen bis zum Raub. Mir war alles recht. Ich nutzte die

16

Unvorsichtigkeit von Zugreisenden aus und entwendete, was ich nur kriegen konnte. Mitunter wurde es einem auch sehr leicht gemacht.

Hauptsache war es, die Jungs nicht zu enttäuschen. Irgendwie musste ich doch beweisen, was für ein großartiger Kerl ich war. Ich war nun schon fast 16 und mein Leben war das reinste Chaos. Bei Mädchen kam ich überhaupt nicht an, was ja nur gut zu verstehen war. Immer unter Strom und Alkoholeinfluss. Ich kann nur immer wieder sagen, zum Glück gab es keine Drogen. Dies hätte die ganze Sache nur noch verschlimmert.

Eines Tages, nach einer Feier mit meinen so genannten Freunden, ging ich allein ins Wohnheim zurück. Ich war stinkend voll. Die anderen besuchten noch eine Disco, aber meine Wenigkeit war nicht mehr fähig, sie zu begleiten. Im Heim angekommen, überkam es mich einfach. Ich fing an zu randalieren, was das Zeug hielt. Mein ganzer angestauter Frust musste einfach raus. Ich trat diverse Türen ein und zerstörte alles, was mir in den Weg kam. Zum Glück stellte sich mir keiner entgegen. Die Erzieher waren alle schon zu Hause und es war nur eine Nachtwache anwesend. Ein alter Mann, der wohl den Ernst der Situation begriff und nichts gegen meinen Wutanfall unternahm. Er informierte noch nicht einmal die Polizei. Nachdem ich mich beruhigt hatte und nichts mehr zum Zerstören da war, ging ich einfach schlafen. Am nächsten Morgen wurde ich von der Polizei geweckt. Ich begriff zuerst nicht, was die von mir wollten. Es war so circa 6 Uhr in der Frühe und ich war noch halb betrunken. Sie lasen mir meine Rechte vor und führten mich in Handschellen ab. Gerade mal Zeit zum Anziehen ließen sie mir. Ich kannte dies nur aus Filmen und jetzt war ich sogar der unfreiwillige Hauptdarsteller. Natürlich erregte das Aufkreuzen der Polizei Aufsehen. Die Gänge waren voll mit meinen Mitschülern. Selbstverständlich war auch die Heimleiterin anwesend. Ich konnte auf ihrem Gesicht ein hämisches Grinsen erkennen, was ja nicht verwunderlich war. Sie hatte die Polizei informiert. Ich hätte ihr am liebsten ins Gesicht gespuckt, was aber in meiner Situation im Augenblick sicher nicht ratsam wäre. Man brachte mich mit einem Streifenwagen ins Polizeirevier. Dort wurde ich behandelt wie ein Stück Vieh. Man schlug mich immer und immer wieder und nahm mir mit Gewalt Blut ab, obwohl ich dies auch sicher freiwillig getan hätte. Dann wurde ich in eine Zelle gesteckt. Dort verbrachte ich bestimmt fünf Stunden. DDR-Zellen waren mit Sicherheit nichts Angenehmes. Nach den fünf Stunden ging es endlich zum Verhör. Wieder gab es Schläge, aber diesmal mit einen ausziehbaren Gummiknüppel. Am Ende von diesen befand sich eine kleine Stahlkugel.

Vom vorigen Abend wusste ich nicht mehr allzu viel. Machte auch nichts. War sowieso alles klar. Ich unterschrieb alles, um nur so schnell wie möglich da raus zu kommen. Tatsächlich ließ man mich am nächsten Morgen wieder frei. Ich war bis zu diesem Zeitpunkt nicht vorbestraft, aber um eine Anzeige wegen mutwilligem Zerstören von Volkseigentum kam ich nicht herum. Ab nun war ich richtig als Verbrecher abgestempelt und das war überhaupt nicht mehr lustig. Meine Saufkumpanen hielten zwar weiter zu mir, aber doch mit weitaus größerer Vorsicht. Nur wenn ich wieder einmal Geld in der Tasche hatte und sie einladen konnte, war alles fast wie früher. Freunde kann man sich eben auch kaufen. Ob nun ehrliche oder falsche, es kommt doch am Ende immer aufs Selbe hinaus.

Ich bekam ein Schnellverfahren und kam mit einer Geldstrafe davon. Danach war ich nun endlich vorbestraft. Im Übrigen war es ja doch nur eine Frage der Zeit, bis es soweit kommen musste. Nach meinem Lebenswandel, den ich führte, war es doch nicht weiter verwunderlich.

In der Lehre sackte ich immer weiter ab. Die Schule war mir nun völlig egal. Ich war ein Vorbestrafter und die Lehrer ließen es mich jeden Tag spüren. Man ließ mich einfach hängen. Mir sollte es nur Recht sein.

Ich erinnere mich noch genau, dass bei irgendeiner Prüfung FDJ-Blauhemd vorgeschrieben war. Aus irgendeinem Grund vergaß ich es. Ich machte mir auch keinerlei Gedanken darüber. Der Schuldirektor, Herr Müller, rezitierte mich in sein Büro und erklärte mir, ich dürfte nicht an der Prüfung teilnehmen, wenn ich nicht unverzüglich mein Blauhemd holen und es anziehen würde. Ich dachte bei mir, das kann doch wohl nicht wahr sein. Bei meinem Versuch mich mit den Argumenten zu rechtfertigen, dass ein zukünftiger Arbeiter doch nicht nach seiner Kleidung, sondern seinem Wissen und Fähigkeiten beurteilt werden müsste, geriet er in einen Wutanfall. Damit hatte ich in ein Wespennest

18

gestochen. Er hielt mir einen ellenlangen Vortrag über die SED-Politik und fragte mich am Schluss, wie meine persönliche Einstellung wäre. Ich wusste damals noch nicht, worauf er hinaus wollte. Bis dahin hatte ich mir über Politik noch keinerlei Gedanken gemacht. Also antwortete ich ihm, ich hätte keine, da Politik mir egal wäre. Er wurde ganz Rot im Gesicht und schmiss mich mit den Worten, »Die Prüfung kannst du vergessen«, aus dem Direktorenzimmer. Ich hörte noch, wie er sagte:»Es ist noch nicht zu Ende und wir hören noch voneinander.« Er sollte Recht behalten.

Wie ich später erfuhr, meldete er mich bei seinem Vorgesetzten. Er war ein Stasispitzel. Von dieser Sorte gab es leider sehr viele bei uns.

Tage darauf kamen zwei Herren ins Internat und ließen mich rufen. Ich begab mich also zur Heimleitung und wer war wohl dort anwesend, Herr Müller und natürlich Frau Schmidt. Die Herren stellten sich vom Ministerium des Inneren vor. Einfacher ausgedrückt – Staatssicherheitsbeamte. Ich dachte nur: ›Mein Gott, was wollen die denn von mir?‹ Sie stellten mir alle möglichen Fragen. Was ich über die BRD dachte, ob ich westdeutsche Programme sehen würde, wer meine Freunde wären und noch einiges mehr. Am Ende kam die entscheidende Frage, was ich über den Ausreiseantrag wüsste, ob ich mir schon einmal Gedanken darüber gemacht hätte und vor allem, was er für mich und meiner Mutter bedeutete. Meine Mutter hatte erst im letztem Jahr eine neue Arbeitsstelle bekommen und das ausgerechnet bei der NVA (Nationale Volksarmee).

Ab diesem Augenblick wusste ich, dass die Sache doch ernster war, als ich erst vermutete. Ich musste sehr vorsichtig und überlegt antworten, denn mit den Leuten von der Stasi ist nicht zu spaßen. Nach einiger Zeit ließ man mich wieder gehen. Die Sache mit der Staatssicherheit hatte mir in keinster Weise gefallen. Ich begann mir nun doch Gedanken zu machen. Was ging hier eigentlich vor? Ich begriff es nicht. Selbst in der Schule veränderte sich für mich einiges. Die Lehrer stellten immer wieder unsinnige Fragen. Worauf wollten sie eigentlich hinaus? Die Sache begann sich zu verschärfen.

Ich fühlte mich beobachtet und wusste aber nicht von wem. Ich war mit Sicherheit kein Staatsfeind. Ich machte mir eben nur nichts aus Politik. Mit knapp 16 war man wohl rebellisch, aber doch nicht auf diese Art. Es ging soweit, dass die »Polizei« bei mir zu Hause auftauchte und mein Kinderzimmer durchsuchte. Meine Mutter drehte fast durch. Im Nachhinein kann ich sie sogar verstehen. Es war bestimmt nicht sehr angenehm, die Polizei am heiligsten Tage im Haus zu haben. Die Nachbarn bekamen selbstverständlich alles mit. In einer kleinen Stadt spricht sich so etwas schnell herum.

Wie ich später erfahren musste, ging es ihr nicht um mich, sondern nur darum, ihre Arbeitsstelle nicht zu verlieren. War irgendwie verständlich. Was aber in mir in dieser Zeit vorging, interessierte niemanden, schon gar nicht meine Mutter.

Ich begriff nun langsam, dass ich Hilfe brauchte. Alleine schaffte ich es nicht. Das Schlimmste für einen Jugendlichen ist es, von seinen Gleichaltrigen gemieden zu werden. Dies tat in der Tat weh. Nur unter Alkoholeinfluss konnte ich die Welt noch ertragen.

Also, von wem konnte ich Hilfe erwarten? Von meiner Mutter mit Sicherheit nicht. Meinem Vater? Lassen wir das lieber. Meine Verwandtschaft hielt sich aus allem heraus. Richtige Freunde hatte ich keine. Ich stand so ziemlich alleine da. So banal es auch klingen mag, aber der einzige Freund war die Flasche Schnaps. Sie stellte keine Fragen und brachte mich in eine andere, bessere Welt. Leider nur immer für eine kurze Zeit.

Durch einen ungewöhnlichen Zufall lernte ich einen Pfarrer kennen. Ich weiß bis heute nicht mehr, wie es dazu kam. Ich war wie immer im Rausch. Vielleicht hatte auch jemand anderes Höheres seine Hand im Spiel. Er lud mich jedenfalls zu sich in seine Kanzlei ein. Ich hatte bis dahin nie etwas mit der Kirche zu tun gehabt. Von ihr wusste ich nur, man ging dort zum Beten hin. Das war aber auch schon alles. An Gott glaubte ich nicht. Ich glaubte ja noch nicht einmal an mich. In die Kirche gingen meiner Meinung nach nur alte Leute, die nichts weiter zu tun hatten und sich damit ein wenig die Zeit vertrieben. Außerdem war die Kirche nicht sonderlich beliebt in der DDR. Sie war für den Staat etwas zu staatsfeindlich. Aus welchem Grund sollte ich später erfahren.

Ich nahm also die Einladung des Pfarrers an. Wir verabredeten uns auf einen Nachmittag, am Samstag. Mir fiel nichts Besseres ein, so ging ich einfach hin. Zu meiner Überraschung war ich nicht der Einzige dort. Es waren ungefähr zehn Jungen und Mädchen anwesend. Es war auch keine richtige Kanzlei, mehr ein Clubraum. Als mich der Pfarrer wahrnahm, kam er sofort auf mich zu und begrüßte mich herzlichst. Als Erstes stellte er sich mit seinem Namen vor. Er meinte, ich bräuchte ihn nicht mit Pfarrer anzureden. Er hieß Ralf Reimann. Ralf reichte. Danach stellte er mich den anderen vor. Die meisten habe ich leider vergessen, aber an einen kann ich mich aber noch heute sehr gut erinnern. Er hieß Klaus. Wie es sich herausstellte, war es wirklich ein Club. Man nannte sich die junge Gemeinde. Dieser Club wurde von der evangelischen Kirche unterstützt. An den Wänden befanden sich keine Heiligenbilder oder gar irgendwelche Anzeichen von einer kirchlichen Gemeinde. Auch fehlten die doch so typischen Bilder von Honecker und seinesgleichen. Keine DDR-Fahne oder Parteiembleme. Auch war die Atmosphäre nicht wie bei einer FDJ-Veranstaltung. Es ging viel freundschaftlicher und offener zu. Es war wie eine kleine verschworene Gemeinschaft, wo jeder sagen konnte, was er wollte. Ich fühlte mich wie einer von ihnen, obwohl die meisten bestimmt wussten, wer ich war.

Pfarrer Reimann oder besser einfach Ralf lud mich zu sich an einen Tisch ein. Er erklärte mir, dass er zwar Pfarrer wäre, aber auch die Aufgabe hatte, sich um die Jugend zu kümmern. Es war seine Gemeinde und dazu gehörte nun einmal auch die Jugend und nicht nur die Erwachsenen. Er war der Meinung, aus der Saat von heute würde morgen ein Baum. Mir gefiel es, wie er redete. Es hatte irgendwie einen Sinn. Er erklärte mir, dass die meisten hier Anwesenden Ärger mit dem Staat hätten oder mindestens die Eltern von ihnen. Die Gründe dafür waren verschieden. Einige wollten nicht in die FDJ, bei anderen hatten die Eltern Ausreiseanträge gestellt. Wie auch immer, gedanklich gesehen, waren sie auf meiner Wellenlänge. Er sprach auch vom System der DDR, von seiner Politik und was falsch daran war. Dies waren alles Worte, die mir völlig fremd waren. Es bereitete mir keinerlei Angst, aber doch ein Gefühl von Unbehagen. Mir war klar, was dies für mich bedeuten konnte, wenn das in die falschen Hände und Ohren gelangen würde. Ralf musste dies mitbekommen haben und erklärte mir, ich bräuchte hier keinerlei

Angst vor irgendwelchen Spionen zu haben. Mit Spionen war wohl klar, wen er damit meinte. Er vermittelte mir eine Art von Vertrauen, wie ich es noch bei keinem anderen Menschen erlebt hatte. Er sprach fast eine ganze Stunde mit mir über alles Mögliche. Er brachte mir bei, nicht an das Gestern zu denken, sondern an das Morgen, an die Zukunft und an das, was man aus seinem Leben machen konnte. Am Schluss fragte er mich, wie es mir denn bisher ergangen wäre. Ich weiß nicht warum, aber ich berichtete ihm alles von mir. In diesem Moment war er nicht nur einfach ein Pfarrer, sondern viel mehr. Ein ganz normaler Mensch, der mir zuhörte und keine dummen Fragen stellte, die ich ihm eh nicht beantworten hätte können. Ich redete mir meine ganze Last von den Schultern. Von meinen Eltern, der Schule, Lehrer, von den Problemen mit der Polizei. Einfach alles. Seltsamerweise hatte ich nicht die geringste Angst mehr. Ich sprach einfach weiter, bis ich anfing zu weinen, wie ich es schon lange nicht mehr tat. Ich glaube das letzte Mal bei der Scheidung meiner Eltern. Er sah mich nur an und man konnte sehen, wie er versuchte die richtigen Worte zu finden. Er hatte wohl begriffen, dass er es mit einem Jungen zu tun hatte, der verzweifelt und gefallen war. Tief gefallen. Er sprach ruhig und einfühlsam auf mich ein. Er hatte bestimmt schon so einiges Schicksal erlebt, aber meins musste auch ihn sehr getroffen haben. Seine Frage, was ich mir denn von meiner Zukunft erhoffen würde, kam überraschend. Ich erwiderte nur, dass ich es selbst nicht wüsste, denn für mich gab es in dieser Zeit gar keine Zukunft und wenn doch, dann mit Sicherheit früher oder später der Knast. Er machte ein sehr ernstes Gesicht und sagte, dass dies nur eintreffen würde, wenn ich es auch wirklich wollte. Selbstverständlich wollte ich dies nicht. Ich hatte nur keine richtigen Perspektiven vor meinen Augen.

Ralf berichtete mir von anderen Jugendlichen mit mehr oder weniger den gleichen Problemen. Einige von ihnen hatten es geschafft, aber nur weil sie es wollten. Man sollte den Glauben an einen niemals aufgeben. Erst wenn man dies tun würde, hätte man auch wirklich verloren. Es würde immer einen Weg geben. Er mochte schwer sein und man müsste ihn auch erst einmal finden. Er versprach mir zu helfen den richtigen Weg zu finden. Zumindest wollte er mir dabei helfen. Es sollte dann mein Weg sein und nicht der eines anderen, denn am Ende musste jeder selber wissen, welcher Weg der richtige für einen sein würde.

Diese Worte brachten sicherlich keine sofortige Änderung in meinen Leben, aber sie gaben mir doch etwas Mut. Am Ende ging ich nicht als anderer Mensch nach Hause, doch aber nachdenklicher.

Von diesem Zeitpunkt an ging ich wöchentlich zur jungen Gemeinde. Ich kam auch mit den anderen Jugendlichen ins Gespräch und merkte bald, dass diese nicht gut auf den Staat zu sprechen waren. Ich hatte ja schließlich auch meine Erfahrungen mit ihm. Immer wieder kam die Rede auf Ausreiseanträge und ihre weiteren Folgen für einen. Ich hatte dies bereits schon einmal gehört, nur von der anderen Seite. Wir erinnern uns sicher noch an das Gespräch mit den Leuten von der Stasi.

Die meisten waren der Auffassung, dass jeder selber bestimmen sollte, wo er wohnen und arbeiten wollte. Ob nun im Osten oder im Westen. Wer bestimmt denn über unser eigenes Leben, wenn nicht wir selbst?

Für den Staat war die junge Gemeinde ein Dorn im Auge, da sie nur vermuten konnten, was sich dort abspielte. Die Stasi konnte aber nichts unternehmen, solange alles in den vier Wänden blieb, was dort besprochen oder sogar teilweise geplant wurde. Ein sehr hohes Risiko, was aber erstaunlicherweise bis zum Mauerfall funktionierte.

Wir sprachen viel über die BRD. Zogen Vergleiche über ihr System und dem Unsrigen. Warum ging es den Menschen dort besser als uns hier? Was machten sie richtig und wir falsch? Natürlich wurden wir auch von der Westpropaganda beeinflusst, schließlich hatten wir Fernseher und konnte somit auch die Westprogramme mitverfolgen. Heute weiß ich, wofür Fernsehwerbung gut ist. In der ehemaligen DDR hatte sie aber andere Auswirkungen, deswegen war es auch unerwünscht, wenn nicht sogar verboten, diese Kanäle zu sehen. Es hielt sich aber fast keiner daran.

Mit der Zeit verlor ich das Interesse an der jungen Gemeinde. Am Anfang half es mir sehr über mich und mein Leben nachzudenken, aber es wurde in meinen Augen nur zuviel geredet und nicht Handfestes unternommen. Ich bereue es aber bis heute nicht, dort hingegangen zu sein. Diese Zeit dort sollte später meine Zukunft beeinflussen.

Hin und wieder traf ich Ralf auf der Straße. Wir grüssten uns, aber das war dann auch schon alles.

Das zweite Lehrjahr hatte nun begonnen und meine Einstellung zur Schule hatte sich nicht im geringsten geändert. Warum auch? Ich wurde doch nach wie vor von fast allen gemieden. Vor allem die Lehrer machten mir das Leben nicht gerade leicht in der Schule. Ich war mit Sicherheit nicht bösartig oder aggressiv, im Gegenteil. Ich versuchte zu allen freundlich und höflich zu sein, aber es kam einfach nicht an. Also machte ich wieder mein eigenes Ding. Ich hatte in der Zeit, wo ich noch im Club war, fast vollständig mit dem Trinken aufgehört. Das änderte sich aber nun wieder schlagartig. Im Rausch konnte ich wenigstens meine Probleme vergessen und mich auch in eine andere Welt flüchten. Am Anfang war es nur Bier. Bald aber reichte mir auch dies nicht mehr aus und ich begann wieder harte Sachen zu trinken. Hauptsache, ich war schnell und billig betrunken.

In der DDR wurden sehr viele Menschen mit Alkoholproblemen konfrontiert. Nicht nur Jugendliche wie ich. Zu den Alkoholikern zählten auch Menschen aus allen möglichen Bevölkerungsschichten. Darunter gab es Lehrer, Akademiker und selbst SED-Mitglieder und Parteibonzen, eigentlich aus jedem Menschenbereich. Jeder wollte auf seiner Weise der Wirklichkeit entfliehen.

Man verfiel schnell der Droge Alkohol, aber es war um so schwerer davon wieder wegzukommen.

Alkoholismus wurde nicht als Krankheit erkannt und schon gar nicht als diese anerkannt. Es war zwar bekannt, wurde aber vom Staat heruntergespielt und verharmlost. Es gab keinerlei Unterstützung oder Hilfe. Das Problem Alkohol wurde einfach ignoriert. Es galt als Zeichen für Willensschwäche und wurde somit nicht weiter beachtet. Außerdem passte es einfach nicht in das Gesamtbild eines sozialistischen und kommunistischen Staates. Wer es zu weit trieb, kam in eine Irrenanstalt oder wurde kurzerhand eingesperrt. Damit war das Problem für den Staat gelöst. Heute weiß ich, warum man nichts weiter dagegen unternahm. Nach dem Motto: lieber einen Besoffenen als einen Staatsgegner.

Mein Leben glitt mir mehr und mehr aus den Händen. Im zweiten Lehrjahr begann auch die praktische Ausbildung im Kraftwerk. Da ich immer öfter betrunken, und das auch schon morgens, zur Arbeit kam, hagelte es einen Verweis nach dem anderen. Ich hätte mit diesen mein ganzes Zimmer tapezieren können. Diese Verweise waren mir aber so egal, wie das Papier, auf denen sie geschrieben wurden. Sie machten mich sogar ein wenig Stolz, da andere nicht so viele hatten. Mit irgendetwas musste ich ja schließlich auf mich aufmerksam machen. Es gelang mir sogar, nur eben nicht so, wie ich es mir erhofft habe.

Meine Freunde musste ich mir erkaufen. Geld hatte ich meist keins und das bisschen gab ich sofort für Zigaretten und Schnaps aus. Also musste ich mir etwas anderes einfallen lassen, um an Geld zu kommen. Stehlen wollte ich nicht, da ich zuviel Angst vor dem Gefängnis hatte. Durch meine zahlreichen Kneipenbesuche lernte ich auch ältere Männer kennen, die mich des Öfteren einluden und mir den Abend bezahlten. Am Anfang wusste ich noch nicht weshalb, aber mit der Zeit ging auch bei mir ein Licht auf.

Bald begriff ich, was die von mir wollten. Es waren so genannte Freier, die sich junge Kerle wie mich aussuchten. Sie wussten, dass Lehrlinge über sehr wenig Geld verfügten und dass diese eine leichte Beute für sie wären.

Mit Männer ins Bett zu gehen, war selbst für mich eine Vorstellung des Ekels. Ich hatte zwar wenig Erfahrung mit Frauen, aber eins stand für mich fest, mit einem Mann würde ich niemals ins Bett gehen.

Da ich aber kein Geld verfügte, musste ich mir etwas einfallen lassen. Wie schon gesagt, einfacher Diebstahl kam für mich nicht in Frage. Mir kam die Idee, versuch doch einfach den Spieß umzudrehen. Die Freier wollen dich ausnutzen und damit auch gleichzeitig demütigen, also warum machst du es nicht auch mit ihnen? Die dachten, sie wären die Schlausten und könnten mit ihrem Geld alles kaufen, egal wie. Warum die Gleichen nicht mit Gleichem bezahlen? Ich begann also mich in einschlägig bekannten Schwulenkneipen auf die Jagd nach solchen Typen zu machen. Ich muss aber der Wahrheit entsprechend sagen, nicht alle Homosexuelle sind so. Ich habe auch einige kennen gelernt, die nicht so waren, im Gegenteil. Sie waren freundlich und man konnte sich großartig mit ihnen unterhalten. Um diese ging es mir aber nicht. Mir ging es vielmehr um den fiesen Teil. Denen machte ich alles Mögliche vor und sie bezahlten am Ende die »Rechnung«. Es war so etwas von einfach, dass man sich daran gewöhnen konnte. Ich machte sie mit ihrem Geld betrunken und dann beklaute ich sie. Zu einer Anzeige kam es nie, da ich noch minderjährig war und sie der Gefahr liefen, selbst Ärger mit der Polizei zu bekommen.

Natürlich konnte es aber auf die Dauer so nicht weitergehen. Irgendetwas musste passieren. Ich meine damit, was meine Zukunft betraf.

Ohne es am Anfang zu bemerken, machte sich ein Gefühl von Unzufriedenheit und sogar Zorn in mir breit. Ich war nicht nur mit mir unzufrieden, sondern auch mit allem, was mich umgab.

Bis jetzt war ich nur ein politischer Mitläufer. Der Staat interessierte mich überhaupt nicht und meine Einstellung zu diesem war gleich Null. Warum auch? Ich hatte doch eh nichts von diesem zu erwarten und dieser kümmerte sich auch nicht sonderlich um mich. Jetzt machte ich mir aber doch mehr Gedanken über mein Leben und vor allem über meine Lebensweise. Es war nicht das erste Mal, aber doch irgendwie anders, tiefgründiger. Ich suchte nicht mehr die Schuld für mein Versagen bei anderen, sondern Hauptsächlich auch bei mir. Ich hatte Fehler begannen, dies war mir klar geworden. ›Von nun an wirst du dein Leben ändern‹, so dachte ich mir. Es ist aber wie mit dem Rauchen. In der Silvesternacht schwört man, dies ist die letzte Zigarette und Neujahr raucht man schon wieder. Alles nur leere Worte, wenn das Gehirn nicht mitspielt. So war es leider auch bei mir. Ich wusste zwar, das meine Lebensweise falsch war, aber ändern konnte ich sie allein nicht. Ich sah ein, dass ich es alleine nicht schaffen konnte. Zu tief hatte ich mich verfahren. Ich brauchte dazu Hilfe, aber von wem? Von meiner Mutter? Vergessen wir es. Meinem Vater, der sich nie um mich sonderlich gekümmert hatte? Parteimitglied ohne jede Achtung vor anderen. Nur auf sein eigenes Wohl aus. Richtige und vor allem ehrliche Freunde hatte ich keine, außer Saufkumpanen. Vom Staat? Der kümmerte sich einen Dreck um einen wie mich.

Es musste doch aber irgendetwas geben, um aus diesem Sumpf der Verzweiflung und Hoffnungslosigkeit herauszukommen. Leider nichts. Ich sackte immer mehr ab, statt aufzustehen. Vielleicht war ich auch noch nicht soweit.

Alles was ich anfing, machte ich falsch und es zog mich immer weiter herunter statt raus. Mein einziger Freund war die Flasche Schnaps oder besser gesagt dessen Inhalt. Der Alkohol machte mich frei aller Schuldgefühle. Er sollte noch Jahre lang mein einziger Weggefährte bleiben. Die Suche nach etwas, was man nicht fand, kann sehr schmerzvoll sein. Ich meine damit nicht körperlich, sondern seelisch.

Ich war nun fast 18 und was hatte ich bis jetzt erreicht?

In mir reifte nun ein Gedanke heran, der mich erschauern ließ, aber gleichzeitig auch neue Hoffnung gab. Nennen wir es so:

Der letzte Ausweg oder ein neuer Anfang in Sicht. Dazu aber im nächsten Kapitel.

Der letzte Ausweg. Dies kann natürlich viel bedeuten. Man könnte einfach sagen, es gibt immer einen Ausweg, aber das ist meist leichter gesagt als getan. Ihr werdet jetzt wohl fragen, wie meint er das. Es lag doch auf der Hand. Das bis jetzt schier Unmögliche möglich machen. Eine Flucht. Nicht nur ein einfaches Abhauen, sondern eine richtige Flucht. Ein Neubeginn mit allem drum und dran. Mit anderen Worten, ich wollte eine Republikflucht von der DDR in die BRD. Ein neuer Anfang mit einem ganz neuen Ziel. Einige werden sich natürlich fragen, warum stellte er nicht einfach einen Ausreiseantrag. Die Antwort ist mit wenigen Worten zu sagen: Erstens hatte ich und das im wahrsten Sinne der Worte zu viel Angst vor Repressalien der Stasi. Nicht nur wegen mir. Trotz allem, ich hatte immer noch kein gutes Verhältnis zu meiner Mutter, aber ich wollte sie nicht in Schwierigkeiten bringen. Ein anderer Grund war, wie lange würde es dauern, bis man mir ihn genehmigen würde und vor allem, was hätte ich in dieser Zeit des Wartens zu erwarten? Ich meine damit von staatlicher Seite, sprich Stasi.

Einen Entschluss zu fassen und ihn aber dann auch in die Tat umzusetzen, ist zweierlei. Das Erste ist einfach. Dazu braucht man nicht viel.

Ihn aber schließlich zu verwirklichen, ist doch schon etwas anderes. Das wurde mir sehr schnell klar. Mir war selbstverständlich bewusst, dass ich mit keinem Menschen darüber reden durfte. Da ging es auch schon los. Wie sollte ich etwas durchführen, wovon ich nicht die geringste Ahnung hatte? Wer konnte mir Ratschläge geben? Diese fand man nicht einfach in irgendeinem Handbuch. Mir war auch klar, dass schon allein der Gedanke daran strafbar war und ich eine hohe Gefängnisstrafe riskierte. Ich war nun mal nicht der Mutigste. Ich wollte schon die ganze Sache abblasen, als mir Pfarrer Reimann einfiel. Er war doch ein Pfarrer und somit unterlag er der Schweigepflicht. So hoffte und glaubte ich jedenfalls.

Ich hatte aber schon lange nichts mehr von ihm gehört und hoffte, dass er noch in der DDR war. Es wurde damals schon gemunkelt, dass die Stasi oder besser gesagt der Staat ihn in die BRD abschieben wollte. War ja auch nur verständlich, aus der Sicht des Staates. Ich wusste außerdem auch, dass er einen Ausreiseantrag gestellt hatte. Die Chance ihn also noch anzutreffen, war doch sehr gering. Mittlerweile waren schon ein paar Monate vergangen, wo wir uns das letzte Mal trafen. Ich versuchte es trotzdem und landete zu meinem großen Glück einen Volltreffer. Wenn ich das einmal so ausdrücken darf, ich ging nach fast sechs Monaten wieder zum Club (die junge Gemeinde), in der Hoffnung ihn dort anzutreffen. Als mich Klaus sah, war er natürlich sehr überrascht, wenn nicht sogar misstrauisch. War schließlich auch nachvollziehbar. Auch die anderen sahen mich schief von der Seite an. Die Zeiten waren so ziemlich angespannt und nun kam ich. Ich nahm mir Klaus zur Seite und erzählte ihm alles, was ich in den letzten Monaten erlebt hatte. Auch wie es um mich stand. Langsam fasste er wieder das alte Vertrauen zu mir. Als er mich dann auch noch umarmte und die anderen dies sahen, war das Eis fürs Erste einmal wieder gebrochen. Gott sei Dank, Mann, war ich erleichtert. Wir hatten uns alle viel zu erzählen. Auch sah ich einige neue Gesichter und bemerkte aber zu meinem Bedauern, dass welche fehlten. Klaus sagte mir, einige wurden in den Westen abgeschoben und andere hätte man verhaftet. Sie hätten versucht zu fliehen. Mir wurde dabei ganz mulmig. Alle hatten das Gleiche wie ich geplant. Sie wurden erwischt, an der Grenze oder gar von den eigenen Freunden verraten. Auch waren es einfach nur Familienmitglieder, die dazu beigetragen hätten. Man war einfach vor keinem sicher.

Klaus fragte mich, warum ich nach so langer Zeit wiederkam. Er musste etwas geahnt haben, als er mein Gesicht über diese Neuigkeiten sah. Nun riskierte ich einfach alles. Wie sagt man so schön, ich setzte alles auf eine Karte. Entweder es ging gut oder ich landete auch im Knast. Ich bat ihn nach draußen und vertraute ihm alles an. Es strudelte nur so heraus aus mir. Es tat so gut, mit einem über alles zu sprechen. Einem, der keine dummen Fragen stellte, sondern einfach nur zuhörte. Er ließ mich reden, bis ich fertig war und unterbrach mich nicht ein einziges Mal. Am Schluss schwieg er eine ganze Weile und dann stellte er mir nur eine Frage. »Hast du dir das auch alles reichlich überlegt?« Er schaute in meine Augen und sah wohl meine Verzweiflung, aber auch meinen festen Willen. Langsam begann auch er zu reden und man merkte, dass dies nichts Neues für ihn war. Er erkannte den Ernst der Lage und machte das einzig Richtige. Er nahm mich ernst und stellte nichts in Frage. »Höre zu«, sagte er mir. »Wir müssen mit Pfarrer Reimann sprechen. Nur er kann dir in dieser Situation helfen und sehen, was zu tun ist.«

Natürlich müsste erst er mit ihm sprechen, aber er würde mir auf jeden Fall Bescheid geben, wie sich der Pfarrer entscheiden würde. Es war klar, dass er mir bei einer Flucht nicht weiterhelfen konnte, aber er konnte mir wenigstens wichtige Ratschläge geben. Weiterhin riet er mir, was ich aber schon längst wusste, mit keinem Menschen, ob Freund oder auch nur meine Mutter, darüber zu sprechen.

Er umarmte mich fast brüderlich und sagte mir: »Herzlich Willkommen. Nun bist du wirklich im Club.« Wir gingen wieder ins Haus und ich merkte, wie er den anderen zunickte. Was dies bedeutete, war wohl unübersehbar. Die anderen Jungs und Mädchen gesellten sich zu uns. So endete dieser Abend und ich ging mit einem Gefühl der Erleichterung nach Hause.

Ein wenig Beklemmung hatte ich dann später doch schon, ob auch alles gut gehen würde. Ich dachte mir aber: ›Jetzt kannst du eh nichts mehr ändern‹, und war auch froh darüber.

Von jetzt an konnte ich nur noch abwarten.

Die darauf folgenden Tage kamen mir wie eine Ewigkeit vor. Jedes Mal, wenn es an der Wohnungstür klingelte, schlug mein Herz schneller. War es die Polizei? Konnte ich Klaus wirklich Vertrauen oder verriet er mich am Ende doch noch? In einem Menschen konnte man sich auch täuschen. In dieser Zeit war man schließlich vor niemanden sicher. Die Stasi hatte überall ihre Spitzel. Die Tage vergingen einfach viel zu langsam für mich. Von den Nächten möchte ich erst gar nicht sprechen. Albträume machten mir zu schaffen und ich konnte nachts kein Auge zutun. Auch der Alkohol brachte schon längst nicht mehr die Wirkung. Natürlich versuchte ich die Oberhand zu behalten, aber da ich schon so ziemlich dem Schnaps verfallen war, ging das auf die Dauer nicht gut. Ich bekam, wenn ich nichts trank, einen richtigen Entzug. Dies machte die Sache nicht leichter, im Gegenteil, es machte alles noch komplizierter.

Endlich, nach zwei langen Wochen fand ich ein Brief im Briefkasten. Zu meinen großen Glück erwischte ich ihn vor meiner Mutter. Nicht auszudenken, wenn sie ihn gefunden hätte. Darüber möchte ich mir heute aber keine weiteren Gedanken mehr machen. Der Brief war mit keiner Marke versehen, das nur bedeuten konnte, Klaus hatte ihn vorbeigebracht. Mit zittriger Hand öffnete ich ihn. Das Zittern kam aber diesmal nicht vom Entzug, sondern vielmehr von der Aufregung. Es stand nur eine Adresse und eine Uhrzeit geschrieben. Unterschrieben von Klaus. Er wollte mich auf einen Samstagabend treffen. Bis zum Samstag waren es noch drei Tage und es konnte sich auch um eine Falle handeln. Obwohl ich nur darauf gewartet hatte, war ich doch unsicher, ob alles seine Richtigkeit hatte. Bis zur letzten Minute war ich doch unentschlossen, was ich machen würde. Am Ende dachte ich mir aber, die Polizei ist bis jetzt nicht erschienen, also riskieren wir es einfach. Außerdem steckte ich schon viel zu tief drinnen. Ein Zurück gab es nun nicht mehr. Ich war fest entschlossen, es nun durchzuziehen.

Wie schon erwähnt, war die Stasi bei mir noch nicht erschienen, das konnte nur bedeuten, Klaus meinte es wirklich ehrlich und hatte mich nicht verpfiffen. Zur verabredeten Zeit ging ich also zum Treffpunkt. Er wartete schon ungeduldig auf mich. Nach einem kurzen Händedruck gingen wir ins Haus. Er klingelte an einer Wohnungstuer und zu meinem großen Erstaunen machte Pfarrer Reimann auf. Auf alles war ich mehr oder weniger vorbereitet, darauf mit Sicherheit aber nicht. Als er mein Erstaunen sah, lächelte er nur. Er bat uns freundlich zu sich herein. Mich fragte er, ob alles gut verlaufen wäre, wobei er wohl meinte, ob mir irgendjemand gefolgt wäre oder ich zumindest etwas mitbekommen hätte. Ich verneinte, obwohl ich noch nicht einmal darauf geachtet hatte. ›Das geht ja schon gut los‹, dachte ich mir. Er merkte wohl, dass ich mir nicht sicher war und sagte nur: »Macht nichts, wir lesen bei Bedarf einfach aus der Bibel vor.« Im Wohnzimmer stand schon Kaffee bereit. Zum ersten Mal lernte ich seine Frau kennen. Sie war sehr freundlich und nett zu uns. Wenn ich mir heute noch vorstelle, was für einer Gefahr sie sich aussetzten und das alles nur wegen mir. Es gab eben doch Menschen, die sich für andere aufopferten. Dies waren die wahren Helden in der damaligen Zeit. Sie nahmen hohe Gefängnisstrafen in Kauf, nur um anderen zu helfen.

Pfarrer Reimann kam auch gleich, ohne viel Wirbel zur Sache. Er sagte mir, er wüsste bereits schon ein wenig über mein Vorhaben. Er wollte es aber noch einmal von mir erzählt bekommen, damit er sich ein besseres Bild verschaffen könnte. Ich begann also mit dem Erzählen. Es war nicht leicht, aber mit der Zeit flutete es nur so raus. Das meiste war ihm sicher nicht neu. Meine Geschichte musste wohl denen von anderen sehr geglichen haben und doch war sie anders. Ich wollte sicher kein Mitleid, einfach nur Verständnis. Heute weiß ich, dass ich kein Einzelschicksal war. Es gab viele, denen es genau so erging oder vielleicht auch noch schlimmer. Jedenfalls hörte er mir bis zum Ende zu. Das Erzählen oder sagen wir es auch einmal so, das Beichten machte mich irgendwie frei. Ich versuchte ihm zu erklären, was meine Gründe waren, die DDR zu verlassen und warum ein Ausreiseantrag nicht in Frage käme. Obwohl ich nicht gerade sprachbegabt war und vielleicht auch noch nicht bin, verstand er mich und nickte mir, wenn ich stockte, aufmunternd zu. Zum Schluss sagte er mir nur, er würde mir helfen. Wie, das wüsste er noch nicht so genau. Ich sollte mir keine Gedanken machen und ihm nur einfach vertrauen. Er wüsste zwar, dass dies viel verlangt wäre, aber nur so könnte ich es schaffen. Was ich genau in diesem Augenblick dachte, weiß ich nicht mehr so genau, aber eins ist mir bis heute noch in Erinnerung: Ich war über alles glücklich. Endlich hatte mein Leben wieder einen Sinn. Ich hatte schon aufgegeben. Wir verabredeten uns auf eine Woche später und dann wollte er mir auch Bescheid geben, wie er mir helfen könne. Klaus sprach die ganze Zeit so gut wie kein Wort und hörte nur einfach zu. Wir verabschiedeten uns und er sagte mir noch an der Tür, ich könnte ruhig Ralf zu ihm sagen. Auf der Straße hatte Klaus Probleme mich zu zügeln. Ich fühlte mich wie im sechsten Himmel. Klaus riet mir, mit keinem Menschen auch nur andeutungsweise über die ganze Sache zu sprechen. Dies könnte nicht nur mich, sondern auch ihn und Ralf in Gefahr bringen. In meiner Arroganz versprach ich alles zu tun, wie er es für richtig hielt. Ich sah mich schon im Westen. Ein Fehler, den ich später noch sehr teuer bezahlen sollte. Mit der Hilfe von Ralf konnte es doch einfach nicht schief laufen, so dachte ich mir jedenfalls. Ich war sicher anders als andere Jugendliche in meinem Alter, aber schlauer? Ich glaube wohl kaum, wenn ich heute noch daran zurückdenke. Diese Einsicht sollte aber erst viel später noch kommen. Bei manchen kommt sie aber nie.

Dies war aber nur ein kleiner Einwand, der doch in meinem weiteren Leben eine große Rolle spielen sollte.

Den ersten großen Fehler machte ich, als ich meine Lehre hinschmiss, wodurch ich erst recht die Aufmerksamkeit des Staates auf mich lenkte. Auch ging ich wieder in Kneipen und Discos, wobei ich mit Sicherheit nicht den Mund halten konnte und das eine oder andere verriet. Ich wollte mit Sicherheit keinem schaden, aber ich wollte einfach nur groß dastehen und anderen imponieren. Ich war damals noch nicht mit den DDR-Gesetzen so vertraut und ahnte also auch nicht, dass man selbst dafür schon Ärger bekommen konnte. Schon einfach dahingesagte Worte konnten einen in eine unangenehme Lage bringen, wenn diese in falsche Ohren gelangte. Was mir das noch einbringen sollte, war bestimmt nicht von mir geplant.

Auch zu Hause war ich nicht so ganz untätig. Ich nahm mir einen alten Schulatlas und bereitete in Gedanken schon mal mein Flucht vor, ohne genau zu wissen, wie diese eigentlich von Statten gehen sollte.

Ohne einen richtigen Plan notierte ich wahllos Punkte an bestimmten Grenzabschnitten und malte sie auch noch ein beziehungsweise markierte ich sie. Was legte ich doch für eine Intelligenz an den Tag. Ich tat eigentlich alles Unmögliche und bereitete in Wirklichkeit nicht die Flucht in den Westen, sondern ins Gefängnis (ungewollt) systematisch vor. Jedenfalls war ich wenigstens darin Spitze. Man sagt ja nicht umsonst, dass kleine Kinder, Betrunkene und solche Idioten wie ich von Gott geschützt wurden. Ich kam mir unverwundbar vor.

Von dies allem bekam Ralf zum Glück nichts mit. Er hätte bestimmt schon längst die ganze Sache abgeblasen (was wohl auch verständlich gewesen wäre). Ich denke auch zu Recht!

Jedenfalls fand ich drei Wochen später nach meinem Gespräch mit Pfarrer Reimann wieder einen Brief im Briefkasten. Diesmal war er nicht unterschrieben, aber ich wusste genau, von wem er war. Klaus. Es stand nur eine Uhrzeit darauf. Auf diesen hatte ich schon lange und auch sehnsüchtig gewartet. Was wird mir dieses Treffen nun bringen? Das etwas geschehen würde, war mir klar, nur was?

Als der Tag gekommen war, kannte meine Aufregung keine Grenzen. Ich malte mir alles Mögliche in Gedanken schon aus. Selbstverständlich hatte ich auch eine riesige Angst vor dem, was mich wohl erwarten würde. War ich auch wirklich bereit, alle Konsequenzen auf mich zu nehmen? Es stand ja schließlich auch viel auf dem Spiel. Ja, ich wollte. Ich war schon immer ein Starrkopf. Meist natürlich im negativen Sinne. Was bedeuten sollte, dass ich meine positiven Fähigkeiten nicht richtig nutzte und immer auf die falsche Weise einsetzte. Selbstverständlich, werden einige sagen, was war das bloß für ein Idiot, aber sie müssten sich einmal in meine Lage versetzen und dann würde manch einer anders darüber denken. Kein Mensch ist vollkommen und wir machen alle Fehler. Einer mehr, der andere weniger. Im allen sind wir aber gleich: Wir sind alle nur Menschen (Dies ist nur eine kleine Zwischenbemerkung von mir, für die, die sich für superschlau halten).

Ich möchte aber nicht weiter darauf eingehen. Es geht schließlich nicht um andere, sondern um mich und meine Geschichte. Zurück zum Brief und dem Treffen mit Klaus.

Der Treffpunk war diesmal auf dem Bahnhof. Ich wusste nicht warum, aber ich vertraute einfach nur ihm. Mir war der Ernst des ganzen Unternehmens bewusst, aber es kam mir doch alles wie ein Abenteuer vor. Ich fragte ihn, wohin wir den eigentlich fahren würden, aber er sagte nur: »Du wirst schon sehen.« Das Einzige, was ich aus ihm herausbringen konnte war, dass wir erwartete wurden. Es wurde immer spannender für mich. Er kaufte zwei Fahrkarten und ab ging die Reise. Im Zug erklärte mir Klaus, dass wir in Cottbus von Reimann erwartet würden. Das war eine Überraschung für mich. Was machte Reimann in Cottbus? Die ganze Angelegenheit wurde immer spannender. Ich war natürlich wahnsinnig aufgeregt, aber dass uns Reimann erwartete, beruhigte mich doch um einiges. Wie redeten nicht viel im Zug, obwohl ich fast vor Neugier platzte. Nach einer knappen Stunde erreichten wir nun endlich unser Ziel. Auf dem Bahnsteig erwartete uns Pfarrer Reimann und zu meinem Erstaunen noch eine andere Person. Mir wurde in diesem Augenblick heiß und kalt. Was wollte dieser denn? Ich glaubte nicht, dass der von der Stasi war, aber in jenem Augenblick konnte man ja nie wissen. Der andere Mann beobachtete mich eindringlich und es kam mir auch vor, als ob er mich analysierte. Jedenfalls machte er einen sehr misstrauischen Eindruck auf mich. Ich glaube aber heute, dass es in der damaligen Zeit etwas ganz Normales war, den Menschen mit einem gewissen Mistrauen zu begegnen. Man konnte ja schließlich nie wissen, wen man vor sich hatte.

Wir fuhren mit dem Bus etwas außerhalb von Cottbus. Wir kamen nach einer fast einer Stunde Fahrt in einem kleinem Dorf an. Dort stiegen wir aus. Aus der Ferne konnte man noch, es war wohl auch nur Einbildung, das Stadtleben hören. Cottbus war eine große Stadt, für DDR-Verhältnisse. Menschenleer und kaum Autos zu sehen. Es war unübersehbar, dass hier nicht viel für die Bevölkerung getan wurde. Von den Häusern möchte ich erst gar nicht reden. Alles in Grau und heruntergekommen. Auf mich machte dies hier einen traurigen Eindruck. Leider gab es viele Dörfer und auch Städte in dieser schlimmen Verfassung. Man merkte auch, hier war die Armut zu Hause. Dies wurde aber jahrelang vom Staat verschwiegen und heruntergespielt. Reich war nur derjenige, der das sagen hatte. Wen ich damit wohl meine, wird jedem klar sein. Nur soviel, die SED, die lebten in anderen Wohngebieten. Dort gab es den Luxus und den Wohlstand. Selbstverständlich will heute keiner etwas davon gewusst haben. Ist auch verständlich. Entschuldigt den Ausdruck, aber scheiss auf solche so genannten Kommunisten. Karl Marx würde sich im Grabe umdrehen, wenn er dies noch erleben könnte, was die aus seiner Vorstellung vom Kommunismus gemacht haben. Viele andere mit Sicherheit auch.

Entschuldigt bitte, aber ich bin vom eigentlichen Thema abgekommen. Es musste aber einmal gesagt werden.

Also Klaus, Pfarrer Reimann, sein Begleiter und ich gingen um ein paar Straßenecken und kamen zu einem alten, heruntergekommenen Haus. Durch einen ungeflegten Vorgarten gelangten wir zu Einganstür. Der Fremde schloss auf und wir traten ein. Er machte erst einmal Licht, da die Fensterläden geschlossen waren. Zu meiner großen Überraschung war es hier sauber und auch mit großen Geschmack eingerichtet. An den Wänden waren Regale mit unzähligen Büchern. Die Einrichtung erinnerte mich mehr an ein Museum. Hauptsächlich bestand das Inventar aus alten Sachen.

Der Begleiter von Pfarrer Reimann bat uns Platz zu nehmen und bot uns Kaffee an. Ich bat ihn mir das Bücherregal anschauen zu dürfen. Bücher waren schon immer meine große Leidenschaft, obwohl ich in den letzten Jahren wenig Gelegenheit hatte welche zu lesen. Geschweige denn mir auch noch einige zu kaufen. Ihr wisst schon warum. Schnaps und Zigaretten kosteten einen Haufen Geld und ich war auch gar nicht in der Verfassung zu lesen. Auch meine Kneipenbesuche verschlangen eine ganze Menge, da ich immer sehr spendabel war. Er erlaubte es mir und meine Bewunderung kannte keine Grenzen. So viele Bücher hätte ich mir auch gerne gewünscht. Er musste dies bemerkt haben und sah mich anerkennend an. Man konnte sogar ein anerkennendes Lächeln auf seinem Gesicht erkennen.

Er bat uns zu Tisch und brachte Kaffee. So wie der Kaffee schmeckte, war dieser bestimmt nicht aus dem Konsum um die Ecke. Während des Kaffees sprachen wir immer noch kein Wort über den Zweck unseres

Treffens. Nachdem wir nun endlich (für mich) damit fertig waren, setzten wir uns alle an einen großen runden Tisch. Nun erst stellte er sich mir vor. Die anderen mussten ihn schon gekannt haben. Ich bin der Meinung, er wollte mich erst einmal abchecken. Es ging ja schließlich um einiges.

Er stellte sich mir als Horst vor. Ob das wirklich sein richtiger Name war, werde ich wohl nie erfahren. Ist auch egal. Er sagte mir und nun war ich sprachlos, er käme aus der BRD. Genauer gesagt aus Westberlin. Mit allem hatte ich gerechnet, damit aber nun nicht gerade. Ich wusste im ersten Augenblick nichts zu erwidern. Außerdem war er im Alter von Pfarrer Reimann. Das hieß, er war so um die 30 Jahre. Er bot Klaus und mir Zigaretten an, obwohl er selber nicht rauchte. Es waren natürlich Westzigaretten der Marke HB. Ich kann mich deshalb noch an die Marke erinnern, weil ich sie später lange Zeit geraucht habe.

Es war schon etwas Besonderes für mich, da ich noch nie so engen Kontakt mit einem aus dem Westen hatte.

Wie sich herausstellte, hatte er auch etwas mit der evangelischen Kirche zu tun. Nur war er kein Pfarrer, sondern kümmerte sich in Westberlin um ehemalige DDR-Bürger, die es geschafft hatten, entweder auf legalem (Ausreiseantrag) oder illegalem Wege (Republikflucht) mit ihrer neuen Umwelt klar zu kommen.

Horst, so durfte ich ihn nennen, erklärte mir, dass der Westen in keinem Falle so wäre, wie wir ihn uns so vorstellten. Vom goldenen Westen konnte mit Sicherheit nicht die Rede sein. Es wäre sehr schwer nach oben zu kommen, aber dafür wiederum viel leichter nach unten. Jeder musste auch dort um sein Auskommen sehr hart arbeiten. Es wurde keinem etwas geschenkt. Auch gab es sehr viele Arbeitslose und das Gesetz des Stärkeren war dort noch weit ausgeprägter als bei uns in der DDR. Es gab Tausende, die es nicht schafften und am Ende auf der Straße landeten. Aber, so musste er auch einräumen, wer es wirklich schaffen wollte und den festen Willen dazu besaß, konnte es schaffen. Dies waren die Sätze, die mich nur noch mehr ermutigten, es zu wagen.

Horst wollte natürlich alles über mich wissen. Am meisten interessierte ihn, was mich dazu trieb, die DDR zu verlassen. Er wollte sicher gehen, dass es nicht nur ein spontaner Einfall von mir war, sondern ein gut überlegter Schritt. Ich versuchte ihm auch weiter zu erklären, dass ich nicht mehr gewillt war in der DDR zu bleiben und ich mir alles auch genau überlegt hatte.

Aus seinen Fragen war zu entnehmen, dass er schon sehr genau über mich Bescheid wusste, was nur bedeuten konnte, Pfarrer Reimann hatte ihn bereits vorbereitet. Horst wollte es einfach nur noch einmal von mir persönlich hören. Ich erzählte ihm alles und ließ auch die schlechten Teile meines Lebens nicht aus. Diese Aufrichtigkeit musste ihn am Schluss dann doch vollständig überzeugt haben. Nach einer kurzen Pause erklärte er sich einverstanden, mir bei meinem Unternehmen zu helfen. Ich kann nicht wiedergeben, was ich in diesem Augenblick fühlte. Weiterhin wollte er wissen, ob mich einer meiner Familie vermissen würde, wenn ich die nächsten zwei oder auch drei Tage nicht nach Hause käme. Ich sagte ihm, dass ich mit meiner Mutter allein leben würde und manchmal noch viel länger weg wäre. Meine Mutter wäre die Letzte, die mich vermissen würde. Im Gegenteil. Sie gab mir schon zu verstehen, dass sie froh darüber wäre, wenn ich gar nicht mehr bei ihr erscheinen würde. Diese Worte mussten Horst nahe gegangen sein, da er mir versicherte, wir würden es schon schaffen. Klaus, der die ganze Zeit dabei war, sprach kein einziges Wort. Nur jetzt, zum Schluss, wo alles mehr oder weniger geklärt war, sah er mich strahlend an und wünschte mir alles Gute und auch viel Glück. Klaus, mein einzig wahrer Freund in dieser Zeit, verabschiedete sich und sagte, er müsste wieder nach Hause, weil er mit Sicherheit vermisst werden würde. Es war ein seltsam trauriger Abschied, als wenn wir beide schon gewusst hatten, dass es für immer sein würde. Nachdem er gegangen war, herrschte erst einmal Stille, als wenn Pfarrer Reimann und Horst gemerkt hatten, dass mir der Abschied von Klaus doch sehr nahe ging. Das Leben, mein Leben musste aber weitergehen und das jetzt erst recht. Es war mittlerweile spät geworden und wir hatten noch eine Menge zu bereden, aber wir verschoben es auf den nächsten Tag. Pfarrer Reimann war auch der Meinung, dass es ein langer Tag für uns gewesen wäre und wir heute eh nichts mehr unternehmen oder besser gesagt planen konnten. Also bereitet Horst das Abendessen vor.

Ich war so aufgeregt, dass ich gar keinen großen Hunger verspürte. Ich nervte Horst mit allen möglichen und auch unmöglichen Fragen über den Westen. Wie waren die Menschen, das Leben und noch vieles mehr. Trotz seiner Müdigkeit beantwortete er mir die Fragen, so gut es ging. Das Land, ich meine damit die BRD, war für mich der Inbegriff von Freiheit. Bestimmt aber nicht nur für mich, sondern mit Sicherheit auch für 80% der DDR-Bevölkerung. Selbstverständlich wusste ich auch von den schlechten Seiten der BRD, aber man verdrängte dies einfach. Ich wollte dies einfach nicht wahr haben. Es wird schon nicht so schlimm sein, wie mir Horst berichtigte. Jeder Staat hat seine Vor- und Nachteile. Ich dachte mir nur, diese Erfahrung musst du schon selber machen. Ich machte sie auch!

Vielleicht kann mich in diesem Augenblick nur derjenige verstehen, der das Gleiche durchgemacht hatte oder so ähnlich. Möglich auf eine andere Art und Weise, aber im Prinzip doch gleich. Jeder, der in die BRD wollte, hatte seine ganz persönlichen Gründe. Man musste diese eben respektieren, was der DDR-Staat aber nicht tat.

Gegen Mitternacht gingen wir dann schlafen. Mir stellte Horst eine Luftmatratze zur Verfügung. Horst hatte sein Zimmer Pfarrer Reimann überlassen. Er selbst begnügte sich mit einem Campingbett im Wohnzimmer.

Vor dem Schlafengehen beteten noch Horst und Pfarrer Reimann, wobei ich mich ihnen unbewust anschloss. Ich verstand zwar nicht sehr viel, aber bekam doch soviel mit, dass es um mich und ein gutes Ende ging. Zu diesem Zeitpunkt wusste ich nicht, was mir noch alles bevorstand. Zum Glück auch!

Die Nacht hatte ich nicht besonders gut geschlafen. Ein Alptraum nach dem anderen. Mehrmals wachte ich schweißgebadet auf und fand mich in einer Zelle wieder. Kein guter Anfang, aber ich verdrängte die Gedanken einfach, so gut es eben nur ging. Auch erzählte ich den anderen nichts davon, um sie nicht zu beunruhigen. Vielleicht waren es ja auch nur die Nerven. Ich stand schließlich unter sehr großer Anspannung. Nach dem Essen ging es nun endlich mit der Planung los.

Horst erklärte mir, dass ich nicht einfach zur Grenze fahren konnte, über den Zaun steigen und schon wäre ich im Westen. Dies gab es nur in Filmen, aber die Wirklichkeit würde doch etwas anders aussehen. Also wie dann? Ich hatte selbstverständlich keine Ahnung. Wie auch. Wieder überraschte mich Horst. Er hatte in Erfahrung gebracht, dass der wohl sicherste Weg ein ganz anderer wäre. Er erklärte mir:»Du musst es über die bundesdeutsche Botschaft in der CSSR, genauer in Prag versuchen.« Dies war seiner Meinung nach, der ungefährlichste und der auch am vielversprechendste Weg, es zu schaffen. Dort müsste ich dann um politisches Asyl bitten. Die Schwierigkeit bestand nur darin, dass nicht nur ich es so versuchen würde, sondern andere auch und einige es sogar schon getan hätten. Dies hieß, die Grenzpolizei sowie die Staatssicherheit wusste schon Bescheid über Prag. Nicht nur die ostdeutsche Polizei war informiert, sondern diese arbeitete auch mit der tschechischen Polizei zusammen. Dies machte die ganze Sache zwar schwieriger, aber doch nicht unmöglich. Es war eben nur größte Vorsicht geboten.

Das hauptsächlichste Problem bestand also darin, so unauffällig wie möglich in die CSSR einzureisen. Für uns Ostdeutsche eigentlich kein Problem, da wir keinen Reisepass für das Land brauchten. Ich war schon zweimal in der CSSR und hatte nie Ärger mit der Grenzpolizei. Einmal mit Freunden zur Motorradweltmeisterschaft in Bruno und ein anderes Mal als Tourist in Prag. Jedes Mal ohne Schwierigkeiten. Personalausweis vorzeigen, einen Stempel, der mir in den Ausweis gedrückt wurde und fertig. Ich sah also überhaupt keinen Grund zur Aufregung. Horst belehrte mich aber eines Besseren. Das mit der Botschaft brachte man mittlerweile schon im Fernsehen. Natürlich nicht auf unseren zwei Fernsehkanälen. Die Stasi war gewarnt.

Die Chance, dass ich es schaffte, war mit Sicherheit nicht schlecht, aber 100%?

Mir kam es wie ein Kinderspiel vor. Was sollte den da schon schief gehen? Wir werden noch sehen, wohin mich meine Leichtsinnigkeit führte.

Horst fing an, mir gut gemeinte Tipps für mein Unternehmen zu geben, wobei ich aber nur mit halben Ohr zuhörte. Ein schwerwiegender Fehler, den ich noch sehr bereuen würde. Hätte ich mal nur richtig zugehört und sie vor allem auch berücksichtigt. Es wäre mir wohl so einiges erspart geblieben.

Jedenfalls trichterte er mir auch ein, auf jedem Fall nüchtern zu bleiben. Dies war eine der Vorraussetzungen fürs Gelingen meiner Flucht. Weiterhin riet er mir, eine Hin- und Rückfahrkarte zu kaufen, um nicht aufzufallen. Das leuchtete selbst mir ein. Mit nur einer Hinfahrkarte, nach Prag wäre selbst dem dümmsten Zollbeamten aufgefallen, was ich vorhatte. Von der Stasi gar nicht erst zu sprechen. Meine Reise hätte wahrscheinlich schon bei mir zu Hause am Bahnsteig ein Ende gehabt. Auch sollte ich so wenig wie möglich, wenn sogar gar kein Gepäck mitnehmen. Selbst dies könnte Aufsehen erregen und das konnte ich beim besten Willen nicht gebrauchen. Wichtig war auch genügend Geld umzutauschen, um mich auch wirklich als Tourist zu tarnen.

Das Allerwichtigste war aber ja nur mit keinem Menschen über mein Vorhaben zu reden oder auch nur irgendwelche Andeutungen zu machen.

Wenn ich es bis Prag schaffen sollte, was ich doch sehr stark annahm, kein Taxi benutzen. Aus dem einfachen Grund, man konnte nie wissen, wer der Fahrer in Wirklichkeit war. Auch sollte ich keinem nach den Weg zu Botschaft fragen. Selbst dies konnte Risiken mit sich bringen. Keine Aufzeichnungen machen, da ich bei einer Kontrolle sofort aufgeflogen wäre. Ich sollte auch nicht vergessen, dass der tschechische Geheimdienst sowie der größte Teil der Polizei mit Sicherheit etwas Deutsch verstand, wenigstens soviel, um zu kapieren, was ich vorhatte. Es war also aller größte Vorsicht geboten. Wieder und wieder musste ich alles Horst wiederholen, um ihm zu beweisen, dass ich auch alles richtig verstanden hatte. Meine Ungeduld kannte aber keine Grenzen. Ich wollte nur so schnell wie möglich in den Zug und dann ab in die große Freiheit.

Dies war wieder einmal typisch für mich. Alles so schnell wie nur möglich, ohne weiter nachzudenken. Ich war mir zu dieser Zeit noch nicht im Klaren, dass ein zu schnelles Handeln, ohne nachzudenken, mir auf keinster Weise behilflich wäre. Geduld war noch nie eine meiner Stärken. Ich musste noch lange Jahre lernen diese aufzubringen.

Am dritten und letzten Tag im Haus von Horst war es nun endlich soweit. Wir waren übereingekommen, dass ich es riskieren konnte. Es war nun sogar Eile geboten, da Horst in Erfahrung gebracht hatte, dass die Grenze zur CSSR vorübergehend geschlossen werden sollte. Der Grund dafür war allen klar. Die Besetzung der BRD-Botschaft durch DDR-Ausreisewillige. Pfarrer Reimann erklärte mir, dass ich jetzt noch vorsichtiger sein müsste.

Zum Schluss fragte mich noch Horst, wie viel Geld ich denn zur Verfügung hätte. Als ich ihm es sagte, musste er lachen, da er es für einen Scherz hielt. Sein Gesicht wurde aber ganz schnell wieder ernst, als er merkte, dass ich keinerlei Ersparnisse hatte. Nun gut, so meinte er. Natürlich hatte er auch für den Notfall dafür gesorgt. Er übergab mir einen Briefumschlag mit 500 DDR-Mark. Dies war eine ganze Menge Geld. Ich wusste in diesem Augenblick nicht, was ich sagen sollte. Ich konnte ihm einfach nur danken. Wollen wir aber auch nicht Pfarrer Reimann vergessen. Er hatte schließlich auch einen Anteil von allem, wenn nicht sogar den größten. Ohne ihn wäre ich bestimmt nie mit Horst in Verbindung gekommen. Horst wünschte mir jedenfalls alles Gute und viel Erfolg. Augenzwinkernd sagte er noch: »Wir sehen uns dann in Westberlin.« Er gab mir eine Telefonnummer, die ich auswendig lernen sollte und danach vernichten. Ich kenne die Nummer heute, nach so vielen Jahren, noch immer. Ich versprach ihm, die Nummer keinem anderen zu geben und das habe ich bis heute gehalten, obwohl es mir einige Male sehr schwer fiel. Davon aber später.

Pfarrer Reimann und ich fuhren auf getrennten Wegen wieder zurück. Es sollte uns keiner zusammen sehen. Ab jetzt wurde es nun ernst und auch gefährlich.

Ich war nun auf mich selber angewiesen und es lag allein nur bei mir, ob auch alles so klappen würde, wie wir es geplant hatten.

Wir hatten uns überlegt, dass ich es auf einem Freitag versuchen sollte. Samstags war in der DDR arbeitsfrei und es gab viele Reisende in die CSSR. Ich würde also nicht allzu groß auffallen. So hoffte ich wenigstens. Wir hatten mittlerweile Montag und bis Freitag war es nicht mehr lange. Ich musste also noch einige kleinere Vorbereitungen treffen.

Nichts Großartiges, aber immerhin war noch das Geld zu wechseln und die Fahrkarten zu kaufen. Da ich Freitag los wollte, musste ich schon am Donnerstag die Fahrkarte kaufen. Man musste dies für den internationalen Reiseweg immer 24 Stunden vorher beantragen. Warum, weiß ich bis heute nicht. Nun hieß es nur noch abwarten und bangen. Hoffentlich hatte keiner Wind von der Sache bekommen. Ich jedenfalls hatte doch ein sehr mulmiges Gefühl. Weshalb weiß ich auch nicht, aber mir war nicht ganz wohl in meiner Haut. Ich hatte das Gefühl, ein jeder würde mich auf der Straße beobachten. Immer wenn es an der Wohnungstür klingelte, zuckte ich zusammen. War es die Polizei? Als bis Donnerstag nichts passierte, wurde ich dann doch unvorsichtig. Ich beging meinen ersten großen Fehler, den ich später noch bereuen sollte.

Es war der letzte Abend vor meiner Abreise in die Ungewissheit und da wollte ich noch einmal so richtig einen drauf machen. Von dem Geld, was mir Horst gegeben hatte, war noch so einiges übrig geblieben. Ich machte also den größten Fehler, den ich nur machen konnte: Ich ging einen saufen. In meiner Stammkneipe tat ich einen auf ganz groß. Spendierte anderen, was das Zeug hielt und merkte nicht einmal, wie betrunken ich zum Schluss war. Horst hatte mich davor eindringlich gewarnt. Er hatte mir gesagt, wenn du dich schon vollaufen lassen willst, dann tue das am besten zu Hause, wo dich keiner sieht. In der Kneipe kannst du schnell mal eine unbeabsichtigte Bemerkung machen, die dir später Leid tun würde. Ich Idiot ignorierte dies aber. Was sollte jetzt schon noch passieren? So sicher war ich in meinem Leichtsinn. Ich versuchte zwar einen klaren Kopf zu bewahren, aber bei der Masse von Bieren und Schnäpsen wurde dies immer schwieriger. Ich bin mir heute nicht mehr so ganz sicher, aber ich ließ bestimmt das eine oder andere von meinem Vorhaben verlauten. Die Menschen können sehr falsch und hinterlistig sein, gerade in der ehemaligen DDR. Spitzel gab es an jeder Ecke und am meisten traf man sie in Kneipen. Dies sollte ich aber erst später erfahren. Meist waren es die eigenen Freunde. Aber selbst in der Familie waren sie vertreten. Ich kann nicht verstehen, warum es Menschen gab, die so etwas machten. Es war wohl meist Geld oder Anerkennung, so denke ich, im Spiel. Wir kennen es ja auch aus der Bibel, wo Judas, ein enger Vertrauter und Freund von Jesus, ihn für ein paar Münzen verriet. Die Zeiten haben sich leider bis heute nicht geändert. Diese Art von Menschen wird es wohl immer geben. Ich verachte sie nicht, aber ich habe keinerlei Respekt vor ihnen. Sie tun mir nur Leid. Auch ich hatte damals keine Freunde und auch nur wenig Geld, aber dass ich zum Spitzel der eigenen Mitmenschen geworden wäre, unvorstellbar. So weit unten war ich wohl nun doch nicht und werde es auch nie sein.

Am Freitagmorgen begann ich mit den letzten Vorbereitungen. Es war eh nicht mehr viel zu tun. Ich musste nur noch meine Fahrkarte vom Bahnhof abholen. Bezahlt hatte ich sie bereits schon am Vortag. Ich ging also zum Fahrkartenschalter und sie wurde mir ohne Weiteres ausgehändigt. Ich hatte die leichte Befürchtung, dass man mich schon am Schalter verhaften könnte. Da dies nicht der Fall war, kehrte meine alte Überheblichkeit wieder zurück. Also, so war ich der Meinung, hatte ich doch nicht allzu viel am Abend zuvor verlauten lassen. Ich hätte es sowieso nicht mehr gewusst, so betrunken wie ich war. Der Zug sollte um 23 Uhr abfahren. Es war also noch etwas Zeit. Meine Mutter bemerkte nicht das Geringste von meinem Vorhaben. Ich weiß nicht, wie sie sich verhalten hätte. Sie arbeitete bei der Volksarmee und es wäre durchaus möglich gewesen, dass sie mich angezeigt hätte. An diesen Abend hatte sie zu meinem Glück eine Geburtstagsfeier. Dadurch hatte ich ein Problem weniger. Ich hätte ihr mit Sicherheit erklären müssen, wo ich so spät noch hinwollte. Die Geburtstagsfeier kam mir also gelegen. Am Nachmittag kaufte ich mir noch eine Stange Zigaretten und natürlich Bier und Schnaps. Ich wollte mir somit Mut antrinken, da ich schließlich mächtig aufgeregt war. Ich konnte es kaum noch erwarten bis zur Abfahrt. Den Schnaps fühlte ich in eine Thermosflasche, damit ich im Zug nicht allzu groß auffallen würde. Mit dem Bier vertrieb ich mir die restliche Zeit. Ich machte mir auch schon die tollsten Zukunftspläne, obwohl ich noch gar nicht am Ziel war. Für mich war alles schon so gut wie gelaufen. In Prag angekommen, würde ich sofort zur Botschaft gehen, meinen DDR-Ausweis vorzeigen und um Asyl bitten. Den Rest würden dann die Botschaftsangestellten in die Wege leiten.

Gegen 21 Uhr begann ich meinen Rucksack zu packen. Ich wollte nur das Nötigste mitnehmen, aber am Ende war der Rucksack genauso voll wie ich es war. Mein Alkoholbedarf war bei Weitem überschritten. Das hatte ich eigentlich nicht so geplant, aber ich machte mir auch deswegen keine großen Sorgen. Bis zur Grenze waren es ungefähr fünf Stunden Zugfahrt und ich dachte mir, bis dahin bist du wieder halbwegs nüchtern. Falsch gedacht!

Mit dem Laufen ging es noch, aber mit dem Sprechen hatte ich so meine Probleme. Ich machte mir aber darum keine weiteren Gedanken. Warum auch, es gab doch schließlich genügend angetrunkene Touristen. Bei meiner ersten Fahrt in die CSSR mit Freunden waren wir auch nicht mehr die Nüchternsten. Also wo lag diesmal das Problem? ›Du musst dich eben richtig zusammen nehmen, dann wird es auch schon gut gehen.‹ Das war alles.

Ich kam also ohne Zwischenfälle auf dem Bahnhof an. Als Erstes begutachtete ich die Umgebung sehr genau, so gut ich es in meinem Zustand jedenfalls konnte. Ich bemerkte nichts Ungewöhnliches. Es war kaum Betrieb und nur wenige Reisende anwesend. Um 23 Uhr fuhr endlich der Zug ein. Bis jetzt lief alles genau nach Plan, so wie es gedacht war. Ich suchte mir ein ruhiges Abteil, was mir nicht schwer fiel, da zu meinem Erstaunen nur wenige Reisende unterwegs waren. ›Na gut‹, so dachte ich mir. ›Der Zug wird sich mit der Zeit schon noch füllen.‹ Wir hielten schließlich auch in Dresden. Als wir nun endlich losfuhren, verabschiedete ich mich im Stillen von meiner Heimatstadt. Ich hoffte, sie nie wiederzusehen. Vielleicht war es der Alkohol in mir, aber es viel mir nicht im Geringsten schwer.

Bis Dresden versuchte ich ein wenig zu schlafen, was mir aber nicht so richtig gelang. Die Aufregung war zu groß. Als wir in Dresden ankamen und nur wenige Reisende zustiegen, wurde ich immer unruhiger. Ich versuchte ruhig zu bleiben, aber es gelang mir einfach nicht. Immer öfter nahm ich einen Schluck aus der Thermosflasche, um mich wenigstens etwas zu betäuben. Nur so bekam ich mich wenigstens ein wenig in den Griff, obwohl es genau das Falsche war.

Nach ungefähr vier Stunden kamen wir in Bad Schandau an. Dies war der letzte Stopp vor der Grenze zur CSSR. Auf dieser Station stiegen die Grenzer und der Zoll in die Waggons ein. Ungewöhnlicherweise wurden sie diesmal von Männern in Zivil begleitet. Das gab mir zu denken. In mir machte sich nun doch langsam Panik breit. Der Zug setzte sich in Bewegung und für einen Rückzieher war es nun zu spät. Ich nahm noch einmal einen kräftigen Schluck aus der Flasche und wartete ab, was kommen würde. Wenig später begannen die Kontrollen. Die Beamten gingen von Abteil zu Abteil und ich konnte sie schon hören. Mein Herz schlug bis zum Hals. Wenige Augenblicke später wurde meine Abteiltür aufgemacht und die Beamten standen vor mir. Sie fragten nach meinem Ausweis und der Fahrkarte. Ich versuchte so ruhig wie nur möglich zu wirken, aber ich konnte einfach meine zitternden Hände nicht verbergen. Sie wollten von mir wissen, was ich in Prag wollte. Ich versuchte mit ruhiger Stimme zu erklären, dass ich Urlaub hätte und einen Abstecher in diese Stadt machen wollte. Ich wäre schon früher einmal in Prag gewesen und es hätte mir sehr gut dort gefallen. Schließlich konnte man dort das beste Schwarzbier trinken und die Leute wären sehr nett. Womit ich natürlich gastfreundlich meinte. Sie nahmen meinen Personalausweis und schauten in einem kleinen Buch nach. »Ach so«, sagte einer. Sie wollten wissen, was ich im Rucksack hatte. Ich sagte ihnen, nur ein paar Sachen zum Wechseln. Ich musste meinen Rucksack öffnen. Natürlich sahen sie meine ganzen Dokumente, die ich mitgenommen hatte. Der eine Beamte mit dem kleinen Buch nickte nur seinem Kollegen zu. Kurz darauf kamen auch die Herren in Zivil in mein Abteil. Der eine Zollbeamte flüsterte den beiden etwas zu. Sie baten mich, ihnen doch bitte zu folgen. In diesem Augenblick war für mich alles klar. Ohne dass sie es aussprachen, wusste ich doch schon, ich bin soeben verhaftet worden. Ich bekam dies aber gar nicht so richtig mit. Für mich stand nur eins fest, es war vorbei. Mir wurden Handschellen angelegt. Beim nächsten Halt, ich konnte die CSSR schon sehen, wartete bereits ein Kleinbus auf uns. Von nun an waren die Herren nicht mehr so freundlich zu mir. Mit Tritten und Schlägen wurde ich in den Wagen verfrachtet. Es ging zuerst in eine kleine Grenzkaserne. Dort wurde ich mit Fußtritten, obwohl ich immer noch gefesselt war, in eine Zelle geführt, beziehungsweise geschleift. Mein ganzer Körper war mit Blutergüssen übersät. Wahrscheinlich hatte die betäubende Wirkung des Alkohols mich vor den schlimmsten Schmerzen bewahrt.

In der Zelle musste ich mich bis auf die Unterhosen ausziehen und verbrachte so die ganze Nacht. Es war wahnsinnig kalt, aber das störte keinen. Auch wurde das Licht nicht ausgemacht und die Augen brannten von dem grellen Neonlicht. Ich betete darum, dass dies nur ein schlechter Traum wäre, aber die Schmerzen in meinem Körper belehrten mich eines Besseren. Es war kein Traum, sondern brutale Realität. Ich konnte es nicht fassen. Wie konnte dies nur passieren? Später erfuhr ich, dass mich einer am Abend zuvor in der Kneipe bei der Stasi verraten hatte. Ich hatte also doch nicht meinen Mund halten können. Wer es war, weiß ich leider bis heute noch nicht. Ist wohl auch besser so. Ich hoffe nur, derjenige kann damit leben. Es war mir aber damals egal, wer es war, da ich ganz andere Probleme hatte, die weitaus größer waren.

Am nächsten Morgen wurde ich selbstverständlich wieder unter Tritten und Schlägen nach Dresden ins Untersuchungsgefängnis der Staatssicherheit gefahren. Eine Zeit, die ich wohl nie vergessen werde.

Nun war also das erdenklich Schlimmste eingetroffen. Ich wurde noch vor der Grenze zur CSSR verhaftet. Wenn ich aber heute darüber nachdenke, war dies nicht weiter verwunderlich. Mit meinen Nerven war ich jedenfalls am Ende. Was war schief gegangen? Im Nachhinein weiß ich es, einfach alles. Ich hatte mich einfach um die gut gemeinten Ratschläge von Horst einen Dreck gekümmert. Vielleicht wäre alles ganz anders verlaufen, wenn ich sie mehr berücksichtigt hätte.

Bei meiner Vernehmung erfuhr ich, dass ich auf einer Liste von Personen stand, die mich als potenzielle Gefahr für die DDR darstellte. Bei meinem Lebenswandel war dies auch kein Wunder. Man beobachtete mich schon des Längeren und wartete nur noch auf die passende Gelegenheit, um mich aus dem Verkehr zu ziehen. Durch meine eigene Schuld machte ich es ihnen natürlich noch leichter. Sie hatten nun erreicht, was sie wollten. Zum Glück wussten sie aber nichts von Horst und ich hatte auch nicht vor, ihnen etwas von ihm zu erzählen. Mit

Pfarrer Reimann war es schon anders. Man wusste zwar von unserem Kontakt untereinander, aber sie konnten ihn nicht mit meiner missglückten Flucht in Verbindung bringen. Geahnt hatten sie es bestimmt, aber konnten sie es auch beweisen? Ohne meine Aussage konnten sie ihm gar nichts. Nun gut, ich konnte mich doch mit einem Pfarrer treffen. Wir sprachen eben nur über kirchliche Angelegenheiten, aber mehr bekamen sie nicht aus mir heraus. Ob sie mir dies abnahmen oder auch nicht, wer weiß. Sie versuchte mit allen Mitteln mehr aus mir herauszubekommen. Bei jeder Vernehmung fingen sie es erst auf die freundlicher Tour an, was meist aber mit Schlägen endete. Auch bekam ich einen blauen Sportanzug mit einem kleinen A auf der linken Brust. Traurig aber war, ab heute heiße ich A. Wenn die ganze Angelegenheit nicht so ernst gewesen wäre, hätte man darüber lachen können. Danach war mir aber bestimmt nicht zumute.

Die Zelle, in der man mich steckte, war mehr oder weniger ein kleines Loch mit einem Fenster, wodurch man aber nicht hinausschauen konnte. Eine Toilette, sichtbar vom Spion (einem Loch in der Tür), eine Pritsche, die tagsüber hochgeklappt wurde und verschlossen, ein Stuhl mit einem noch kleineren Tisch sowie ein Waschbecken, wo den ganzen Tag nur kaltes Wasser herauskam, wenn überhaupt. Das Deckenlicht ließ man am Anfang Tag und Nacht an. Schon nach wenigen Tagen schmerzten mir die Augen. Zu den Verhören holte man mich zu den unterschiedlichsten Zeiten. Mal war es am Tag, aber auch nachts führten sie welche mit mir durch. Die Fragen waren immer wieder die gleichen. Wer und wie half mir bei der Planung? Immer und immer wieder die gleichen Fragen. Das ging an die Nerven. Langsam begriffen sie aber, dass ich nur ein kleiner Fisch war und sie keinen Erfolg bei mir hatten.

Mit der Zeit ließen die Vernehmungen nach. Auch hörten nun endlich die Schläge auf, die ich zum Schluss sowieso kaum noch spürte. Man verlor das Interesse an mir und ließ mich in der Zelle. Nur einmal am Tag durfte ich zum Hofgang hinaus. Eine Stunde musste ich im Kreis in einem kleinen Hof laufen. Man sah nur den Himmel, ansonsten nichts.

Schließlich, eines Morgens wurde ich in eine andere UHA (Untersuchungshaftanstalt) verlegt. Immer noch Dresden, aber in die berüchtigte

Schiessgasse. Es war eine so genannte normale UHA, nicht die wie bei der Stasi. Zum ersten Mal kam ich mit anderen Häftlingen in Verbindung. Dies war schon etwas angenehmer für mich, da ich die letzten Wochen ganz allein war. Ich hatte nur den Kontakt zu den Wärtern und Vernehmen gehabt, wenn man es so bezeichnen konnte. Hier nun war aber alles vertreten. Vom Dieb bis hin zum Mörder. Mit letzteren hatte ich Gott sei Dank weniger zu tun. Natürlich gab es auch politische Häftlinge. Ich hatte aber gelernt jedem zu misstrauen, weil man nie wusste, selbst im Gefängnis, mit wem man es zu tun hatte. Was soll ich sonst noch über diese Tage in Dresden schreiben? Jeder Tag war gleich und es gab so gut wie nichts Neues. Vernehmungen hatte ich keine weiteren mehr. Nur soviel, im Gefängnis macht man sich keine Freunde, aber dafür sehr schnell Feinde. Ich versuchte also so unauffällig wie möglich zu sein und hatte dementsprechend auch keinen Ärger.

Nach weiteren drei Monaten wurde ich wieder verlegt. Diesmal ging es nach Cottbus. Die Untersuchungshaftanstalt befand sich in der Bautzener Straße. Auch diese war bekannt und berüchtigt. Diese gab es schon zu Nazi-Zeiten und dort hatte sich so einiges abgespielt. Ich möchte aber nicht weiter darauf eingehen. Dort wartete ich auf meinen Gerichtstermin, der zwei Monate später stattfand. Ich hatte zwar noch einmal ein paar Verhöre, aber die brachten für die Stasi auch nichts Neues.

Meine Mutter kam mich in dieser Zeit nicht einmal besuchen, obwohl ich es gebraucht hätte. Eines Tages bekam ich aber Post zu meinem großen Erstaunen von Pfarrer Reimann. Er schrieb mir, dass alle mit mir wären und ich mir keine allzu großen Sorgen machen brauchte. Natürlich erwähnte er keine Namen, aber ich wusste genau, wen er damit meinte. Dies gab mir doch sehr viel Mut in meiner Verzweiflung. Schließlich war ich im Gefängnis und was sollte aus mir werden nach meiner Entlassung? Mit einer baldigen Freilassung rechnete ich sowieso nicht. Doch er schrieb mir, dass man mich bei meiner Verhandlung wohl frei lassen würde, da ich noch minderjährig wäre. Ich wollte es glauben, aber ich konnte nicht. Andere Häftlinge und vor allem meine Vernehmer hatten anders darüber gesprochen. Ich hätte mit mindestens zwei Jahren zu rechnen. Ich hatte mich jedenfalls schon darauf gedanklich eingestellt.

Auf einen Freitag wurde der Verhandlungstermin festgelegt. Mit einem kleinen Gefangenenbus wurde ich zum Gericht gefahren. Da ich über kein Geld verfügte und meine Mutter mir nicht half, bekam ich einen Pflichtverteidiger. Dies war noch ein ganz junger Kerl, der aber keinerlei Erfahrungen hatte. Vom Staatsanwalt kann ich nur sagen, ein Monster in eigener Person. Nach seiner Meinung war ich ein Staatsfeind. Solche Menschen, wie ich es einer war, musste man einfach bekämpfen. Ich glaubte, nicht richtig zu hören. Wenn der durchkommt, gehe ich lebenslänglich in den Knast. Bei seinen Ausführungen über mich wurde mir heiß und kalt. Der Richter unterschied sich aber auch nicht weiter von ihm. Alles die gleiche Sippe, war meine Meinung.

Zuschauer waren keine zugelassen, was auch verständlich war. Man wollte keine Nachahmer.

Der Staatsanwalt ließ sich jedenfalls voll und ganz über mich aus. Der hatte doch keine Ahnung, wie es wirklich in mir aussah und wenn doch, kümmerte es ihn nicht. Ein Mensch ohne Seele. Für die da war ich nur eine Aktennummer. Sie hatten den Fehler begannen mich zu schnell einzusperren. Wenn auch nur für ein paar Monate. Dadurch lernte ich erst das Gefängnis kennen. Es ist mit Sicherheit nicht der schönste Platz auf der Welt, aber sie nahmen mir die Angst davor. Ich lernte dort Lehrer, Ärzte und sogar Professoren kennen. Diese waren bestimmt keine Kriminellen. Ihr einziges Verbrechen bestand darin, nicht mit dem System der willkürlichen Herrschaft, der SED, einverstanden zu sein. Ist das ein Verbrechen oder das Recht eines jeden demokratisch Denkenden? Es gab damals nur zwei Möglichkeiten. Entweder man war für den Staat oder gegen ihn. Wer dagegen war, kam früher oder später ins Gefängnis. So entledigte man sich unliebsamen Personen. Heute will man davon nichts mehr wissen oder gar gewusst haben. Aus der Geschichte kennen wir aber ähnliche Vorfälle dieser Art.

Ich würde gern wissen, was aus den ganzen Richtern und Staatsanwälten heute geworden ist. Die meisten werden sich wohl verkrochen oder in irgendein fremdes Land abgesetzt haben. Feiglinge und Verräter an ihrem eigenen Volk. Diejenigen, die man doch noch fassen konnte, wiesen ihre Schuld weit von sich. Man hätte doch nur Befehle von oben erhalten und war gezwungen, diese auch auszuführen. Diese Personen waren der wahre Abschaum. Aber außer vielleicht ein paar wenigen kamen doch alle davon und manch einer bekleidet heute sogar ein hohes Amt. So ist das nun einmal. Die großen Fische fressen die kleinen. Wer aber frisst die großen? Ich oder auch wir werden dies wohl nie erfahren. Hatte man mal es doch geschafft, einen bis vors Gericht zu bekommen, war dieser sofort krank und somit verhandlungsunfähig.

Ich sah aber Leute, alte Menschen, im Gefängnis, die wirklich mitunter sehr krank waren. Diese ließ man nicht frei. Mitunter wurden ältere Menschen vors Gericht gezerrt, nur weil sie ein falsches Wort gesagt haben. Man musste der Welt oder besser formuliert den Russen zeigen, was für ein starker Staat doch die DDR war. Nun gut. Im Augenblick geht es um mich, obwohl ich das auch einmal sagen musste, damit es jeder erfährt. Ob das geglaubt wird, bleibt jedem selbst überlassen. Ich habe jedenfalls keine Veranlassung zu lügen.

Also zurück in den Gerichtssaal Nummer 11 im Bezirksgericht Cottbus.

Der Staatsanwalt ließ sich fast eine Stunde darüber aus, was für ein gemeingefährlicher Mensch ich doch wäre. Ich verstand fast gar nichts und das, was ich verstand, begriff ich aber nicht. Um es kurz zu machen, in ein halbwegs verständlichen Deutsch: Ich wurde der Vorbereitung und des Versuches zum ungesetzlichen Grenzübertrittes zur Nichtrückkehr in die DDR angeklagt. Republikflucht, einfacher ausgedrückt. Dies war, so glaube ich heute noch, Paragraph 213 Abschnitt 1 und 2 sowie noch einiges andere, woran ich mich aber nicht mehr erinnere. Es war zuviel Schwachsinn, um es behalten zu können. Ich konnte mir bei diesen Worten des Staatsanwaltes ein Grinsen nicht verkneifen. Das brachte den ohnehin gestressten Mann noch mehr in Fahrt. Ich kann mich noch an seinen Namen erinnern. Er hieß Richter und spielte sich auch wie einer auf. Ich sehe keinen Grund dafür, den Namen zu verheimlichen oder gar zu vertuschen. Das, so denke ich, wird er schon getan haben. Er stammte übrigens aus Finsterwalde. Leider habe ich nie wieder etwas von ihm gehört. Ich hätte schon ein paar Fragen an ihn. Ob er sie mir beantworten würde, ist dahingestellt. Verständlicherweise.

Nachdem er fertig war, musste ich wieder in meine Gerichtszelle und das Urteil abwarten. Während der ganzen Verhandlung wurde ich nicht einmal nach meiner Meinung gefragt und durfte auch nichts dazu sagen. Es hätte sowieso keinen weiter interessiert. Nach dem ich fast eine Stunde in der Zelle gewartet hatte, wurde ich wieder in den Saal geführt. Der Richter erschien und sprach das Urteil. »Im Namen des Volkes (welches Volkes er wohl meinte, wusste bestimmt noch nicht einmal er selber) ergeht folgendes Urteil: Der Angeklagte wird zu einer Freiheitsstrafe von 18 Monaten verurteilt.« Da ich noch minderjährig war, wurde diese aber auf drei Jahre Bewährung ausgesetzt. Ich wusste nicht, ob ich Lachen oder Weinen sollte. Jedenfalls wurde ich mit sofortiger Verfügung aus der Untersuchungshaft entlassen. Selbstverständlich bekam ich eine Menge Auflagen. Ich durfte zum Beispiel nicht mehr nach Berlin und musste auch meinen Personalausweis abgeben. Das heißt, ich bekam ihn erst gar nicht mehr zu sehen, da man ihn eh schon bei meiner Verhaftung einbehalten hatte. Als Ersatz bekam ich einen PM 12. Dies war ein vorläufiger Ausweis, der mich komplett als Verbrecher abstempelte. Ich war somit Freiwild für die Polizei. Sie konnte mich, wann immer sie wollte und auch ohne erdenklichen Grund, festhalten. Mit diesem Ausweis war ich gekennzeichnet und jeder Polizist wusste, mit wem er es zu tun hatte. Ich wurde somit in meiner Lebensführung vollständig eingeschränkt und auch diskriminiert. Außerdem musste ich mich zweimal wöchentlich beim Ministerium für Inneres (Staatssicherheit) melden. Tat ich dies nicht, konnte man mich ohne Weiteres wieder einsperren. Sie stellten mich voll und ganz unter ihrer Kontrolle, um ihre Macht zu demonstrieren. Da ich meine Lehre abgebrochen hatte, wies man mir eine Arbeitsstelle zu. Meinen Lehrabschluss hätte man mich eh nicht machen lassen, da ich politisch vorbestraft war. Wie man sich natürlich vorstellen kann, war der Job eine Knochenarbeit im Straßenbau. Die Bezahlung war mehr als bescheiden. Die Betriebsleitung wurde selbstverständlich über mich aufgeklärt und dadurch war klar, wie man mich behandeln musste. Dies hieß mit anderen Worten, ich musste die schwerste und dreckigste Arbeit verrichten, die anfiel.

Dies ist ein Bild, vom Cottbusser Untersuchungsgefängnisses, wo ich eingesperrt wurde. Das Gefängnis gibt es noch heute. Es war wie schon erwähnt, berüchtigt in der DDR, weil die Wärter mit besonderer Härte gegen Gefangene vorgingen. Es ging sogar das Gerücht herum, dass Gefangene zu Tode geschlagen wurden. Ich persönlich hatte davon aber nie etwas mitbekommen, obwohl auch ich einige Male, von Wärtern verprügelt wurde. Es gab viele Verbote dort. Zum Beispiel durfte man am Tage nicht in den Betten liegen. Es gab eigentlich einen Haufen Anordnungen, die man befolgen musste. Tat man dies nicht, wurde man mitunter sehr hart bestraft. Die gingen mitunter soweit, dass man in den Arrest musste. Mich traf es auch einmal. Für irgendeine Lappalie musste ich zwei Wochen in einer Arrestzelle sitzen. Diese sind wie Gefängnisse im Gefängnis.

Cottbusser UHA (Untersuchungshaftanstalt)

Cottbusser UHA
(Untersuchungshaftanstalt)

Eine Wohnung gab man mir nicht und somit musste ich weiterhin bei meiner Mutter leben. Ich bin mir nicht sicher, aber sie musste bestimmt Meldung bei der Stasi über mich machen. Im Nachhinein kann ich sie sogar verstehen. Es war damals nicht leicht für sie und da sie noch bei der NVA arbeitete, war es sicher noch schwerer. Sie musste eben tun, was man von ihr verlangte, ansonsten hätte sie mit Sicherheit ihre Arbeit verloren. Dazu waren die im Stande.

Nach meiner Entlassung aus dem Untersuchungsgefängnis ging es rapide mit mir bergab. Ich hatte nun erst recht keine Lust mehr hier zu leben. In einem Land, wo Achtung und Menschenwürde mit den Füßen getreten wurden, gab es für mich einfach keinen Platz. Die Monate in der UHA hatten mich verändert.

Nach einer gewissen Zeit ging ich noch nicht einmal mehr zur Arbeit. Ich wollte einfach nicht für einen Staat arbeiten, der mich so behandelte. Bei jeder »zufälligen« Polizeikontrolle hielt man mich mindestens 24 Stunden fest, meist ohne einen ersichtlichen Grund. Von Menschenwürde war in meinem Fall schon längst nicht mehr die Rede. Ob nun auf der Arbeit oder anderswo, ich wurde auf jede sich nur bietende Art und Weise schikaniert. Mit meinen Nerven war ich so ziemlich am Ende. Na jedenfalls kam es, wie es kommen musste und ich fing wieder mit dem verfluchten Alkohol an. Ich war ein labiler Mensch und da war es eigentlich vorauszusehen, dass es früher oder später so weit kommen musste.

Ich dachte schon, dass ich wenigstens dieses Problem hinter mir gelassen hatte. Fehlanzeige!

Natürlich war es denen vom Ministerium des Inneren, wo ich mich zweimal die Woche melden musste, egal, ob ich betrunken war oder nicht. Denen war doch ein politisch Betrunkener lieber als ein Nüchterner. Einen Alkoholiker konnte man noch besser kontrollieren.

Ich wusste aber, dass es so nicht mehr weitergehen konnte. Es musste mit mir und vor allem mit meinem Leben etwas passieren. Ich gehörte zum Abschaum meiner Heimatstadt, da ich meist angetrunken oder komplett besoffen durch die Straßen ging. Meine Mutter hatte mich schon längst aufgegeben und ließ mich gewähren, solange ich ihr nicht zur Last fiel. Wenn sie es gekonnt hätte, wäre ich bestimmt schon längst aus ihrer Wohnung geflogen, aber das ging eben nicht so einfach. Sie sah mich ja eh kaum und wenn doch, gab es meist Streit oder ich schlief gerade meinen Rausch aus, um mir dann wieder einen neuen zu besorgen.

Ich sah meinen letzten Ausweg wieder nur darin, es noch einmal zu versuchen.

Eine erneute Republikflucht! Diesmal sollte aber alles besser und vor allem anders ablaufen. Das Gefängnis hat einen unrühmlichen Namen. Man sitzt nicht nur, sondern lernt auch noch dazu. Meist das Falsche.

Am Ende ging doch alles viel schneller und es kam spontan. Ohne weitere Vorbereitungen und nur mit wenig Wissen begann ich mein Unterfangen. Es sollte diesmal an der deutsch-deutschen Grenze passieren. Ich wollte eine richtige Flucht in den Westen. In der UHA habe ich die verschiedensten Möglichkeiten von einer Flucht gehört. Diesmal möchte ich aber nicht weiter darauf eingehen, da es mir zu lächerlich und auch peinlich erscheint, um auch nur erwähnt zu werden. Nur soviel. Wie ihr euch sicher denken könnt, ging es mal wieder schief. Ich schaffte es zwar bis fast an die Grenze, aber dort wurde ich erwischt und landete wieder in Untersuchungshaft. Diesmal kam ich nicht mit dem blauen Auge davon. Es gab eine lange Haftstrafe mit Bewährungswiderruf. Ich saß bis 1989 im Gefängnis. Zu meinem großen Glück gab es im November '89 eine Amnestie. Den Grund dafür kennen wir alle noch zu gut. Es war der November, wo die Mauer fiel. Endlich, nach so vielen Jahren waren wir frei. Leider vergessen das heute die meisten. Honecker und seine Bande aus Kriminellen hatten nicht mehr das Sagen. Alle politisch Eingesperrten wurden aus der Haft entlassen. Auch ich.

Nun sah ich meine große Chance, eine Wende in meinem Leben herbeizuführen.

Dazu möchte ich aber im zweiten Teil des Buches berichten.

Eine Gruppe von Jugendlichen, die sich über den Wechsel und den Mauerfall November 1989 freuen.

Mauerfall 1989

Teil II

Ein neuer Anfang mit wiederum neuen Grenzen

Ich ging also nach meiner Entlassung aus dem Gefängnis sofort in den Westen.

Von nun an sollte alles anders werden. Ich wollte arbeiten und mir ein schönes Leben machen. Wie viele werden wohl das Gleiche vorgehabt haben. Man stellte sich ein Leben in Freiheit und Wohlstand vor, die Wirklichkeit sah aber ganz anders aus. Der Kapitalismus kann sehr brutal sein. Mit ihm natürlich auch die Menschen. Am Anfang waren noch alle freundlich zu einem wie mir, aber das änderte sich bald, wo es an das eigene Geld ging. Wir Ossis wollten alles so schnell wie nur möglich.

Dass man aber nichts geschenkt bekam, verstanden nur wenige. Arbeitstellen waren damals schon knapp und nun auch noch wir. Der Unmut stieg dadurch natürlich.

Da ich kein abgeschlossene Lehre hatte, war es für mich schier unmöglich eine Arbeit zu bekommen. Es gab ein Heer von Arbeitslosen und ich wurde einer von ihnen. Da ich mein Problem Alkohol noch immer nicht unter Kontrolle bekommen hatte, ging es wiederum schnell bergab mit mir. Aus der Traum vom Goldenen Westen. Ich landete schließlich auf der Straße, wo viele meiner Landsleute strandeten. Ich war zwar frei, aber nun doch nicht so wie ich es mir vorgestellt hatte. Auf der Straße zu leben, ist sehr hart, vor allem für einen, der dieses Leben nie kannte. In der DDR gab es keine Bettler oder wie sagt man auch abstoßende Landstreicher. Ich stand an der untersten Stufe der sozialen Leiter. Man musste selbst sehen, wie man überlebte. Der Staat half zwar mit einer kleinen finanziellen Aushilfe, aber das reichte hinten und vorne nicht. Diese so genannte Sozialhilfe war sicher etwas Gutes, aber es reichte nun mal nicht zum Leben. Man war gezwungen zu betteln. Am Anfang fiel es mir sehr schwer, andere Leute nach Geld zu fragen, aber mit der Zeit und der Tatsache, dass ich es machen musste, lernte ich es schnell. Natürlich brauchte man dafür eine Menge Überwindung. Andere Menschen um Geld zu bitten, ist etwas, was man mit Worten nicht beschreiben kann. Ich konnte dies nur unter Alkoholeinfluss, denn dieser nahm mir den Scham und machte mir auch Mut. Es sollte natürlich keine Entschuldigung für meinen Alkoholismus sein. Ich will damit aber nur klarstellen, dass ich zu dieser Zeit noch gar nicht fähig gewesen wäre, mit dem Trinken aufzuhören. Es gehörte schon fast zum Überleben. Man musste hart mit sich sein und vor allem mit anderen. Tat man dies nicht, konnte man arge Probleme bekommen. Auf der Straße gab es eigene Gesetze, die von Leuten der Straße gemacht wurden. An diese musste man sich halten. Diebstähle und Schlägereien waren an der Tagesordnung. Nur der Stärkere zählte und hatte das Sagen. Heute würde ich sagen, fast schon wie bei den Tieren. Das soll nicht abwertend klingen, sondern nur den Ernst des Straßenlebens verdeutlichen. Es gab eben die Starken und die Schwachen. Die Schwachen wurden von den Stärkeren auch als solche behandelt. Ich muss zu meinem Leid ehrlich sagen, dass ich zu den Schwächeren zählte.

Mit am schlimmsten war aber, dass man nie einen sicheren Schlafplatz hatte. Wenn es regnete oder es im Winter kalt war (ich meine damit sehr kalt), musste man schon genau suchen, um etwas Passendes zum Schlafen zu finden. Dieser musste sicher vor den eigenen Leuten und auch vor der Polizei sein. Mit beiden konnte man nachts argen Ärger bekommen. Ich bin einige Male früh aufgewacht und hatte nichts mehr. Alles geklaut. An solche Sachen musste man sich erst einmal gewöhnen. Das Leben kann hart sein, aber noch sehr viel härter können Menschen sein.

Einmal schlief ich mit anderen unter einer Kanalbrücke. In der Nacht begann es sehr stark zu regnen und wir merkten es erst viel zu spät. Der Kanal fühlte sich schnell mit Wasser, aber wie durch ein Wunder wachte einer von uns auf. Er schrie nur: »Raus hier!!!« Keiner hatte mehr die Zeit sein Hab und Gut zu packen. Es ging im wahrsten Sinne nur um das eigene Überleben. Wir rannten, was wir konnten. Ich hatte nur den einzigen Wunsch und auch Willen, so willst du nicht enden. Glücklicherweise schafften wir es alle. Minuten später stand der ganze Kanal unter Wasser. Nicht auszudenken, wenn der einer nicht wach geworden wäre. Wir besaßen nur noch die Sachen, die wir trugen. Es ging einfach alles zu schnell. Den Rest der Nacht verbrachten wir unter freiem Himmel im Regen. Es war fürchterlich kalt und wir hatten auch nichts mehr zu trinken, um uns wenigstens innerlich warm zu halten. Wir waren zu viert. Am nächsten Tag, musste einer ins Krankenhaus. Verdacht auf Lungenentzündung. Ich hörte nie wieder von ihm.

Ein anderes Mal wurde ich in der Nacht wiederum von Skinheads überfallen. Sie schlugen mich zusammen und nahmen mir alles (ich hatte doch eh nichts) weg. Zufällig vorbeikommende Passanten alarmierten die Polizei und den Rettungsarzt. Ich wachte erst im Krankenhaus wieder auf. Die hatten mich ganz gut bearbeitet. Ich hatte eine Gehirnerschütterung und Prellungen am ganzen Körper. Die Polizei unternahm nichts weiter. Vielleicht konnte sie nicht, aber ich bin der Meinung, sie wollte auch nicht. Wegen eines Vagabunden machte man sich doch keine unnötige Arbeit. Ich war schließlich kein Steuerzahler und auch so bedeutungslos.

Jetzt werden sich einige sicher fragen, warum geht der nicht wieder nach Hause. Diese Frage ist völlig berechtigt. Wie oft stellte ich sie mir selber. Der Grund aber, warum ich nicht zurückging, war, dass Zugeständnis anderen gegenüber, denn ich hatte versagt. Ich war einfach zu feige. Heute fällt es mir leicht, dies zu behaupten, aber damals undenkbar.

Nach jedem Sturz stand ich eben wieder auf und schaute nach vorne. Selbstverständlich ist dies nicht so leicht gewesen, wie es hier geschrieben steht. Es musste aber irgendwie weitergehen. Ich konnte und wollte doch nicht mein ganzes Leben auf der Straße verbringen, um mich eines Tages zu fragen, was hast du erreicht?

Um schließlich auf mich aufmerksam zu machen, beging ich einen Selbstmordversuch, in der Hoffnung nun endlich Gehör zu finden. Fehlanzeige! Ich hatte nur das Glück, nicht in eine Nervenanstalt eingewiesen zu werden. Schließlich, als alles nichts mehr half, beschloss ich aus Deutschland wegzugehen. Es hielt mich einfach nichts mehr. Die eigenen Leute sahen mich schief an und es kam mir wieder so vor, als ob man mich verachtete. Helfen konnte ich mir also nur noch selbst. Ich wollte einfach weg. Die Zukunft würde mir schon noch zeigen, was es mir bringt. Heute weiß ich, dass es richtig war. Zumindest was meine Person betrifft.

Also wohin gehen? Welches Land? Wie? Womit? Fragen über Fragen. Ich begann in aller Ruhe jede einzelne Frage selbst zu beantworten.

Fangen wir mit dem Womit an. Das heißt natürlich Geld. Mittlerweile kannte ich schon einige Tricks, ein wenig mehr Geld vom Sozialamt zu bekommen. Auf legalem Wege.

Ich wartete noch eine Woche und als wieder Zahltag war, sagte ich denen vom Amt, ich bräuchte neue Bekleidung, einen Schlaffsack, na ja und so weiter.

Nun hatte ich circa 1000 Mark in der Tasche. Jetzt stellte sich die Frage womit und wohin. Das womit war eigentlich von selbst klar. Autostopp. War nur noch das wohin.

Ich wollte auf alle Fälle in den Süden. Die Idee von Italien gefiel mir gut. Mein größtes Problem bestand aber darin, dass ich kein Italienisch sprach und mein Englisch ließ auch zu wünschen übrig. Die einzige Fremdsprache, die ich so halbwegs beherrschte, war russisch. Damit würde ich aber sicherlich nicht weit kommen. ›Aber‹, so dachte ich, ›wo ein Wille ist, ist meist auch ein Weg. Wie machten es die Urlauber im Ausland?‹ Es musste einfach irgendwie gehen.

Nun hatte ich aber noch ein anderes Problem, was mir erst später klar wurde. Da ich in Deutschland ohne festen Wohnsitz gewesen war, hatte ich natürlich im Personalausweis auch keine Adresse stehen. Würde man mich über die Grenze lassen? Ich musste mir also wieder etwas einfallen lassen. Nach einigem Überlegen und aus Erinnerung mit Gesprächen anderer Vagabunden kam ich zu dem Entschluss, es nur mit Fernfahrern zu versuchen. Diese wurden im Transitverkehr nicht nach ihren Ausweisen gefragt. Sie brauchten nur ihre Frachtpapiere vorzeigen und durften im Normalfall die Grenzen ohne Weiteres passieren. Eigentlich hatten

Fernfahrer auch ihr Gutes. Sie fuhren meist weite Strecken und da war es doch gut möglich, dass sie Anhalter und wenn auch nur zur Unterhaltung eher mitnahmen als andere PKW-Fahrer. Es schien also theoretisch sehr einfach zu sein. Ich vergaß wohl nur eins, es gab nicht nur deutschsprachige Fernfahrer. Der Ärger sollte erst losgehen und war auch schon vorprogrammiert.

Bis nach Italien ging alles gut. Mich nahm ein Holländer mit. Er war sehr freundlich und gab mir auch zu essen. Aus dem Gespräch mit ihm erfuhr ich, dass er öfter Anhalter mitnahm. Es würde ihn an seine Jugend erinnern, da er selbst oft durch Europa getrampt ist. Es ging bis nach Mailand in einem Stück. Wie ich schon vermutete, hatte es keinerlei Probleme an der Grenze gegeben. An einer Autobahnraststätte kurz vor Mailand war meine erste Etappe geschafft. Von nun an war ich auf mich selbst angewiesen, in einem fremden Land weiterzukommen. Es war mittlerweile Abend und ich suchte mir erst einmal einen Schlafplatz. Da es nicht sehr kalt war (ich war schon Schlafen im Freien und unter kalten Umständen gewöhnt) machte ich es mir auf einer Bank halbwegs bequem. Ich hatte außerdem noch eine angebrochene Flasche Schnaps dabei und somit machte es mir die Situation erträglicher. Am nächsten Morgen wollte ich dann weitersehen, ob ich einen Fahrer nach oder in Richtung Sizilien erwischen konnte. Mit einem Gefühl von Zufriedenheit und auch der Abendteuerlust, denn wie ein Abendteuer kam es mir alles so vor, schlief ich ein.

Voller Tatendrang und mit einem schweren Kopf erwachte ich am nächsten Morgen. Gegen die Kopfschmerzen half mir nur eins. Ich kaufte mir was Alkoholisches zu trinken. Es war damals die beste Medizin für mich. Nach und nach ging es mir besser und ich konnte wieder starten. Jetzt hieß es einen Fahrer zu finden, der in meine Richtung fuhr. Zu meinem Pech verstand mich keiner. Einen Deutschen fand ich nicht. Was nun machen? Keiner wollte mich mitnehmen. So irrte ich wohl den ganzen Vormittag auf der Raststätte herum, ohne Erfolg. Ich wollte schon für diesen Tag aufgeben.

Es waren noch andere Tramper vertreten. Ich setzte mich auf eine Bank und sah ihnen zu. Diese versuchten ihr Glück mit Schildern. Es schien zu funktionieren. Einer nach dem anderen wurde mitgenommen. ›Warum versuchst du es nicht auch so?‹, dachte ich mir. Gedacht und getan!

Ich stellte mich an eine der Ausfahrten, ohne darauf zu achten, wohin diese führte und versuchte es wie die anderen. Nach kurzer Zeit hielt tatsächlich ein LKW. Es war ein Italiener. Ich sagte ihm, dass mein Ziel Sizilien wäre und ob er mich mitnehmen könnte. Er schien mich zu verstehen, so dachte ich jedenfalls. Wie sich schon bald herausstellte, hatte ich wieder einmal falsch gedacht. Ich sprach noch kein Wort Italienisch und er nicht deutsch. Besser hätte es nicht klappen können. Ich verstand jedenfalls, dass er aus Frankreich käme und nach Sizilien wollte. Er wiederum dachte, ich käme aus Sizilien und wollte nun nach Frankreich. Wie sich auch herausstellte, hatte ich an der falschen Ausfahrt gestanden. Diese führte nach Frankreich. Jedenfalls ging es, ohne dass ich es am Anfang merkte, Richtung Frankreich. Nachdem ich meinen Fehler bemerkte, war es auch schon zu spät. ›Na gut‹, dachte ich mir, ›geht es eben nach Frankreich.‹ Dort war ich schließlich auch noch nie. Er gab mir zu verstehen, dass seine Reise bis nach . . . , ach, ich weiß nicht mehr, wie die Stadt genau hieß. Im LKW kam mir dann der Gedanke: ›Warum trampst du nicht gleich nach Spanien? Dort ist es doch auch schön und vor allem warm.‹ Schön wusste ich noch nicht, aber warm war es mit Sicherheit. Ich konnte zwar kein Spanisch, aber von Italienisch hatte ich doch auch keine Ahnung. Ich machte mir nicht die geringsten Sorgen, um meine Zukunft und vor allem, was mich noch zu erwarten hatte.

So begann mein erster Trip nach Spanien. Das Land der Stierkämpfe. Mehr wusste ich auch nicht.

Erzählen wir aber der Reihe nach.

Meine erste Reise

Wie ich schon erwähnte, hatte ich mich in Mailand etwas verfranzt. Nicht unbedingt durch meine eigene Schuld, aber eben durch Verständigungsschwierigkeiten mit dem Fernfahrer. Es ging nun nicht mehr nach Sizilien, sondern nach Frankreich.

Die Fahrt führte mich von Mailand über Torino, Savona, das bekannte San Remo bis nach Monte Carlo. Ich war in Monaco. Kaum zu glauben. Hier wurde die Formel 1-Weltmeisterschaft durchgeführt und ich befand mich dort. Es war wie in einem Traum.

Monte Carlo machte einen sehr sauberen Eindruck auf mich. Zu meinem Erstaunen sah ich keine Bettler auf den Straßen. An für sich sind diese doch in größeren Städten überall vertreten. Warum sollte ich sehr schnell erfahren. Im Königreich Monaco ist das Betteln einfach verboten. Eigentlich auch verständlich. Wer in Monte Carlo lebte, hatte es gar nicht nötig, um Geld zu bitten.

Wenn man dabei erwischt wurde, konnte man dafür sogar eingesperrt werden. Dies wusste ich natürlich zu diesem Zeitpunkt noch nicht. Wie auch, aber aus Erfahrung wird man klug, soll mal einer behauptet haben. Der musste es ja wissen.

Ich verabschiedete mich jedenfalls erst einmal vom Fahrer, der mich bis hierher mitgenommen hatte. Er redete die ganze Zeit unaufhaltsam, nur ich verstand kein einziges Wort von dem, was er sagte. Ich nickte nur mit dem Kopf und sagte immer wieder nur si. Er war freundlich zu mir und ich wollte nicht unhöflich sein. Was soll's. Manchmal reichte es eben auch aus, nur den Anschein zu erwecken, man würde etwas verstehen. Es kann unter anderem aber auch sehr nerven. Obwohl ich es noch gar nicht nötig hatte, gab er mir zum Abschied noch ein paar französische Franken. Ich hatte zwar keine Ahnung, wie viel das wert war, aber immerhin.

Ein erster Anlaufpunkt ist aus Erfahrung der Bahnhof. Dort trifft man in der Regel Gleichgesinnte. Mit meinem Rucksack beladen, kam ich mit viel Mühe dort an. Sich durchzufragen, war schier unmöglich, da mich ja keiner verstand.

Nach einigen Stunden des Herumirrens schaffte ich es endlich ihn zu finden. Dort erfolgreich angekommen, machte ich auch schon die erste Bekanntschaft mit den Ordnungshütern. Sie wollten eine Fahrkarte von mir sehen. Ich schien wohl nicht wie ein Tourist auszusehen. Da ich keine Fahrkarte hatte und sie auch begriffen haben, dass ich ein Vagabund war, schmiss man mich kurzerhand aus dem Bahnhof. ›Bingo‹, dachte ich so bei mir, ›das geht schon gut los. Gerade erst angekommen und schon Bahnhofsverbot.‹ Also versuchte ich mein Glück eben in der Innenstadt. Nach drei weiteren Kontrollen durch die Polizei wurde es mir doch etwas unangenehm. Bei der vierten war es endlich soweit. Die Polizei nahm mich mit auf das Revier. Man kontrollierte meinen Ausweis und durchsuchte auch den Rucksack. Einer der Polizisten redete unaufhaltsam auf mich ein. Ich versuchte ihm klar zu machen, dass ich kein Französisch verstand. Das schien den aber gar nicht zu interessieren. Nach geraumer Zeit kam endlich einer, der wenigstens ein wenig deutsch sprach. Er sagte mir unmissverständlich, dass Bettler in dieser Stadt nicht geduldet wären. In Monaco wäre es untersagt zu betteln und dass man mich dafür einsperren könnte. Keine schönen Aussichten, die ich da hatte. Weiterhin gab er mir zu verstehen, dass man mich nun des Landes verweisen würde. Sollte man mich noch einmal in der Stadt sehen, würden sie ihre Drohung wahr machen und ich würde ins Gefängnis kommen. So hatte ich mir den Anfang meiner Europatour nicht vorgestellt. Man brachte mich also wieder zum Bahnhof. Diesmal aber in einem Polizeiauto. Zu meinem Glück hatte ich wenigsten etwas Geld bei mir. Somit konnte ich eine Fahrkarte nach Nice kaufen. Hätte ich kein Geld gehabt, wäre ich wohl sofort ins Gefängnis gekommen.

Nice lag schon in Frankreich. Eine richtige Grenze zwischen Monaco und Frankreich konnte ich beim besten Willen aber nicht erkennen. War mir eigentlich damals auch egal. Na jedenfalls kam ich dort ohne Weiteres ganz gut an. Aufhalten wollte ich mich aber auch dort nicht lange, da der Schrecken mir noch in den Gliedern saß. Als Erstes suchte ich nach einem Laden, wo ich etwas zu trinken herbekam. In Frankreich trinkt man Wein und der ist dort auch am billigsten. Mit der Flasche Wein setzte ich mich auf eine Parkbank und musste auch nicht lange warten, als schon wieder die Polizei erschien. Auch in Nice war man nicht sehr erfreut über mein Aussehen. Es lag wohl mehr daran, dass ich die Flasche Wein in der Öffentlichkeit trank. Ich war zu dieser Zeit noch halbwegs sauber gekleidet, aber das änderte nichts an der Tatsache, dass auch hier Vagabunden unerwünscht waren. Solche Menschen sind nun einmal nicht gern gesehen, egal in welchem Land. Gut sie tranken, wie auch ich es tat, aber der größte Teil verhielt sich doch friedlich. Es mag mit Sicherheit auch Ausnahmen geben, deswegen wohl auch ihre ablehnende Haltung mir gegenüber. Eigentlich fiel doch nur der kleinste Teil aus dem Rahmen.

Ich wurde wiederum höflich, aber bestimmt aufgefordert, die Stadt doch bitte zu verlassen. So reiste ich eben weiter nach Cannes. Dort, noch nicht einmal so richtig angekommen, standen sie schon bereit für mich. Als wenn sie nur auf meine Ankunft gewartet hätten. Cannes ist nun für seine Filmfestspiele bekannt. Einleuchtend eigentlich, dass man mich nicht gerade mit offenen Armen erwartete. Es war mittlerweile schon spät am Abend und sie ließen mir wenigstens die Nacht über Zeit. Man legte mir aber nahe, am nächsten Morgen unverzüglich zu verschwinden. Weiterhin sollte ich ja nicht auf die Idee kommen, auch nur zu versuchen, betteln zu gehen. Dies würde unangenehme Konsequenzen mit sich ziehen. Da ich, wie schon erwähnt, noch Geld hatte, versuchte ich es auch nicht erst. Schließlich sollte man sich mit der Polizei besser nicht anlegen. Meinen Rucksack schloss ich also in ein Schließfach am Bahnhof ein und ging mir ein wenig die Stadt anschauen. Ich wollte nicht weiter als Vagabund auffallen.

Cannes ist an sich eine schöne Stadt, wenn man das nötige Kleingeld hat.

Ich kaufte mir wiederum etwas zu Trinken und ging zurück zum Bahnhof, wo ich meinen Rucksack aus dem Schließfach holte. Ich versuchte so unauffällig, wie möglich zu wirken, um nicht wieder bei der Polizei aufzufallen.

Als es dunkelte, ging ich zum Schlafen auf eine Wiese vor dem Bahnhof. Zu meinem Erstaunen waren dort auch noch andere Jugendliche vertreten, die sich zum Schlafen getroffen hatten. Es waren mehr oder weniger Rucksacktouristen. Dies spielte aber in dieser Nacht keine Rolle. Es wurde ziemlich lustig. Wir sangen und tanzten. Selbst die Polizei schritt nicht ein. So verging die Nacht und es begann auch schon bald zu dämmern. Ein neuer Tag brach an und mit diesen auch wieder neue Abendteuer.

Am Morgen dann hieß es also wieder weiterziehen. Nur war ich am überlegen, ob mit dem Zug oder wieder Autostopp. Was war billiger? Autostopp!

Wie kam ich aber zur nächsten Autobahnraststätte? Mir blieb am Ende nichts weiter übrig, als ein Taxi zu nehmen. Zu Fuß wäre es einfach zu weit gewesen und ich hatte dazu auch nun wirklich keine Lust. Weite Strecken zu laufen und das noch mit Rucksack war eben nicht mein Ding. Als ich den Preis hörte, wurde mir ganz anders. Ich war nun einmal in Cannes und dementsprechend waren auch die Preise. Aber was sollte es? Die Autobahn lag ein ganzes Stück außerhalb der Stadt. Widerwillig bezahlte ich den Taxifahrer und fluchte ihm auch noch im Stillen Verwünschungen nach. Von nun an wurde es eng mit dem Geld. Ich musste also baldmöglichst eine Gelegenheit finden, um wieder an etwas Geld zu kommen. Gott sei Dank hatte ich noch eine Flasche Wein und somit verblasste dieses Problem für den Augenblick. Nachdem mein Promillepegel erreicht war, begann ich mich nach einer günstigen Mitfahrgelegenheit umzuschauen.

Wieder hatte ich Glück. Nach Kurzem schon hielt ein Kleinbus. Dieser war voll gestopft mit allem möglichen Ersatzteilen für PKWs. Zu meinem Erstaunen sprach der Fahrer auch noch deutsch. Gut, nicht gerade besonders, aber immerhin so, um ihn zu verstehen. Er war Marokkaner und dementsprechend schwierig auszusprechen war auch sein

Name. Nenne ich ihn deswegen einfach mal Ali. Wie schon erwähnt, kam er aus Marokko und lebte sowie arbeitete in Frankreich. Er hatte früher Deutsch studiert. Daher seine Kenntnisse von meiner Sprache. Auch so machte er einen gebildeten Eindruck. Sein Alter konnte ich nur schätzen. So um die 40, vermutete ich. Er fragte mich, wohin ich denn möchte. Ich sagte ihm, dass ich nach Spanien wollte. Ali musterte mich einen kurzen Augenblick und sagte dann, ich könnte mit ihm bis nach Barcelona mitfahren. Ich konnte es kaum fassen. Bis Spanien waren es noch weit über 1000 Kilometer.

Er meinte, ich sollte es mir so bequem wie möglich machen, da wir eine lange Strecke vor uns hätten. Bei der Unordnung leichter gesagt als getan.

Er fing an, mir von sich zu erzählen. Sein Vater war Marokkaner und seine Mutter Französin. Er wurde in Frankreich geboren und hatte deswegen auch die französische Staatsangehörigkeit. Nach der Geburt seines Bruders gingen seine Eltern wieder zurück. Er blieb im Alter von 18 Jahren allein in Frankreich. Mit circa 20 Jahren studierte er für zwei Jahre erst in Deutschland und später weiter in Paris. Was genau noch einmal, weiß ich heute nicht mehr. Nachdem er mit 30 fertig war mit Studieren, ging auch er wieder zurück. Er wurde zwar in Frankreich geboren, aber er fühlte sich dennoch als Marokkaner. Mittlerweile hatte sein Bruder eine Autowerkstatt in Marokko eröffnet. Ersatzteile waren aber sehr teuer dort und somit kam den Brüdern die Idee, diese in Frankreich zu kaufen, um sie in Marokko wiederzuverkaufen. Dies war auch der Grund dafür, warum sein Kleinbus so voll gepackt war. Er meinte, man würde nicht gerade reich werden, aber zum Leben reichte es der ganzen Familie. Für mich waren es eigentlich keine Ersatzteile oder als solche zu erkennen, vielmehr einfach nur Schrott, aber in Marokko konnte man nun auch aus Schrott Geld machen.

Für manche Menschen hatte eben alles noch einen gewissen Wert, was andere einfach wegwarfen. Wir nennen es in unserer modernen Welt Recycling, sie aber Wiederverwertung.

Wie schon gesagt, war Ali ein netter Kerl. Die Fahrt bis Spanien verlief ohne Weiteres ganz gut. Es war nur eben sehr ungemütlich im kleinen

VW-Bus. Auch an der Grenze von Frankreich nach Spanien verlief alles reibungslos.

Wir brauchten für die 1000 Kilometer fast drei Tage. Geschlafen wurde im Auto und zu essen gab es meist Chips und Wasser. Man kann auch mit wenig auskommen. Bei mir machte er sogar eine Ausnahme und kaufte ein paar Kartons Wein. Selbst trank er so gut wie keinen. Mir sollte es nur recht sein. Somit konnte ich einen Entzug vermeiden.

Endlich nun war ich im Land der Orangen, der Sonne und des Mittelmeeres.

Was würde nun hier auf mich warten? Ich hatte bis dahin noch nicht die geringste Ahnung, wohin ich eigentlich genau wollte. War mir auch egal. Irgendetwas wird sich schon ergeben, war bis dahin meine Meinung. Einfach erst einmal alles auf einen zukommen lassen, später wird man schon weitersehen. Bis Barcelona hatte ich außer der Autobahn noch nicht viel vom Land und den Leuten mitbekommen. Ali sagte mir, Spanier wären sehr temperamentvoll. Warten wir es einfach ab.

In Barcelona angekommen, sagte Ali mir, er müsste für drei Tage Freunde besuchen. Danach könnten wir uns wieder treffen und er würde mich dann weiter mit in den Süden nehmen. Ich war damit einverstanden und somit verabredeten wir uns drei Tage später auf dem Zentralbahnhof in Barcelona. Dort verabschiedeten wir uns auch und ich ging für diese Tage meine eigenen Wege. Ab nun wurde es ernst. Ich sprach kein Wort Spanisch. Wie sollte ich mich den Leuten nur verständlich machen? Mit meinem Rucksack beladen, irrte ich erst einmal auf dem Bahnhof ziellos umher. Diesmal hatte ich kein Pech mit der Polizei. Sie schien mich überhaupt nicht wahrzunehmen. Ich interessierte sie überhaupt nicht. Mit Wein beladen, setzte ich mich auf eine Bank vor dem Bahnhof. Dort wollte ich meine nächsten Schritte planen. Hinter mir auf einer Wiese lag ein Typ wie ich mit Rucksack. Dieser hatte ebenfalls Wein bei sich und beobachtete mich schon eine ganze Weile. Nach einiger Zeit kam er auf mich zu und sprach mich an. Zu meinem großen Erstaunen auch noch in deutsch. Es stellte sich heraus, dass er auch Deutscher war. Er lud mich zu sich auf die Wiese ein, wo er eine Decke ausgebreitet hatte. Ich konnte meine Freude darüber kaum verbergen, dass ich hier, weit ab von Deutschland, einen Landsmann treffen würde, vor allem auch noch so schnell. Er hieß Olaf und war genau wie ich Vagabund. Als Erstes wurden es erst einmal Neuigkeiten ausgetauscht. Olaf sagte mir, er wäre schon fast einen Monat hier. Man könnte hier in Barcelona ganz gut betteln und auch mit den Bullen gäbe es keine Probleme, solange man es nicht übertrieb. Er musste schon recht bald gemerkt haben, dass ich noch neu auf der Straße war und nichts kannte. Er bot mir an, mit ihm zusammen zu bleiben. Das war natürlich so etwas. Zu zweit, so erklärte er mir, wären wir sicherer in der Nacht und beim Betteln auch erfolgreicher. Wenn es bei dem einen nicht so richtig klappte, ging es vielleicht beim anderen besser und somit hatten wir beide etwas davon. Das Geld würde zusammengeschmissen und eingekauft, was wir eben bräuchten. Er kannte auch einige Essenstellen von der Kirche, wo man umsonst etwas zu essen bekam. Auch sprach Olaf spanisch und er könnte mir ein wenig beibringen, zumindestens das Nötigste. Er meinte auch, ich hätte Glück gehabt ihn noch anzutreffen, da er schon vorhatte weiterzuziehen. Es hielt ihn nie länger als einen Monat in ein und derselben Stadt. Ich sagte ihm, dass ich in drei Tagen eine Verabredung hätte und noch nicht wusste, was ich genau machen würde. »Kein Problem«, meinte er nur. »Wir können die drei Tage zusammen durch Barcelona ziehen und danach kannst du dich ja noch immer entscheiden, was du machen willst.« Damit war ich einverstanden. Es hatte Vorteile, wenn man mit jemanden zusammen war, der sich schon in der Stadt auskannte.

Also, was soll ich über die drei Tage weiter berichten? Olaf zeigte mir ein wenig von der Stadt und auch, wo wir zu Geld kommen würden. Natürlich immer nur auf eine Weise, durch Betteln. Jeder hat da so seine eigene Methode. Der eine spricht die Menschen direkt an und fragt oder bittet sie um etwas Kleingeld, der andere setzt sich vor einen Supermarkt und hält nur die Hand auf. Andere versuchen ihr Glück in Einkaufspassagen. Olaf hielt es mit dem Supermarkt am besten. Ich sprach kein Spanisch und brauchte dementsprechend auch nichts weiter sagen. Man musste nur bei Zeiten anwesen sein, ansonsten hatte man Pech und es saß schon jemand anderes da. Oft waren es Zigeuner. Ich muss aber dazu sagen, es gab nie irgendwelchen argen Ärger. Man musste eben mit ihnen auskommen, da sie meist in der Übermacht waren und ich zum Schluss eh den Kürzeren gezogen hätte. Ich dachte immer bei mir, so wie ich mit ihnen umgehe, so tun sie es auch mit mir. Meist hatte ich auch Recht.

Nach den drei Tagen entschloss ich mich dazu, mit Olaf weiterzuziehen. Es war das Beste für mich, da ich eingesehen hatte, dass es allein zu schwierig war, klar zu kommen. Außerdem verstand ich mich gut mit Olaf. Um Ali brauchte ich mir keine Sorgen zu machen, denn wir hatten schließlich ausgemacht, wenn ich nicht zur angegebenen Zeit am Treffpunkt erscheinen sollte, würde er ohne mich weiterfahren. Leider konnte ich mich nicht mehr richtig von ihm verabschieden, aber so ist das nun einmal.

Mit Olaf zog ich also dann immer weiter in Richtung Süden. Er hatte schon mehr oder weniger seine Vorstellungen. In ein und derselben Stadt blieben wir nie länger als vielleicht eine Woche. Langsam lernte auch ich etwas Spanisch. So konnte ich mich auch mehr mit den Einheimischen verständigen. Wir schliefen, wo es gerade am besten war, meist aber am Strand. Dies waren immer die schönsten Augenblicke. Nachts, wenn es still war, konnte man das Rauschen der Wellen am besten in sich aufnehmen. Es wirkte irgendwie beruhigend. Man brauchte eigentlich keinen Alkohol, um für einige Zeit glücklich zu sein. Der Sternenhimmel und das ewige Rauschen der Wellen reichten vollkommen aus. Hin und wieder machten wir auch ein Lagerfeuer und kochten unser Essen einfach darauf. Man hatte das Gefühl wirklich frei zu sein. Keinen Stress und Sorgen. Vielleicht waren es nur diese paar Stunden, die ich bis dahin suchte. Ich weiß es heute nicht mehr, nur soviel, dass ich diese Zeiten nicht mehr missen möchte. Meist brachte aber schon der nächste Morgen die Ernüchterung. Mein Leben zu dieser Zeit bestand tagsüber meist nur aus betteln oder, wie wir es auch nannten, arbeiten.

Ein Außenstehender stellt sich dies vielleicht einfach vor, ist es aber gar nicht. Wenn man wirklich verdienen will, muss man schon etwas dafür tun. So einfach hinsetzen und die Hand auf, ist nicht. Es ist überall das Gleiche. Die Leute wissen ihnen geht's gut und dem da schlecht. Sie möchten darin aber auch bestätigt werden, ansonsten bekommt man nichts. So sind wir nun einmal. Wir brauchen für alles eine Bestätigung, ansonsten fühlen wir uns abends nicht wohl. Den meisten reicht es einfach aus, nur zu wissen, heute etwas Gutes getan zu haben. An sich ist diese Einstellung nicht schlecht oder gar verkehrt, nur machen es die meisten auf Kosten anderer und das ist das Schlechte im Menschen. Wenn man es etwas genauer betrachtet, ist Betteln wie eine Dienstleistung, die ich erbringe. Sie geben mir Geld und ich ihnen das Gefühl, etwas Gutes getan zu haben. Am Ende, wenn man es so sieht, bezahlen sie mich dafür. Dies alles ist mir aber erst mit der Zeit klar geworden. Es ist ja auch nicht verkehrt. So hat am Schluss doch jeder etwas davon.

Weiter zu meiner Geschichte.

Nach ungefähr einem Monat kamen wir in Almeria an. Das liegt so ziemlich am südlichsten Punkt von Spanien. Genauer gesagt, an der Gebirgsgrenze zur Sierra Nevada. Hier trennten sich meine Wege mit Olaf. Wir waren mittlerweile fast einen Monat zusammen und da wird es dann einfach zuviel. Man beginnt sich nun auch öfter zu streiten. Da ist es schon besser, wenn jeder seinen eigenen Weg geht. Wir gingen im Guten auseinander und vielleicht, so sagten wir uns, begegnen wir uns ja wieder. Olaf zog auch gleich am folgenden Tag weiter in Richtung Malaga. Mir gefiel Almeria und so beschloss ich einige Zeit dort zu verweilen. Natürlich war ich auch auf Suche nach einem neuen Wegbegleiter, wenn ich es einmal so ausdrücken will. Wie man zu Geld kam, wusste ich nun bereits und ich hatte auch keinerlei Probleme damit. Schon bald stellte ich fest, dass noch andere Vagabunden in der Stadt waren. Ich hoffte insgeheimen, dass auch Deutsche unter ihnen waren. Ich sollte wiederum Recht behalten.

Nach kurzem Suchen fand ich sie in einem Park. Nachdem man sich einfach vorstellte, war man auch schon mitten drin. Ich hatte nie irgendwelche Probleme, Leute kennen zu lernen. Meist kam es nur auf Freundlichkeit an. Die öffnet dir das Tor zu fast allem.

Nachdem ich ein paar Tage mit ihnen zusammen war, lernte ich einen älteren Herren kennen. Er war genauer gesagt Rentner und stammte ebenfalls aus Deutschland. Er hatte sich ein Segelboot aus Holz gekauft und fuhr nun über das Mittelmeer. Seine Rente reichte ihm zum Leben.

Einem bescheidenen Leben, aber immerhin ohne Stress. Nun brauchte er aber einen jungen Mann, der ihm beim Boot ein wenig half. Wir kamen ins Gespräch und da bot er mir an, mit ihm zu reisen. Ich dachte mir, warum nicht? Sein Name war, wenn ich mich noch richtig erinneren Horst.

Horst sagte mir auch gleich, er könnte mir kein Gehalt zahlen. Er würde aber für Essen und alles andere aufkommen. Dies wäre zum Beispiel Zigaretten und Alkohol. Ich willigte ein und wir gingen noch am selben Abend zum Hafen, wo sein Boot lag. Es war schon ein ziemlich altes Segelboot, was unbedingt überholt hätten werden müssen. Doch dazu fehlte ihm das nötige Geld. Ich versuchte die nächsten zwei Wochen, das Nötigste daraus zu machen. Selbstverständlich hatte ich nicht die geringste Ahnung von Segelbooten. Ich konnte also dementsprechend nur solche Sachen tun, von denen ich auch etwas verstand. Dazu zählte unter anderem sauber machen, was auch dringend von Nöten war, das Boot mit neuer Farbe versehen und einkaufen gehen. Ich wurde so etwas wie das Mädchen für alles. Es störte mich aber nicht weiter und wir fuhren auch fast täglich aufs Meer hinaus. Nun konnten und wollten wir aber nicht für immer in Almeria bleiben. Horst entschloss sich, dass wir weiterfahren würden. Leider sollte es nach Marokko gehen. Dahin konnte ich leider nicht mit, aus dem einfachen Grund, ich hatte keinen Reisepass. Stur wie nun mal ältere Menschen sein können, war er der Meinung, ich bräuchte keinen. Ich wusste aber, dass Marokko schon in Afrika lag und ich mit Sicherheit einen brauchte. Es war einfach zu riskant, auf gut Glück mitzufahren und dann am Ende doch nur Ärger zu bekommen. Dieser wäre sicher gewesen ohne Reisepass. Horst wollte oder konnte das aber nicht verstehen und begreifen. Also trennten sich unsere Wege wieder, da er auf jeden Fall nach Marokko wollte. Ich verstehe es bis heute noch nicht, warum es nicht auch ein anderer Ort getan hatte. Ich riet ihm sogar, wir könnten an der Küste entlang bis Italien oder auch immer wohin wir wollten fahren. Wichtig war es nur, dass es in Europa wäre. Es war einfach nichts zu machen und so fuhr er allein los und ich blieb erst einmal wieder allein. Trotz alledem war es eine schöne Zeit.

Also war ich erst einmal wieder auf mich selber gestellt. Was nun weiter passieren sollte, war mir eigentlich egal, da ich aus Erfahrung gelernt hatte, es geht immer irgendwie weiter. Ich half Horst noch beim Ablegen und ging wieder in die Stadt zurück. In Almeria zu bleiben, hatte ich aber auch keine Lust mehr. Am nächsten Morgen wollte ich wieder weiterziehen. Wohin? Keine Ahnung.

Am Morgen bereitete ich also meine Abfahrt vor. Dies sollte bedeuten, ich kaufte mir etwas zu essen, Zigaretten und natürlich auch ein paar Kartons Wein. Eine Autobahn gab es hier weit und breit nicht. Ich musste es also auf der Landstraße versuchen. Kaum angekommen und Daumen wieder raus, hielt auch schon ein Wagen. Es waren vier Jugendliche, die hielten. Am Anfang war es mir doch etwas seltsam. Ich hatte zwar keine Angst, aber doch war Vorsicht immer noch besser. Auch das hatte ich bisher gelernt. Sie fragten mich, wohin die Reise gehen sollte. Was sollte ich ihnen sagen? Ich wusste es ja selber noch nicht einmal so genau. Also stellte ich die Frage, wohin sie denn fahren wollten, da mussten alle lachen und irgendwie wusste ich, von ihnen drohte mir keinerlei Gefahr. Sie wären Studenten, die auf der Heimreise waren. Es sollte also wieder nach Hause gehen. Sie kamen alle aus Madrid und wenn ich Lust hatte, könnte ich mitfahren. Madrid? Warum nicht auch mal dorthin? Also stieg ich ohne lange zu zögern ein.

Nun ging es also nach Madrid. Die Studenten waren noch alle sehr jung und kifften ununterbrochen bei der Fahrt. Hätten die Bullen uns angehalten, wäre wohl auch für mich die Reise vorbei gewesen. Ich hatte schlechte Erfahrung mit den Kiffen. Ich hatte es einmal probiert und mir ist so schlecht davon geworden, dass ich es nie wieder auch nur angefasst habe (bis heute).

Sie rauchten im Auto und ich trank meinen Wein. Wir lachten viel und redeten über alles Mögliche. So kamen wir nach Stunden in Madrid an. Wir verabschiedeten uns und somit war ich allein in dieser großen Stadt. Madrid ist riesig im Vergleich anderer Städte, die ich bisher kennen gelernt hatte. Wo ich genau überall war, kann ich heute nicht mehr beschreiben, aber mir fällt immer wieder ein Name ein: Torre del Sol. Dort in der Nähe versammelten sich immer die Vagabunden aus der ganzen Welt. In Madrid blieb ich fast drei Monate, bis ich wieder weiterzog. Das war eigentlich ungewöhnlich, aber mir gefiel es in Madrid und somit blieb ich also länger als geplant. Madrid ist eine fantastische Stadt und auch die Menschen sind freundlich. Es gibt sehr viele Bettler dort und man fällt als Einziger gar nicht so auf. Selbstverständlich sind auch hier deutsche Vagabunden vertreten und Anschluss zu finden, ist auch nicht schwer. Ich schloss mich einer Dreiergruppe von zwei Deutschen und einem Franzosen an. Tagsüber wurde gebettelt und am Abend das Geld zusammengeschmissen. Man traf sich mit anderen und verbrachte so die Nacht, was mitunter auch bis zum Morgen dauern konnte, mit Feiern. Irgendeiner hatte immer eine Gitarre dabei und die Musik lockte nach und nach andere an. Mitunter waren wir dann bis zu 50 Personen. Selbst die Polizei griff erst ein, wenn es dann zu bunt wurde. Aber auch dann konnten wir meist bleiben und wurden nur provisorisch verwarnt.

Also, wie schon erwähnte, zog ich aber dann weiter. Der Zufall wollte es so und es ging wieder nach Frankreich. Diesmal mit einem französischen Fernfahrer bis nach Paris. Es bot sich eben so an und Paris war auch schon immer mein Traum. Die Stadt der Liebe und des Weines, der Eiffelturm sowie der Seine.

Auch hier fand ich sofort Anschluss. Diesmal einen Deutschen, einen Franzosen und einen Inder. Ich weiß nur noch, wie der Deutsche hieß. Peter war sein Name und er kam genauer gesagt aus Berlin. Er lebte schon seit fast fünf Jahren in Frankreich. In Paris hießen die Bettler Clochards. Sie waren dort sogar geachtet. Zumindestens mehr als in anderen Städten, wo ich vorher war. In Madrid war man zwar freundlich zu dir, aber in Paris ist das doch noch anders. Hier hatte man einen Namen und auf diesen achtete man sehr genau. Unser Schlafplatz war in einer Tiefgarage mit Klimaanlage und sogar die ganze Nacht über Musik, die aus irgendwelchen Lautsprecher kam. Eigentlich für unsere Verhältnisse Luxus pur. Auch wurde dieser nachts bewacht. In Paris zu sein, das war schon etwas für einen wie mich aus dem Osten.

Jeden Morgen gingen wir zum Betteln in die Stadt. Diesmal setzte ich mich nicht vor einem Supermarkt. Wir gingen einfach durch die Straßen und sprachen die Leute an. Am Anfang brauchte ich schon etwas

Überwindung, da ich mich doch irgendwie komisch dabei vorkam. Nach ein oder zwei Flaschen Wein legte sich dies aber. Mitunter machte es sogar Spaß. So gelangte ich durch fast ganz Paris. Mittags und abends gingen wir auch hier zu einer Essenstelle. Das Essen war nicht gerade die bekannte französische Küche, aber besser als nichts. Ich möchte damit nicht sagen, dass es schlecht war, aber sehr einfach.

In Paris gab es eine Polizeieinheit. Sie hieß unter uns die Blauen, weil die Polizisten blaue Uniformen trugen. Diese fuhren abends durch die Straßen und sammelten mit einem Bus, natürlich auch Blau, alle Bettler auf. Man wurde regelrecht verhaftet. Sie brachten einen in irgendwelche Auffanglager, wo man sich duschen musste. Auch wurde man ärztlich untersucht. Am nächsten Morgen ließ man uns dann wieder frei. Ich kannte so etwas bisher noch nicht. Jeder, der keinen Ausweis hatte oder der irgendwie aussah wie ein Bettler, wurde mitgenommen. Es war schon auf eine gewisse Art lustig. So etwas gibt es aber, so weit ich weiß, nur in Paris. Noch nicht einmal andere Städte Frankreichs haben so eine Einrichtung. Mitunter wurden auch, sagen wir einmal, normale Leute verhaftet. Es gab auch Bettler, die regelrecht abends auf die Blauen warteten. So bekam man umsonst zu essen und eine Unterkunft. Auch brauchte man selbstverständlich den Arzt nicht bezahlen. Das war eben auch Paris.

Ich kann mich noch gut erinnern, dass wir einmal wieder mitgenommen wurden. Unterwegs hielt der Bus und eine Gruppe von betrunkenen Jugendliche wurde eingeladen. Wie sich später herausstellte, waren dies Touristen. Sie hatten ihre Ausweise im Hotel gelassen und auch so nichts weiter dabeigehabt. Sie waren im wahrsten Sinne stinkend voll. Am Anfang hielten sie es noch für einen Scherz und begriffen nicht, was ihnen wirklich geschah. Sie lachten und machten immer wieder Scherze, bis sie wohl langsam begriffen, was mit ihnen wirklich passierte. Da war es aber schon zu spät und sie mussten, ob sie wollten oder nicht, mit. Nun waren wir es, die lachten. Es war schon recht ulkig, sie in so einer peinlichen Situation zu sehen. Am nächsten Morgen ließ man auch sie wieder gehen und ich denke mir, die hatten ihre Nacht des Lebens hinter sich. Wer nicht aufpasst, den bestraft eben das Leben.

Auch in Paris blieb ich für meine Verhältnisse lange. Ich glaube so ungefähr drei Monate. Peter hatte mir hier viel über das Betteln beigebracht. Ich muss aber ehrlicher Weise dazu sagen, in Paris ist es auch nicht schwer zu überleben.

Peter kannte viele Städte in Frankreich. Eine davon war Lourdes. Sie lag in den Pyrenäen. Es war eine Pilgerstadt, wo es die heilige Bernadette gab. Peter erzählte mir sehr viel davon. Man könnte dort auch sehr leicht an viel Geld kommen und dass in nur kurzer Zeit, aber die Polizei wäre dort sehr streng zu uns Bettler. Peter machte mich sehr neugierig auf diese Stadt. Ich bat ihn immer wieder: »Lass uns doch einmal dorthin fahren.« Eines Morgens war es dann soweit. Peter sagte: »Auf geht's. Heute machen wir uns auf den Weg nach Lourdes.« Wir hatten etwas Geld gespart und somit ein kleines Reisekapital bei uns. Ich meine mit Reisekapital natürlich, nur Geld für das Nötigste. Das war in unserem Fall nun einmal Zigaretten und Wein. Mit dem Zug ging es dann also los. Von Paris sind es ungefähr 600 Kilometer. Wir musste einige Male den Zug wechseln, da keiner von uns eine Fahrkarte hatte und wir öfter aus dem Zug geschmissen wurden. Dies war aber kein Problem, da wir jede Zeit der Welt hatten. Natürlich nur solange der Wein uns nicht ausging. Aber selbst in solch einem Falle hätten wir eben unsere Reisepläne etwas ändern müssen. Dies war eine der Sonnenseiten, als Vagabund zu leben. Wir lebten in den Tag hinein, ohne Sorgen auf den Morgen. War das Geld eben zu Ende, musste man wieder betteln und das konnte man fast überall.

Peter und ich schafften es aber ohne irgendwelchen größeren Aufenthalt. Nach zwei Tagen kamen wir in Lourdes an. Lourdes an sich ist nicht groß, aber irgendwie doch eigenartig. Voll gestopft mit Pilgern, die aus der ganzen Welt kamen. Alle hatten nur das eine Ziel, die heilige Bernadette. Es gab viele Geschichten und Sagen um sie. Die meisten davon wohl nur erfunden, aber einige? Ich weiß es nicht. Es gab dort einen Felsen, aus dem Wasser kam. Eben eine gewöhnliche Wasserquelle würden einige sagen. Das Ungewöhnliche daran war aber, kein Wissenschaftler kannte den Ursprung der Quelle. Man hatte alles genau untersucht, aber das Wasser schien aus dem nichts zu kommen. Es hieß auch, dass es heilende Kräfte hätte, wenn man davon trank. Kranke sollten geheilt worden sein. Blinde sehend und Krüppel laufend und noch vieles mehr. Ich kann so etwas nicht beurteilen, da es nicht in meiner Macht liegt, über solche Dinge zu spekulieren. Der Mensch glaubt eben an viele Dinge, ob sie nun wahr sind oder nicht. Auch ich mitunter.

Wenn ich zum Beispiel heute mit dem Auto unterwegs bin und eine schwarze Katze mir über den Weg läuft, warte ich ab, bis mich einer überholt hat. Das soll mir das Pech nehmen, was ansonsten auf mich wartete. Aberglaube hin oder her, aber man weiß ja schließlich nie. Das nur mal am Rande.

Jedenfalls sollen einige Sachen passiert sein in Lourdes. Auch ist die Rede von der einfachen Bernadette, der eines Tages die Jungfrau Maria erschienen sein soll. Sie sollte eine Kirche erbauen lassen und eben Kranke mit dem Wasser heilen. Von da an wurde sie heilig gesprochen. Ich hoffe, das mehr oder weniger richtig wiedergegeben zu haben. Das Einzige, was wirklich wahr ist, wir hatten echte Schwierigkeiten, dort zu betteln. Peter und ich konnten nur zwei Tage dort bleiben. In den zwei Tagen machten wir aber das Geld, was wir ansonsten nur in einem Monat verdienten. Es wird wohl an der Stadt gelegen haben. Wir beide machten die so genannte »Sitzung«. Das hieß, wir bettelten im Sitzen mit ausgestreckter Hand. Ich wurde mindestens zehnmal von der Polizei vertrieben. Peter erging es nicht anders. Um es nicht zu übertreiben, verließen wir nach zwei Tagen die Stadt wieder. Ich kann also heute noch sagen, dass ich schon einmal in Lourdes war. Unter uns, auch ich habe selbstverständlich vom Wasser getrunken. Heute jedenfalls bin ich noch gesund, was nicht immer der Fall war und ob ich noch sehr alt werde, wird die Zukunft zeigen.

Auf dem Bahnhof von Lourdes trennten sich die Wege von Peter und mir. Es war auch nicht anders zu erwarten. Erstens waren wir schon eine ganze Zeit zusammen und zweitens, der wohl entscheidende Grund, Peter wollte nun nach Spanien und dazu hatte ich wirklich keine Lust, da ich ja erst vor Kurzem von dort kam. Wir teilten brüderlich unser Geld und er machte sich, nach einer kleinen Abschiedsfeier auf dem Bahnhof, in seine Richtung davon. Allein überlegte ich erst einmal, was ich jetzt untenehmen könnte. Mittlerweile war ich schon mehr als acht Monate unterwegs. Wie soll ich es richtig erklären? Nennen wir es einfach beim Namen. Ich hatte schlichtweg Heimweh nach Deutschland. Warum weiß ich auch nicht. Familie hatte ich doch so gut wie keine, die auf mich warten würde. Trotz alledem zog es mich wieder nach Deutschland. Je länger ich darüber nachdachte, desto stärker wurde mein Entschluss. Mein Plan stand also fest. Es sollte von nun an in Richtung Heimat gehen. Um wieder nach Deutschland zu gelangen, musste ich erst einmal durch ganz Frankreich. So begann mein Weg nach Hause diesmal mit dem Zug. Es sollte eine ganze Woche dauern. Selbstverständlich fuhr ich wiederum schwarz und wurde ein dutzend Mal aus dem Zug geschmissen. Doch nach einigen Mühen schaffte ich es doch am Ende und kam in Stuttgart wieder an. Meine erste Reise hatte ich nun hinter mir. Es war spannend und aufregend zugleich. Eins war aber wohl entscheidend: Ich hatte viel gelernt in dieser Zeit und wie man auf der Straße überleben konnte. Man musste nur wissen wie. Auch hatte ich sehr viel über Menschen erfahren. Aus Erfahrungen hatte ich gelernt, dass man Menschen nicht sofort vertrauen sollte.

Ich war nun wieder in Deutschland, aber irgendwie kam ich mir doch als Fremder vor. Ich weiß nicht warum und weshalb, aber ich hatte eben so ein komisches Gefühl, nicht mehr hierher zu gehören. Die Menschen, das Leben hier, einfach alles war mir fremd geworden. Am Ende verband mich mit Deutschland nur noch die Sprache.

In Stuttgart wollte ich einen Versuch starten, um mit dem Alkohol aufzuhören. Ich wollte in ein Krankenhaus, um einen Entzug zu machen. Dies stellte sich aber komplizierter heraus, als ich mir dachte. Kein Krankenhaus wollte mich so ohne Weiteres aufnehmen. Ich musste mir also etwas anderes einfallen lassen, aber was nur? Ich sprach mit einem Sozialarbeiter. Der gab mir den Rat: »Betrinke dich so richtig und dann lass dich einfach in einer belebten Einkaufsstraße fallen.« Er schien dies aus Erfahrungen zu kennen. Gesagt, getan. Ich kaufte mir im Supermarkt eine große Flasche Schnaps und begab mich zum Bahnhof. Dort begann ich mit der Aktion, die mir eigentlich nicht allzu schwer viel. Nur hätte es wahrscheinlich auch eine kleine getan. Nach einer dreiviertel Flasche kippte ich schon von alleine um, ohne auch nur einen Funken zu spielen. Ich war bis dahin mehr oder weniger nur Wein und Bier gewöhnt. Der Schnaps brachte sehr schnell den von mir erdachten Erfolg. Ich trank die ganze Zeit im Bahnhof. Dort war es noch sehr angenehm kühl. Als ich dann den Bahnhof verließ, ich war mittlerweile schon mächtig breit, kam der Hammer der frischen Luft. Mir riss es buchstäblich die Beine weg. Einige Zeit später wachte ich im Krankenhaus wieder auf. Ich hatte es also geschafft, obwohl es mir hundeelend ging. Ich wurde auf eine Krankenstation für Alkoholiker verlegt. Dort verbrachte ich ungefähr eine Woche. Ich rechnete mit einer Therapie, aber ohne Erfolg. Man ließ mich einfach wieder gehen, mit der Bemerkung, ich sollte in Zukunft doch weniger trinken. Na gut, mit diesem gut gemeinten Ratschlägen verließ ich das Krankenhaus. Wie lange sie halten sollte, wird ja die Zukunft zeigen. Ich machte mir aber nichts vor. Auf der Straße zu leben, das konnte man einfach nur unter Alkoholeinfluss. Es gibt bestimmt nur wenige, die da anderer Meinung sind. Es erscheint einem alles einfacher und unkomplizierter, wenn man getrunken hatte. Ich hatte viele Leute kennen gelernt, die Jahre später an Leberkrankheiten und anderem starben. Man selbst dachte aber nicht soweit. Im Stillen ist man der Ansicht, mir wird so etwas schon nicht passieren. Durch den Alkoholeinfluss konnte man diese Gedanken von einem weisen und man beachtete sie einfach nicht, obwohl sie zu unserem Leben gehörten. Auf der Straße hatte man keinerlei Freunde. Ich meine damit richtige. Jeder versuchte irgendwie selbst klar zu kommen und scherte sich einen Dreck um andere. Dies gehörte aber zum Überleben, so hart sich dies auch anhört. Wir Menschen sind nichts weiter als Tiere und vielleicht sogar noch schlimmer. Tiere töten, um zu überleben, aber wir Menschen töten, um uns zu bereichern. Natürlich mögen wir intelligenter sein, aber alles oder sagen wir mal, fast alles, was wir entwickeln, dient doch nur dazu, es eines Tages wieder zu zerstören. Ich habe in der Tierwelt noch nie etwas über Kriege gehört oder gar gelesen. Es gibt da so einen Spruch, der mir öfter durch den Kopf geht. »Seit ich die Menschen kenne, liebe ich die Tiere.« Das alles aber mal nur aber am Rande meiner Geschichte. Es passt bestimmt nicht hierher, aber es musste einfach raus aus mir. Ich bin sicher auch keine Ausnahme.

O. K., das soll reichen und nun weiter zu meinen Erlebnissen.

Ich wurde mir immer fremder in meinem eigenen Land. Das hatte natürlich die Konsequenzen zur Folge, dass ich wieder weg aus Deutschland wollte. Es war mittlerweile Dezember. Im März, so hatte ich mir vorgenommen, sollte meine zweite Reise losgehen. Diesmal war mein Ziel Italien. Ich musste also noch zwei Monate in Deutschland ausharren, Zeit genug, um etwas Geld zur Seite zu legen. Auch diesmal wollte ich allein losziehen. Den Winter über musste ich also noch in Deutschland zurecht kommen. Ich blieb die ganze Zeit in Stuttgart. Es war sehr kalt und die Plätze zum Schlafen waren begrenzt. Ich war neu in der Stadt und musste sehen, was übrig blieb. Es gab sehr viele Überfälle von Seiten der Neonazis. Aber auch die eigenen Leute beklauten dich, wo sie nur konnten. Ich sprach mit meinem Sozialarbeiter über mein Vorhaben und er war sofort damit einverstanden, dass ich mein Geld bei ihm aufbewahren durfte, um es nicht zu verlieren. Auch so half er mir bei so einigen Sachen. Ich war der Meinung, dass dies nicht immer mit rechten Dingen zuging, aber was störte mich es schon. Wir stellten gemeinsam einige Anträge, die auch nach und nach genehmigt worden sind. Dadurch hatte ich für meine Verhältnisse ein gutes Startkapital. In der Zeit von Stuttgart wurde ich bestimmt auch zwei Mal überfallen und zusammengeschlagen. Zu meinem Glück, hatte ich meine Ersparnisse beim Sozialarbeiter. Dadurch kam ich nur im wahrsten Sinne mit blauen Augen davon, aber mein Geld war in Sicherheit. Weihnachten verbrachte ich mit anderen Obdachlosen bei einer Art Weihnachtsfeier. Organisiert wurde diese von der Kirche. Es war eine traurige Angelegenheit. Zum ersten Mal fehlte mir meine Familie. Es werden sich wiederum einige fragen, warum ist er nun nicht endlich zu seiner Mutter gefahren. Ich denke, es war mein Stolz. Ansonsten kann ich es mir heute nicht mehr erklären. Vielleicht hatte ich auch nur einfach Angst davor, dass alle erfahren würden, welch ein Leben ich führte. Es war mir irgendwie peinlich. So verbrachte ich auch Silvester und meinen Geburtstag. Mit dem Trinken hatte ich schon zu Weihnachten wieder angefangen.

Dies war aber vorauszusehen. Heute, aus Erfahrung habe ich gelernt, dass man auch seine Lebensführung ändern muss, wenn man dem Alkohol entkommen will. Ich nutzte die Zeit in Deutschland auch dafür, um meine Papiere in Ordnung zu bringen. Am wichtigsten war vor allem ein neuer Personalausweis. Ich besorgte mir einen neuen Rucksack sowie Schlafsack. Auch andere Sachen, bei denen ich der Meinung war, ich könnte sie gebrauchen, beschaffte ich mir. Dies alles ging nur mit der Hilfe von meinem Sozialarbeiter. Leider habe ich auch seinen Namen vergessen und wenn ich ihn auch noch wüsste, würde ich ihn mit Sicherheit nicht nennen, um ihm nicht zu schaden. Er hat mir in der damaligen Zeit sehr unter die Arme gegriffen. Deshalb möchte ich mich auch auf diesem Wege bei ihm bedanken. Vielleicht liest er dieses Buch und weiß, dass er gemeint ist. Um ehrlich zu sein, gab es eigentlich viele Menschen, die mir in dieser schweren Zeit freundlich halfen, ohne auch nur eine Gegenleistung zu erwarten. Das kommt in unserer Gesellschaft leider nicht allzu oft vor.

Meine zweite Reise

Meine Vorbereitungen waren nun abgeschlossen. Ich hatte nun alles zusammen und es stand nun nichts mehr im Weg wieder loszuziehen. Mein Ziel war klar. Diesmal wollte ich unbedingt nach Italien. Ich hatte nun wirklich die Schnauze gestrichen voll von Deutschland und war froh, dass es nun wieder losgehen konnte. Finanziell war ich ganz gut beisammen. Auch hatte ich eine komplett neue Ausrüstung, die mir das Leben auf der Straße sehr erleichtern sollte.

Wiederum nahm ich mir ein Taxi und ließ mich zur Autobahn fahren. Diesmal konnte ich wenigstens ein wenig spanisch und auch französisch. Es sollte erst nach Innsbruck und dann weiter nach Mailand gehen. Von dort aus in Richtung Rom. Diesmal hatte ich auch eine Autobahnlandkarte von Italien dabei, um nicht wieder in die falsche Richtung zu gelangen. Aus Fehlern lernt man eben. Das Prinzip aber beim Trampen sollte das gleich wie schon bei meiner ersten Reise bleiben. Den Vorzug gab ich nur LKW-Fahrern. Sie waren am freundlichsten und fuhren auch am weitesten. An der Raststätte der Autobahn in Stuttgart ging es also wieder los. Ich war froh darüber, Deutschland wieder den Rücken zu kehren. Ich brauchte auch nicht lange warten und schon traf ich einen Fahrer, der in Richtung Italien fuhr. Es war wiederum ein Holländer. Mit ihnen hatte ich gute Erfahrungen. Sie sprachen meist deutsch und waren auch so gut drauf. Sein Name war Heiner und er fuhr bis in die Nähe von Mailand. Ich erzählte ihm, wohin ich genau wollte. Heiner erklärte mir genau, wo ich raus musste und welche Richtung nach Rom führte. Er zeichnete es mir sogar auf meiner Karte ein. Diesmal musste und konnte eigentlich nichts schief gehen. Er ließ mich kurz vor Mailand aussteigen und wünschte mir auch noch viel Glück. Es war noch Anfang März und echt kalt. Also, obwohl ich es gewöhnt war, konnte und wollte ich nicht unter freiem Himmel schlafen. Ich musste mir also etwas anderes einfallen lassen. Es war schon zu spät, um noch weiter zu trampen und ich brauchte einen Schlafplatz. Ich entschloss mich also auf der Raststättentoilette zu übernachten. Sie war halbwegs sauber und auch warm. Ich suchte mir ein paar Kartons und rollte meinen Schlafsack aus. So verbrachte ich die Nacht im Warmen und vor allem im Trockenen. Hin und wieder kamen zwar Leute herein, aber sie nahmen keine große Notiz von mir. Im Gegenteil. Am Morgen kam jemand und brachte mir Kaffee und etwas zu essen. So konnte der Tag schon einmal gut beginnen und es gab mir Hoffnung, dass heute alles wie geschmiert läuft. Jetzt brauchte ich nur noch etwas zu trinken. Vorsichtshalber hatte ich mich in Stuttgart ganz gut versorgt. Ich hatte reichlich alkoholische Getränke eingekauft, um nicht unterwegs auf Raststättenkonsum angewiesen zu sein. Die Preise dort waren für einen wie mich einfach zu teuer. Also begann ich erst einmal meinen Alkoholpegel wieder herzustellen. Das war damals für mich sehr wichtig, da ohne diesen bei mir nichts lief. Nachdem auch dies erledigt war, konnte ich mich langsam daran machen, mein Zeug einzupacken und Ausschau nach Fernfahrern zu halten. Es war auch an diesem Morgen recht kalt und ich hoffte bei Zeiten mitgenommen zu werden. Nach kurzem Suchen fand ich auch einen, der nach Rom wollte. Es war ein Italiener. Erst wollte er mich nicht mitnehmen, aber nach ein wenig reden, gelang es mir doch, ihn zu überreden. Wie sich später herausstellte, hatte er schlechte Erfahrungen mit Trampern gemacht. Nach langem Hin und Her willigte er ein, mich bis Rom mitzunehmen. Bis Rom sprachen wir nicht allzu viel. Ich war nur froh, dass ich überhaupt bis dorthin gelangte. Er ließ mich an einer Raststätte kurz vor Rom aussteigen. Ich verabschiedete mich höflich von ihm fürs Mitnehmen und stand nun vor dem Problem, wie ich in die Stadt kommen würde. Rom wollte ich auf alle Fälle einmal sehen. Schließlich stand ich unter keinem Zeitdruck und Rom war mit Sicherheit einen Abstecher wert. Also, was soll's? Ich musste nun jemanden finden, der in die Stadt fuhr. Mir kam eine Idee. Ich suchte ein Stück

Pappkarton und schrieb einfach Rom darauf. Wenige Minuten später hielt tatsächlich ein PKW und nahm mich mit. Wenn mal alles so leicht gehen würde, so dachte ich mir. Der Fahrer wiederum war sehr gesprächig. Er hatte früher in Deutschland gelebt und auch gearbeitet. Nach seiner Meinung war Deutschland das beste und schönste Land, was er kannte. Ich war zwar anderer Meinung, aber riskierte nicht, ihm dies zu sagen. Womöglich wäre seine freundliche Art mir gegenüber umgeschlagen. Also stimmte ich ihm zu, aber mit dem Einwand, dass auch Italien wunderschön wäre. Diese Worte machten ihn glücklich und mich brachten sie nach Rom. Wohin ich den eigentlich genau wollte. Ich kannte mich selbstverständlich in dieser Stadt nicht aus, also fiel mir im Augenblick nichts Besseres ein als zu antworten, dass ich zum Bahnhof wollte. Der Fahrer war so freundlich, dass er mich bis zum Zentralbahnhof brachte. Er lud mich dort noch zum Essen ein und verabschiedete sich dann später.

Nachdem der Fahrer gegangen war, kaufte ich mir erst einmal eine deutsche Zeitschrift. Mit dieser setzte ich mich vor den Bahnhof auf eine Bank und wartete. Auch dies ist eine Methode Leute kennen zu lernen. Sie sehen, dass du eine deutsche Zeitung hast und sprechen dich dann schon von allein an. Ich hatte noch nicht einmal richtig mit dem Lesen begonnen, da wurde ich auch schon angesprochen. Er hieß Willi und kam aus Hamburg. Ich brauche wohl kaum zu erwähnen, dass er auch ein Vagabund wie ich war. Er sagte mir, er wäre allein unterwegs und suchte noch einen Begleiter. Klar war ich einverstanden, eine Weile mit ihm zu ziehen. Ich fragte ihn, wohin er denn wollte. Als er Sizilien erwähnte, wurde es mir doch ein wenig anders. Warum den gerade Sizilien und nicht irgendwo anders hin? Er sah mich fragend an und musste lachen. »Du hast doch nicht etwa Angst vor der Mafia.« »Natürlich nicht«, meinte ich nur, »aber mir fehlt das Geld bis dorthin.« Es war in diesem Augenblick die einzige Ausrede, die mir auf die Schnelle einfiel. Selbstverständlich hatte ich nicht gerade Angst, aber doch Bedenken, die man damit ganz gut vergleichen konnte. Sizilien ist nun mal bekannt dafür. Willi beruhigte mich, indem er mir versicherte, dass er schon dort gewesen wäre und ihm noch nie etwas passiert wäre. Die Mafia gab es dort zwar wirklich, aber sie kümmerte sich nicht um solche wie uns. Sie hatten ganz andere Ziele und in diese fielen wir nicht hinein. Ums Geld brauchte ich mir keine Gedanken machen, er kam auch gerade aus Deutschland, um besser zu sagen aus dem Knast, und hatte reichlich welches dabei. Es würde auf alle Fälle für zwei Fahrkarten nach Palermo reichen. Mit gemischten Gefühlen willigte ich dann doch ein.

Willi kaufte tatsächlich zwei Fahrkarten und auch die so genannte Marschverpflegung. Was das wohl war, könnt ihr euch ja wohl denken. Bis zur Abfahrt des Zuges verblieben uns noch ein paar Stunden. Wir verbrachten diese auf dem Bahnhof. Gegen 10 Uhr ging die Reise endlich los. Wohl war mir nicht bei dem Gedanken, aber Willi hatte mich ein wenig überzeugt. In Villa S. Giovanni kamen wir gegen 6 Uhr in der Frühe an. Von dort setzten wir dann mit der Fähre nach Sizilien über. Die Hafenstadt hieß Messina. Da unsere Fahrkarten einen Monat gültig waren, wollten wir ein paar Tage dort verbringen. Mittlerweile war es auch angenehm wärmer geworden. Das hob bei mir die Stimmung und auch die Zuversicht. Willi kannte sich hier recht gut aus, da er schon einmal in Sizilien war. Er nannte es immer seine Insel. Dass diese auch eines Tages einmal meine werden würde, hätte ich zu diesem Zeitpunkt wohl nie für möglich gehalten. So ist das aber nun einmal im Leben. Unverhoffte Sachen treten nun mal eben eher ein als erhoffte.

Auch Willi war ein alter Fuchs, was das Betteln anging. Er kannte einen geeigneten Supermarkt, wo wir uns beide hinsetzen konnten. Es lief zwar nicht, wie ich es eigentlich gewöhnt war, aber es reichte immerhin zum Leben. Wir wollten ja sowieso nicht allzu lange in Messina bleiben. Mit Willi verstand ich mich am Anfang ganz gut, doch wenn er betrunken war und das geschah immer öfter, wurde er mitunter aggressiv. Ich kam also zum Entschluss, dass es für mich besser wäre, sich von ihm zu trennen. Er ging zum Schluss noch nicht einmal mehr betteln, da er immer stinkend voll war. Mit der Zeit wurde es immer schlimmer mit ihm. Ich sagte es ihm einige Male, doch er wollte einfach nicht auf mich hören. Es war schon so schwer genug an Geld zu kommen, aber allein konnte ich es für zwei Personen nicht schaffen. Das meiste Geld, was ich anbrachte, versoff er sofort und wurde dann auch noch stinkig, weil es mitunter für Zigaretten nicht mehr reichte. Das konnte und wollte ich nicht mehr so ohne Weiteres hinnehmen. Ich schlug ihm sogar vor, für eine Weile ins Krankenhaus zu gehen. Doch er lehnte auch diesen Vorschlag ab. Das Leben auf der Straße ist nun einmal sehr hart und wenn sich einer an gewisse Spielregeln nicht hält, geht er unter. Das Einzige, was ich noch für ihn tun konnte, als ich ging, war die Polizei zu informieren und ihnen zu sagen, dass sich am Strand ein Vagabund aufhalten würde, dem es wahrscheinlich nicht so gut zu gehen schien. Wenig später sah ich auch einen Krankenwaren in Richtung Strand fahren. So ist das nun mal mit dem Alkohol. Du musst ihn im Griff haben und nicht andersherum. Wenn er es erst einmal geschafft hat, dich zu kontrollieren, ist es auch schon zu spät. In diesem Fall brauchst du Hilfe von anderen, die du auch unbedingt annehmen musst. Allein schaffst du es einfach nicht mehr. Da hilft dir auch kein falscher Stolz oder so weiter. Ich spreche hier nicht von irgendetwas, von dem ich keinerlei Ahnung habe, sondern auch aus persönlicher Erfahrung.

Ich ging dann also in der Hoffnung, dass Willi sich nicht von mir, aber vielleicht von Ärzten helfen ließ. Mein nächstes Ziel sollte Palermo sein, da ich in Erfahrung gebracht hatte, dort gäbe es viele deutsche Vagabunden. In Sizilien zu trampen ist ein Ding der Unmöglichkeit. Aus welchen Gründen auch immer, hier nimmt dich keiner so schnell mit. Mir blieb also nichts weiter übrig, als es mit dem Zug zu versuchen. Es galten die gleichen Regeln. Mehr als rausschmeißen konnten sie einen auch nicht. Es ging dann eben mit dem Nächsten weiter. Irgendwann kam man schon am Ziel an. Was man brauchte, war nur Geduld und keine Fahrkarte. Bis kurz vor Palermo ging auch alles gut, doch dann kam die Kontrolle. Was soll ich weiter sagen, ich flog also kurz vor meinem Ziel aus dem Zug. Bis Palermo waren es noch ungefähr 40 Kilometer. Es war nun auch schon fast Nacht und ich beschloss, erst einmal hier zu bleiben. Die Stadt, wo ich den Zug unfreiwillig verlassen musste, hieß Termini-Imerese. Geld hatte ich nun fast keins mehr und so beschloss ich eben am nächsten Tag mein Glück hier zu versuchen. Die Nacht verbrachte ich in einem Park gleich vor dem Bahnhof. Morgens wurde ich freundlich von zwei Männern, die zu einer Art Parkreinigung gehörten, geweckt. Sie brachten mir aus einer nahen Bar Kaffee und etwas zu essen. Ich weiß nicht, was die für eine Arbeitszeit hatten, aber wir unterhielten uns fast den ganzen Morgen. Mit der Zeit gesellten sich immer mehr Leute zu uns. Ich kam mir schon irgendwie komisch in meiner Rolle vor. Schließlich brachte man auch noch Bier und Wein und das machte dann die ganze Sache perfekt. Ich musste ihnen erzählen, wo ich herkäme, was ich so täte und wohin ich wollte. Einfach alles. Sie erklärten mir, das Termini-Imerese aus eigentlich zwei kleinen Städten bestand. Im unteren Städtchen wohnten Fischer und da war auch der Hafen. Im oberen Teil dagegen wohnten die etwas Bessergestellten. Man erklärte mir auch, wie ich nach oben gelangen würde und wo dort Supermärkte wären. Gegen Mittag gingen sie dann, aber nicht ohne mir noch vorher etwas Geld zu geben. Ich musste ihnen förmlich versprechen, in den oberen Teil der Stadt zu gehen. Ich war einfach sprachlos. So etwas hatte ich bislang noch nie erlebt. Mir fiel der Entschluss nicht schwer, eine gewisse Zeit dort zu bleiben.

Was ich bis dahin noch nicht wusste, es sollte wohl weit mehr sein als eine gewisse Zeit. Es sollte auch mein Leben verändern und bestimmen.

Ich begab mich also in den oberen Teil der Stadt und sah mich nach den benannten Supermärkten um. Einer gefiel mir sehr gut und dort wollte ich es auch am Nachmittag versuchen.

Was ich noch vergessen habe zu erwähnen, der untere Teil der Stadt heißt Termini und der obere Imerese.

In der Nähe vom Supermarkt gab es auch einen Park, von dem man eine wunderbare Aussicht auf das Meer hatte. Hier sollte fürs Erste mein Schlafplatz sein. Bänke gab es zur Genüge und auch so war es anscheinbar ganz angenehm. Am Nachmittag begab ich mich dann zum Supermarkt und begann die so genannte Sitzung. Es lief ausgesprochen gut und nicht nur finanziell. Man brachte mir Essen und Trinken. Selbst die Verkäuferinnen kamen heraus und stellten mir ein Bier nach dem anderen hin. Gegenüber von mir befand sich ein Platz mit einer kleinen Verkaufsbude. Am Abend war es so voll, wie es nur sein konnte. Ich hatte noch nie in einer so kleinen Stadt so viele Leute gesehen. Mehr oder weniger alles Jugendliche. Sie trafen sich dort wohl aus Zeitvertreib und wie ich später auch noch gelernt habe, um gesehen zu werden. Dies ist sehr typisch für Südländer. Ich kannte dies übrigens schon aus Südspanien. Es gab hier keinerlei Discos und so vertrieb man sich eben anders die Zeit. Sehen und gesehen werden war das Hauptanliegen. Daran habe ich mich bis heute noch nicht gewöhnt. Die Jungen versuchen auf unterschiedlichste Art den Mädchen zu imponieren. Es gab eben nicht die plumpe Anmache wie in Deutschland. Es hatte irgendwie Stil, wenn auch mitunter einen sehr komischen. Am Abend nach dem Betteln begab auch ich mich auf diesen Platz. Geld hatte ich ganz gut verdient, also leistete ich mir auch einmal ein paar Bier an der Verkaufsbude, obwohl dies nicht ganz so billig war wie im Supermarkt. Trotz alledem hatte ich mich natürlich auch schon vorher mit Getränken eingedeckt. Mit Rucksack bepackt fiel ich selbstverständlich sofort auf und wurde schon bald von Jugendlichen umringt. Einige von ihnen sprachen sogar deutsch, was aber auch nicht weiter verwunderlich war, da viele Italiener in Deutschland gearbeitet hatten. Ich kann aus meiner Sicht behaupten, dass der Großteil sehr freundlich und nicht im Geringsten ausländerfeindlich mir gegenüber war. Im Gegenteil waren sie sogar sehr angetan davon, dass ich aus Deutschland käme. Mit soviel Herzlichkeit hatte ich nicht im Geringsten gerechnet. Um Getränke brauchte ich mir an diesem Abend keine Gedanken machen. Selbst die Mädchen waren mir gegenüber nicht scheu, da sie mit Sicherheit keinerlei Hintergedanken bei mir vermuteten. Wie auch, von einem Deutschen und dazu noch einem Vagabunden erwartete man dies nicht. Ich hatte ehrlich gesagt auch keine. In meiner Zukunft in Termini-Imerese musste ich noch des Öfteren meine Geschichte oder sagen wir einmal Abenteuer erzählen. Sie schienen sehr beeindruckt davon gewesen sein. Den meisten war so ein Leben fremd. Es gab Mitleid, Bewunderung bis hin zu Neid. Sie verstanden es nicht, wie ich so ein Leben führen konnte. Mitleid wohl deswegen, weil ich allein war und keinerlei Familie oder Freunde hatte. Sizilianer sind Familienmenschen und dies ist ihnen sehr wichtig. Bewunderung kam daher, allein im freien Übernachten, kein Geld und die ganzen Gefahren. Was immer man auch darunter verstehen möge. Neid ist nun einmal etwas ganz Menschliches, was es auch in Sizilien wie wohl auf der ganzen Welt gab. Man ist neidisch auf alles, was anders ist. Auf mich traf es in diesem Fall zu, da sie dachten, ich hätte keinerlei Probleme und lebte wie ich es gerade wollte. Dies mag auch teilweise stimmen, aber Probleme hatte ich genauso, wenn vielleicht nicht gerade die Gleichen, aber doch waren sie gegenwärtig. Dabei muss ich aber erwähnen, dass nicht Geldnot mein größtes Problem war. Daran hatte ich mich schon gewöhnt. Keine Freunde oder Familie zu haben war eins und den Rest brachten die Tage so mit sich. Am schlimmsten wurde es abends, wenn ich allein auf einer Bank lag. Da kamen dann die meisten Erinnerungen an zu Hause. Meist konnte ich sie mit Alkohol unterdrücken. aber dies half auch nicht immer. Von Weihnachten und Geburtstagen möchte ich erst gar nicht reden. Ich weiß nicht, ob sich das einer vorstellen kann. Es ist kalt und vielleicht regnet es auch noch. Man ist mit seiner Flasche Wein irgendwo in der Fremde und allein. Da kommen einen schon mal die düstersten Gedanken. Natürlich steht man sich in so einem Augenblick ein, keiner hat dich dazu gezwungen, so zu leben, aber es hilft dir auch nicht weiter.

Das Vagabundenleben hat seine Sonnenseiten. Man ist irgendwie frei, wenn auch nicht wirklich. In den Tag hineinzuleben, ist doch etwas Schönes, kann aber mit der Zeit auch sehr nerven. Ich will damit versuchen zu sagen, es gibt auch die andere Seite. Die Schattenseite, die wohl nicht sehr angenehm ist. Wie immer man auch lebt, es hat seine Vor- und Nachteile. Es ist Ansichtssache, wie man es als Außenstehender gerade sieht. Für mich war es eine Art Einstellungssache. Ich versuchte mir zwar immer wieder einzureden, ich bräuchte keine Freunde und schon gar nicht eine Familie, aber eben zu Weihnachten wurde mir meist klar, dass dies nicht der Fall war. Wir alle brauchen irgendwen.

Natürlich versucht man sich dies nicht ansehen zu lassen, da es nun mal ein Zeichen von Schwäche ist. Am besten geht es nun mal mit Wein und Bier. Mitunter musste auch schon eine Flasche Schnaps einspringen, wenn es dann doch zu doll wurde. Die Leute wollen eben nicht deine Probleme sehen, denn davon haben sie meist selber genügend. Sie brauchen eine Art von Aufmunterung und was ist da wohl am besten? Abwechselung.

In Termini-Imerese war ich nun mal die Abwechselung. Ich hatte eigentlich noch nie irgendwelche Schwierigkeiten mit Menschen umzugehen. Das Wichtigste dabei ist, man musste ehrlich sein und nicht versuchen, sie zu hintergehen. Man konnte es zwar versuchen und es ginge mitunter auch gut, aber es konnte auch schief gehen und dann war es zu Ende in einer Stadt. Wir Vagabunden sagten dazu, man oder jemand hatte die Stadt kaputt gemacht. Es ging also darum, nicht nur an sich zu denken, sondern auch an noch an kommende Bettler.

Ich zum Beispiel machte mir einen guten Namen schon allein dadurch, dass mein Schlafplatz immer sauber war, auch wenn ich ihn verließ. Auf solche kleine Sachen achteten die Leute eben. Auch wie man sich ihnen gegenüber aufführte. Sie wissen zwar, dass du trinkst, aber sie wollten dich auch nicht jeden Tag sturzbetrunken sehen. Es ist schon ein gewaltiger Unterschied, ob du am Morgen mit einem Bier und etwas zu essen oder mit einem Karton Wein beziehungsweise Schnaps zu betteln anfängst.

Mit der Zeit lernte ich die Stadt besser kennen und mit ihr auch die Menschen. Bald schon war auch ich in der Stadt bekannt und wurde geduldet, wenn nicht sogar respektiert. Schon längst saß ich auch nicht mehr vor dem Supermarkt. Ich hatte in der Nähe eine verlassene Kirche gefunden, die an einer bewegten Straße lag. Dort setzte ich mich auf die unterste Stufe und hatte auch einen besseren Überblick. Die Leute kannten mich bereits und es machte keinen Unterschied, ob ich vor dem Supermarkt saß oder an der Kirche. Sie mussten ja doch bei mir vorbei zum Einkaufen. Das meiste Geld bekam ich am Abend, wenn sich der Park füllte.

Langsam musste ich mir aber auch Gedanken darüber machen, wo ich schlief, wenn es zu regnen begann. Es war noch Sommer und bisher hatte ich Glück gehabt, aber dies konnte sich auch schnell ändern. In diesem Fall brauchte ich schon eine bessere und geschütztere Unterkunft. Keine Parkbank, wo ich Wind und Wetter ausgeliefert war. Dies erklärte ich auch den Jugendlichen aus Termini. Sie führten mich sofort zu einer Burgruine, die sie »Casa di cane« nannten. Dort war ich wenigstens etwas geschützt. Ich wusste schließlich nicht, wie lange ich noch hier bleiben würde und wollte auf alle Fälle schon einmal vorbereitet sein für den Winter. Wie es sich noch herausstellen, sollte es nicht nur bei einem bleiben. Mit der Zeit hatte ich mich gut eingelebt in Termini-Imerese. Nachts kamen mitunter Jugendliche, die ihren Joint bei mir rauchten. Anfangs luden sie mich dazu ein, aber als ich immer wieder nein sagte, brachte man eben Wein für mich mit. Sie vertrauten mir und wussten, ich würde nicht zur Polizei gehen, um sie zu verraten. Ich machte ihnen aber auch ganz deutlich klar, dass ich nur Gras oder Haschisch dulden würde. Mit härteren Drogen wolle ich nichts zu tun haben. Man akzeptierte dies und damit war jeder zufrieden. Da ich nie in Termini geklaut hatte, gab es dementsprechend auch keinen Ärger mit der Polizei.

Nach einem Monat wurde es mir aber zu langweilig. Ich musste einfach mal raus. Nun wohin? Da kam ich auf die Idee: ›Fahr doch nach Messina. Die Stadt dort kennst du bereits und wenn es dir nicht mehr gefällt, kommste einfach wieder zurück.‹ Es sollte ein so genannter Ausflug werden. Ich hatte mir ganz gut Geld zurückgelegt und kaufte diesmal eine Fahrkarte. Vorsichtshalber auch für Zurück, da man ja nie wissen konnte.

Mein kleiner Ausflug konnte also losgehen. Wie lang ich genau bleiben würde, würde die Zeit ja zeigen. Meine Fahrkarte war jedenfalls für einen Monat gültig.

Eines Morgens, es war, so glaube ich, noch im September, ging's los. Gegen Mittag kam ich in Messina an und suchte sofort einen bekannten Park auf. Dort wusste ich aus Erfahrung, deutsche Vagabunden anzutreffen. Ich hatte mich nicht geirrt. Es war eine Gruppe aus ungefähr zehn Deutschen. Sie saßen im Park und tranken. Ich gesellte mich zu ihnen und wir kamen auch sofort ins Gespräch. Woher und wohin, eben das Übliche. Ich fragte sie auch, ob man hier einen Willi kennen würde. Nach ihm hatte ich schon Ausschau gehalten. Es gäbe hier keinen Willi, sagte man mir. Da nun schon einige Monate vergangen waren, als wir uns das letzte Mal sahen, gab es nur zwei Erklärungen. Die Erste, er war weitergezogen und es ging ihm gut, was ich aber nicht glaubte, da ich Willi nur zu gut kannte. Die zweite Erklärung war nicht sehr angenehm und es kann sich wohl jeder denken, was ich damit meine. Manch einer schaffte es einfach nicht. Ich gebe zu, das Leben auf der Straße ist hart und man musste schon einen starken Willen aufbringen, um nicht unterzugehen. Willi hatte den meiner Meinung nicht. Ich habe in den ganzen Jahren Straße viele Bekannte kommen und wieder gehen sehen. Es bringt nichts, Freundschaften zu schließen.

Sie luden mich ein bei ihnen am Strand zu schlafen. Man hatte sich dort kleine Blech- und Holzhütten bebaut und war so vor dem Wetter geschützt. Ich hatte selbstverständlich nichts dagegen, da es in Messina viele Zigeuner gab. Diese waren eine Ausnahme in Bezug auf ihr Auftreten uns gegenüber. Ich hatte schon von nächtlichen Überfällen ihrerseits gehört und mit ihnen durfte man es sich nicht verscherzen. In einer Gruppe war man durchaus sicherer. Ich hatte bis dahin zwar nie ernsthafte Probleme mit Zigeunern gehabt, aber sicher war sicher. Am nächste Tag wollte ich wieder einmal den ganzen Tag auf der Autofähre Messina – Villa S. Giovanni zubringen. Mit dem Schiff fuhr ich dann von morgens bis abends immer hin und wieder zurück. Ich hatte dies schon früher bei meinem ersten Besuch in Villa des Öfteren getan und es war immer wieder ein Erlebnis. Die ganze Nacht verbrachten wir am Strand mit Feiern. Das heißt Lagerfeuer, Musik und eine Menge Alkohol. Es ging bis in die Morgenstunden. Mit schwerem Kopf stand ich auf und machte mich für meinen Ausflug bereit. Meine so genannte Vorbereitung bestand ledig aus einkaufen. Mit einer Tasche voll Wein, Bier, belegten Brötchen, Zigaretten und einer deutschen Zeitung ging es los. Eine Fahrkarte brauchte ich nicht, da die Kontrolle mich noch von früher her kannte. Sie wussten, ich würde ihnen keinen Ärger bereiten und so ließen sie mich immer umsonst mitfahren. Eigentlich kann ich sogar behaupten, beliebt unter ihnen gewesen zu sein. Man machte so manch einen Scherz und sie kamen auch heimlich zu mir, um mal einen Schluck Wein zu bekommen. Es kam auch vor, dass sie mir Geld gaben, um irgendwelche Einkäufe für sie zu tätigen. Ich ging dann in Villa oder Messina an Land und kaufte ein. Meist war es Bier und Zigaretten für die Mannschaft an Bord. Mitunter bat mich auch der Kapitän der Fähre ihm etwas mitzubringen. Ich tat dies und das war von da an meine Fahrkarte. Nie brauchte ich später mal eine kaufen.

Es war auch an diesem Tag so. Die Mannschaft gab mir einen Einkaufszettel, wo drauf stand, was sie haben wollten, so wie Geld und in Villa ging ich an Land, um alles zu besorgen. Man gab mir auch wie immer zuviel, damit auch ich mir etwas kaufen konnte. Ich wollte dies eigentlich nie, da mir die Genehmigung fürs Umsonst-fahren reichte, aber sie alle bestanden darauf und ich war ehrlich gesagt auch nicht böse darüber. Der kleine Supermarkt lag gleich gegenüber vom Hafen. Selbst dort erinnerte sich noch an mich. Sie begrüßten mich mit den Worten »Na Deutscher, heute wieder deinen freien Tag?« Es war nicht böse gemeint. Ich kaufte also ein und begab mich nach draußen. Am Hafen fielen mir zwei Typen auf, die meiner Meinung nach nur aus Deutschland kommen konnten. Auch sahen sie irgendwie hilflos aus. Ich ging auf sie zu und fragte einfach. Sie kamen wirklich aus Deutschland und waren gerade erst angekommen. Sie sprachen auch kein Wort Italienisch und waren noch neu auf der Straße. Beide kamen aus Bayern. Man merkte es sofort an ihrem Dialekt. Irgendwie taten mir die beiden Leid. Ich konnte mich in diesem Augenblick noch gut an meine ersten Tage erinnern. Wie sie mir erzählten, kamen sie direkt aus Deutschland und haben noch keine einzige Nacht auf der Straße zugebracht. Aussteiger, so nannten sie sich. Als ich fragte, was sie denn so dabei hätten, war die Antwort: Rasierapparat, Kaffeemaschine, Fotoapparat, auch durfte die elektrische Zahnbürste nicht fehlen und alles, was man mit Sicherheit auf der Straße nicht gebrauchen konnte. Ich musste unwillkürlich Lachen bis die Tränen kamen. So etwas hatte ich noch nie in meiner Zeit auf der Straße erlebt. Sie hatten wirklich an alles gedacht, nur nicht an das, was sie wirklich hätten gebrauchen können. Voller Stolz erklärten sie mir auch, dass sie noch mindestens 500 Mark bei sich hätten. Ich dachte mir nur: ›Man was haste dir da vorgenommen.‹ Ein Zurück gab es aber nun nicht mehr. Allein wären die beiden nicht weit gekommen. Ich musste ihnen erst einmal versuchen beizubringen, dass man auf der Straße nie jemanden sagt, wie viel Geld man bei sich hätte, ansonsten konnte es sehr leicht geschehen, dass man am Morgen ohne auch nur etwas am Leibe wieder aufwacht. Als ich sie auch noch fragte, wie und wo sie schlafen wollten und ob sie auch schon daran gedacht hätten, was passiert, wenn das Geld ausgeht und wie zu neuem zu kommen, sagten sie einfach nur nein. Man wäre doch Aussteiger und irgendetwas würde sich schon finden. Auch war ihre Meinung, Arbeit würde sich schon irgendwie finden. Da hatte ich wirklich noch ein ganzes Stück Arbeit vor mir. Na gut, fangen wir eben ganz von vorne an. Ich stellte mich den beiden erst einmal vor und danach waren sie an der Reihe. Der eine hieß Heinz und der andere Franz. Heinz und Franz waren die ulkigsten Aussteiger, die ich je gesehen oder bis zu dieser Zeit kennen gelernt hatte. Mit ihrem bayrischen Dialekt und noch Aussehen, sie hatten solche komischen Hütte auf, war es die perfekte Truppe. Die beiden waren trotz ihres Alters um die 40, noch irgendwie wie Kinder bei ihren ersten Ausflug. Sie mussten über alles lachen und nahmen nichts ernst. Heinz war der Ernstere der beiden, wenn man es einmal so ausdrücken durfte. In München war er Biologielehrer. Franz dagegen war eine Erscheinung, vor der man sich schon fürchten konnte. Er war von Beruf Holzfäller. Eine Bärenstatur, aber sehr gutmütig. Leider nicht besonders intelligent. Nur wenn er getrunken hatte, konnte er aggressiv werden. Da war es besser, man ging ihm dann aus dem Wege. Mir hatte er nie etwas getan, nur sein bester Freund musste des Öfteren hinhalten.

Als Erstes machte ich ihnen den Vorschlag, alles was sie meiner Meinung nach nicht brauchten, werden wir oder besser gesagt ich, versuchen zu verkaufen. Dann würden wir versuchen, erstmal Schlafsäcke für sie aufzutreiben. Auch hatte jeder von ihnen einen Koffer, der doch sehr ungeeignet für die Straße war. Also zwei Rucksäcke sowie Schlafsäcke waren die ersten Sachen, die beschafft werden mussten. Man merkte doch nun, dass sie froh darüber waren, einen gefunden zu haben, der ihnen half, da sie sich das Aussteigerleben doch etwas anders vorgestellt hatten. Nun ich hatte die Sachen der Schiffsmannschaft noch bei mir. Die musste ich natürlich noch abgeben. Wir fuhren also zusammen nach Messina rüber. Sie staunten nicht schlecht, als wir keine Fahrkarten brauchten und mich der Kapitän sogar begrüßte. In Messina konnten wir auf keinem Fall bleiben. Die anderen Vagabunden hätten versucht, sie mit Sicherheit auszunehmen. Ich verkaufte also so schnell es ging ihre unnützen Sachen auf dem Schwarzmarkt und dann ging es in Richtung Termini.

Dort war ich allein mit ihnen. Die Schlaf- und Rucksäcke konnte ich auch dort für die beiden kaufen. Auf dem Bahnhof in Messina ging's schon los. Warum ich denn für sie Fahrkarten kaufen würde? Wir wären doch auf dem Schiff auch ohne welche ausgekommen. Mir standen die Haare zu Berge über soviel Blödheit. Als Erstes erläuterte ich den beiden, dass es auf der Fähre etwas anderes gewesen wäre. Man konnte schon mit dem Zug schwarzfahren, aber dann dürften sie nicht soviel Geld bei sich haben. Es konnte nämlich sehr leicht passieren, dass der Zugschaffner nicht so gut drauf wäre und die Polizei benachrichtigte. Ohne viel Geld in der Tasche würde man einen schnell wieder laufen lassen, aber mit Geld und dann noch soviel, wie wir es hatten, würde es unangenehm für uns alle ausgehen. Mein Problem war es am Ende sowieso nicht, da ich schließlich eine Fahrkarte hatte. Ich habe nur an sie gedacht. Außerdem sollte man immer vorher überlegen, wo man am besten und auch am sichersten sparte. Im Übrigen kostete die Fahrkarte von Messina nach Termini-Imerese nicht die Welt. Wir könnten die Fahrt auch besser genießen und brauchten nicht immer nach dem Schaffner Ausschau zu halten. Da stimmten sie mir auch zu.

Als wir in Termini ankamen, machte ich erst einmal eine Liste mit allem, was die beiden gebrauchen konnten. Wie schon erwähnt, das ging bei den Rucksäcken los über Gaskocher bis hin zu Gewürzen und anderen haltbaren Lebensmitteln. Mein Ziel war es, ihnen so schnell wie möglich alles erdenklich Brauchbare beizubringen. Ihr Geld würde nicht ewig reichen und von da an waren sie auf sich gestellt. Mir war natürlich schon anfangs an klar, dass die beiden nicht alt werden würden auf der Straße. Spätestens nach einem halben bis einem Jahr und würden sie wieder in Deutschland sein. So nett sie auch waren, aber eben nicht für die Straße. Mir sollte es recht sein. Ein wenig Abwechslung war auch für mich nicht verkehrt. Heute, wenn ich daran zurückdenke, muss ich noch über die beiden schmunzeln. Heinz und Franz, die beiden Bayern. Über jeden Stein stolperten sie, anstatt ihm auszuweichen. Dumm waren die beiden mit Sicherheit nicht, aber eben ungeschickt. Es war jedenfalls nie langweilig mit den beiden. Wenn ich mit ihnen zusammen Sitzung machte, kam ich einfach nicht zu Geld, da die beiden über alles und jeden lachen mussten. Sie merkten aber nicht, dass die Leute nur über sie wütend wurden und dies zur Folge hatte, dass es weniger Geld gab. Dies aber begriffen sie nicht so einfach und es war auch schwer, es ihnen beizubringen. Sie hatten noch genügend Geld und der Rest war ihnen mehr oder weniger egal. Bald aber wehte der Wind aus einer anderen Richtung. Sie mussten anfangen, da das Leben auf der Straße auch nicht unbedingt billig war. Es gab gute und schlechte Tage. Sie mussten, genau wie ich, an den guten Tagen etwas Geld zurücklegen, damit sie die schlechten wenigstens halbwegs überbrücken konnten. Dies fiel ihnen aber sehr schwer, auch machten sie den Fehler, beim Betteln zu trinken. Dies ist immer nicht so gut. Die Leute wissen zwar, dass wir Vagabunden fast alle trinken, aber keiner will es unbedingt sehen. Da muss man sich eben an die Spielregeln halten. Man sieht, ich hatte wirklich alle Hände voll zu tun. So vergingen die Tage und die beiden lernten, wenn auch nur schwer, das Leben auf der Straße zu meistern. Ich versuchte es ihnen so leicht wie möglich zu machen. Eines Morgens sagte ich: »Auf geht's Jungs. Wir machen eine Reise. Ich dachte mir, du musst einfach mal wieder weg aus Termini.« Außerdem war ich der Auffassung Franz und Heinz mussten auch einmal etwas anderes sehen von Sizilien. Vielleicht fühlte ich mich auch wohl in der Funktion des so genannten Lehrers. Es war das erste Mal in meinem Leben, das andere auf mich angewiesen waren. Es machte mich irgendwie stolz und gleichzeitig nachdenklich. Viel Zeit hatte ich aber nicht, mir darüber Gedanken zu machen.

Ich beschloss also, mit den zweien eine kleinere Reise durch Sizilien zu unternehmen. Zeit spielte dabei keine große Rolle. Wenn man auf der Straße lebt, ist dies nicht von Bedeutung.

Es ging als Erstes nach Catania. Catania ist im Grunde gesehen eine sehr schöne Stadt, aber nur wenn man das nötige Geld hat. Man hat bei solchen, sagen wir einfach einmal Ausflügen, immer mit den Problem zu tun, dass es noch andere Bettler gibt und die mögen es nicht, wenn Neue in der Stadt sind. Die Gründe dafür sind eigentlich einleuchtend. Bettelplätze sind rar und man weiß auch nie, was für Typen es sind. Es braucht also immer eine gewisse Zeit, um mit den anderen klar zu kommen. Auch ich hatte mit der Zeit gelernt, am Anfang immer erst einmal misstrauisch zu anderen zu sein. Wird man akzeptiert, ist alles in Ordnung. Sollte dies aber nicht der Fall sein, ist es ratsam weiterzuziehen. Meine beiden Bayern waren leider keine guten Weggefährten. Ich kam ganz gut mit ihnen aus, da ich sie auch kannte. Ich wusste, wie sie waren und wie ich sie auch zu nehmen hatte. Ein Außenstehender hatte da mit Sicherheit so seine Probleme. Sie waren unter Umständen doch etwas schwierig und daher nicht sehr vertrauenswürdig für andere. Vor allem Franz, wenn er etwas getrunken hatte und so richtig in Fahrt war, konnte er mitunter sehr unangenehm werden. Meist merkte er es noch nicht einmal und am nächsten Tag tat es ihm auch Leid, aber da war es dann auch meist schon zu spät. Dadurch machte er sich nicht nur Freunde. Auf der Straße nimmt man solch ein Verhalten sehr ernst und toleriert es nicht so einfach.

Wir fuhren also ungefähr drei Wochen quer durch Sizilien. Selbst für mich war vieles neu und auch ich lernte einiges dazu. Ich lernte mehr auf die Menschen zu achten. Ich hatte zwar schon viel über sie gelernt, aber es war doch immer noch eine fremde Gesellschaft. Vagabunden können sehr hart sein. Sie müssen es aber auch, allein brauchen sie es zum Überleben. Selbst ich war nicht für die Straße geschaffen, aber ich musste nun mal auf ihr leben. Viele Menschen waren der Ansicht, wir waren nur zu faul zum Arbeiten, aber das war meist nicht so. Bei mir war es am Anfang einfach nur die Abendteuerlust und später dann meine Lehre fürs Leben. Auf der Straße bist du so, wie du bist. Man kann sich nicht verstellen, zumindest nicht über längere Zeit. Hier sah man, wer ordentlich und sauber war. Bei mir war Sauberkeit sehr wichtig. Wasser gab es schließlich überall zum Waschen. Ich versuchte es auch Heinz und Franz beizubringen, da sie es anfingen zu vernachlässigen. Nichts war mir so zuwider wie ein schmutziger Bettler oder sagen wir einmal Vagabund. Es gab natürlich Tage, wo auch ich mich gehen ließ, aber diese waren doch sehr gering. Ich fühlte mich einfach nicht wohl dabei und es war mir auch peinlich mit anderen Menschen unter diesen Umständen Kontakt aufzunehmen. Es heißt nicht umsonst, Kleider machen Leute. Es machte mich auch ein wenig Stolz, wenn die Leute sagten, wie kommt es, dass du immer so sauber bist. Sie erwarteten, dass einer, der auf der

Straße schlief, auch automatisch immer dreckig sein müsste. Bei mir war das nun nicht der Fall. Ich legte doch sehr viel Wert auf mein Aussehen, auch unter diesen Umständen.

Meine beiden Schützlinge waren da anderer Ansicht und es bedarf eine Menge zureden, überreden und was weiß ich noch, um sie eines Besseren zu belehren. Am Ende half dann meistens die Antwort, ich wollte nicht krank durch sie werden. Wenn sie darauf Lust hätten, ihr Bier, nicht meins, aber dann doch bitte woanders. Das half meist, da sie wussten, ohne mich waren sie doch sehr schutzlos.

Am Schluss unserer Reise kamen wir in Palermo an. Diese Stadt war auch für mich noch neu. Fremd und riesengroß. Es ist die heimliche Hauptstadt von Sizilien. Natürlich besser bekannt durch die Mafia. Hier traf sich die ganze Welt, Menschen aller Länder. An jeder Ecke eine andere Hautfarbe. Bettler vor jedem Geschäft. Drogenabhängige mit ihren Dealern und was weiß ich noch.

Als Erstes musste ein Schlafplatz gefunden werden. Dies ist am wichtigsten, wenn man neu in einer Stadt ist. Am besten ist man noch nüchtern, da es ansonsten gefährlich werden könnte. Da der Bahnhof nicht weit vom Meer lag und es auch noch warm war, hatten wir fürs Erste etwas. Obwohl ich mich dabei nicht ganz anfreunden konnte, in Palermo am Strand zu schlafen. Ich dachte mir aber, länger als zwei oder drei Tage werden wir ja doch nicht bleiben und da wird es schon gehen. Nun hieß es einen Platz zum Betteln zu finden. Das erwies sich als weit aus schwieriger. Es blieb uns am Schluss nichts weiter übrig, als die Ampel zu machen. Es ist auch eine Art von Betteln. Ich hatte dies schon einmal in Messina gemacht und wollte es hier nun auch probieren. Ich erkläre es erst einmal ganz kurz. Man sucht sich eine gut befahrene Ampelkreuzung und wartet dort auf die Rotphasen. Dann geht man einfach von Auto zu Auto und bittet um ein wenig Geld. Dafür hat man aber nicht viel Zeit und man muss außerdem noch auf den Verkehr achten. Es ist, wie man sieht, nicht so leicht wie Sitzung. Es kann auch nur immer einer betteln, da es für zwei einfach zu eng und auch zu gefährlich ist. Wir fanden eine Ampel, die noch frei war und versuchten unser Glück. Franz und Heinz hatten so etwas noch nie gemacht. Da sie, wie üblich schon ganz gut

geladen hatten, fanden sie es wieder einmal zum Totlachen. Es lief ganz
gut und nun wollten es natürlich auch die beiden versuchen. Bei Heinz
konnte ich es noch riskieren, aber bei Franz? Der war mittlerweile schon
so voll, dass er kaum noch geradeaus gehen konnte. Es war einfach zu
viel Verkehr auf der Straße, um ihn darauf herumtanzen zu lassen. Auf
etwas anderes wäre es nicht hinausgelaufen. Schweren Herzens sah er es
doch ein und somit machten Heinz und ich das Geld. Drei Ampelpha-
sen er und dann drei ich. Am Abend hatten wir somit einen guten Erlös
eingebracht. Ich muss auch dazu sagen, es lief wirklich ausgezeichnet.
Nach getaner Arbeit machten wir uns auf zu unserem Schlafplatz am
Strand, aber nicht ohne vorher noch gut einzukaufen. Am Strand mussten wir feststellen, dass wir nicht die einzigen Schlafgäste waren. Wir
gesellten uns einfach zu einer Gruppe von Deutschen. Besser gesagt von
zwei Deutschen. Sie kamen aus Stuttgart und waren auf der Durchreise.
Neben uns saßen noch Holländer und Franzosen am Strand. Franz war
schon längst nicht mehr zu hören. Er versuchte zwar noch am Anfang
wach zu bleiben, aber so voll wie er war, gelang ihm dies nicht allzu lang.
Wir Restlichen unterhielten uns bis in die Morgenstunden. Mit der Zeit
gesellten sich noch die anderen zu uns und so wurde es wieder einmal
international und feucht bis zum Abwinken.

Wir beschlossen, mit den zwei aus Stuttgart erst einmal zusammen-
zubleiben. Am Ende blieben wir wiederum einen Monat in Palermo.
In dieser Zeit merkte ich, dass Heinz und Franz sich veränderten. Ich
sah es ihnen an, dass sie Heimweh nach Deutschland hatten. Was ich
von Anfang an schon wusste, trat nun ein. Sie waren einfach nicht für
die Straße. Ich sagte es ihnen nun auch. Sie wussten nur nicht, wie sie
wieder nach Deutschland zurückkommen konnten. Ich hatte da so eine
Idee. In Palermo gab es doch eine deutsche Botschaft. Die beiden sahen
nicht gerade wie Vagabunden aus, obwohl die Monate auf der Straße
Spuren hinterlassen hatten. Mit wenig Geld konnte sie man schnell zu
Touristen machen, die einfach überfallen wurden und nun nichts mehr
hatten, als das, was sie trugen. Ich merkte, wie froh sie schon bei den
bloßen Gedanken an Deutschland wurden. Ehrlicherweise muss ich gestehen, dass auch ich so etwas Ähnliches spürte. Aber wo sollte ich hin in

Deutschland? Sie hatten wenigstens noch einen Bruder oder Schwester sowie Eltern und Angehörige, aber ich? Natürlich sagten sie mir, dass ich mit ihnen kommen sollte, aber ich wusste auch, in Deutschland wäre ich am Ende auch wieder allein und da war es doch besser für mich hier in Italien zu bleiben. Es gefiel mir gut hier. Außerdem hatte ich so ein Gefühl, dass es nicht immer so sein würde. Ich weiß nicht warum, aber eine Stimme in mir sagte, bleib und warte einfach ab.

Jedenfalls waren die beiden, Franz und Heinz, entschlossen, wieder nach Deutschland zurückzukehren. Ich konnte sie auch gut verstehen. Wir gingen also erst zur Polizei und machten eine Anzeige gegen Unbekannt wegen eines Überfalls. Damit konnten sie nun zum Konsulat gehen und sehen, was passierte. Ich war aber überzeugt davon, dass man ihnen helfen würde. Mit gemischten Gefühlen gingen sie zum Konsulat. Ich wartete vor dem Gebäude auf sie. Als sie wieder herauskamen, konnte ich es schon an ihren Gesichtern ablesen, dass alles bestens geklappt hatte. Überglücklich zeigten sie mir ihre Fahrkarten und das Geld, was man ihnen gegeben hatte. Ich freute mich selbstverständlich mit ihnen, obwohl es mir doch ein wenig Leid tat, dass ich die beiden wohl nie wiedersehen würde. Ich hatte mich mittlerweile doch an sie gewöhnt. Wie sie auch waren, sie waren nun mal so und versuchten sich auch gar nicht erst zu verstellen. Vielleicht war es das, was vielen nicht gefiel und ich muss zugeben, auch ich hatte damit zu kämpfen. Wenn ich heute an sie zurückdenke, weiß ich, dass es wirklich das Beste für die beiden war und ich sogar ein wenig stolz auf mich bin, ihnen wenigstens ein bisschen geholfen zu haben. Ich bin mir nicht sicher, ob es einen Gott oder irgendjemanden dort oben gibt, aber wenn ja, hat er mir dies bestimmt gut geschrieben.

Jedenfalls freuten sich Franz und Heinz wie kleine Kinder kurz vor Weihnachten. Es sollte schon am nächsten Tag für sie nach Hause gehen. Die Fahrkarten hatten die beiden ja nun in der Tasche und mit dem Geld vom Konsulat sollte eine Abschiedsparty unternommen werden. Diese unternahmen wir am Strand und ihr könnt euch sicher denken, es ging noch einmal richtig zur Sache. Am nächsten Morgen verabschiedete ich mich von meinen zwei Bayern. Ich wollte nicht mit zum Bahnhof gehen, da es doch ein wenig schwer für mich war und Tränen wollte ich auch nicht zu lassen. Ich versuchte den Abschied so kurz wie möglich zu machen. Als die beiden nun endlich weg waren, fühlte ich mich zum Kotzen. Es war nun ja nicht der erste Abschied von irgendwelchen Begleitern auf der Straße, aber doch mit einer der schmerzhaftesten. Ich hatte sie mögen gelernt. So ist das aber nun einmal. Man lernt Leute kennen und am Ende geht doch jeder wieder seine eigenen Wege. So dreht sich das Rad und das Leben geht weiter. Ich sollte später noch einige dieser Erfahrungen machen.

In Palermo hielt mich fürs Erste nichts mehr. Ich ging also wieder nach Termini-Imerese zurück. Dort kannte ich mich aus und es fiel mir auch leichter, wieder zur Ruhe zu kommen. So vergingen die Wochen, ohne dass irgendetwas von Bedeutung passierte. Es kam also wieder einmal der Tag, wo ich mich entschloss auf Tour zu gehen. Warum kann ich nicht sagen, aber es ging wieder nach Messina. Franz und Heinz hatte ich zwar nicht vergessen, aber ich dachte nicht weiter mehr an sie. Ich hoffte nur im Stillen, dass es ihnen gut in Deutschland gehen würde. In Messina traf ich auch sofort alte Bekannte. Wie üblich wurden wieder die neusten Nachrichten ausgetauscht. Unter der Gruppe waren auch einige neue Gesichter. Ich gehörte nun mittlerweile schon zu den Alteingessenen. Obwohl ich noch sehr jung war, hatte ich doch schon ein paar Jahre Straße vorzuweisen. Unter den Neuen fielen mir sofort zwei auf, die einen Hund hatten. Nicht dass dies ungewöhnlich wäre, aber wie sie ihn behandelten schon. Die beiden waren doch schon sehr angetrunken und misshandelten ihren Hund auf unschöne Art. Es war ein großer schwarzer Mischling mit kleinen Knopfaugen. Ein schönes Tier. Sie traten ihnen und zogen, wenn er ihrer Meinung nach nicht hörte, brutal am der Kette. Er hatte ein so genanntes Würgehalsband. Warum weiß ich auch nicht, da es sich nicht um einen Kampfhund handelte. Die beiden wussten es selber nicht, als ich sie danach fragte. Einer gab mir nur zur Antwort, es würde gefährlicher aussehen. Ich glaubte nicht richtig zu hören. In mir sagte aber eine Stimme, das durfte einfach nicht sein. Ich hatte viele Vagabunden mit Hunden kennen gelernt, aber solche sind mir bis dahin noch nicht untergekommen. Für mich stand längst fest, was ich dagegen unternehmen würde. Natürlich musste ich mich noch mit den anderen absprechen. Wenn man auf der Straße einem anderen seinen Hund wegnahm, war dies ein schwerwiegendes Vergehen. Wie ich schon erwähnt hatte, gab es auch hier Gesetze. Man musste sich an diese halten oder man hatte den Ärger auf seiner Seite. In diesem ungeschriebenen Gesetz war unter anderem auch festgelegt, dass man seinen Hund nicht zu vernachlässigen hatte und ihn gut behandeln sollte. War das nicht der Fall, konnte man ihm den Besitzer wegnehmen. In diesem Fall war es so. Ich sprach mit den anderen und alle waren meiner Meinung, dass die beiden es nicht verdienten, einen Hund zu haben. Alle waren sich klar darüber, sie hatten den armen Kerl nur zum Betteln. Jeder wusste, mit einem Hund an der Seite gab es erstens mehr Geld und es war aber auch eine Sicherheitsfrage. In der Nacht war es doch angenehmer einen großen Hund an der Seite zu haben. Man schlief doch ruhiger. Da man mit ihm zusammen bettelte, war doch klar, dass er einen gewissen Anspruch auf das eingenommenen Geld hatte. Das hieß gutes Futter. Auch musste man zum Tierarzt. Aber das Schönste war es doch, man hatte einen ehrlichen Freund, der dir in schweren Stunden Beistand leistete. Mit einem Hund übernimmt man auch die Verantwortung für diesen. Das war den beiden nicht ganz klar, also mussten sie die Konsequenzen daraus ziehen. Es wurde einstimmig beschlossen, ihnen den Hund wegzunehmen. Als Erstes wollten wir mit ihnen darüber reden, um sie vielleicht doch noch zur Vernunft zu bringen. Am Abend sprachen wir mit den beiden. Sie zeigten sich aber sehr ungehalten und sogar aggressiv. Nicht gegen uns, sondern ihrem Hund gegenüber. Wir machten einfach kurzen Prozess und ich nahm den Hund an mich und sagte ihnen ganz klar, dass er ab jetzt mir gehören würde. Sie wollten auf mich losgehen, aber da schritten schon die anderen ein. Gegen diese Übermacht waren sie machtlos. Ich sagte ihnen, dass sie zwei Möglichkeiten hätten, entweder sie akzeptierten es so wie es ist oder sie müssten die Stadt verlassen. Es gibt unter uns viele Methoden, Unliebsame aus der Stadt zu vertreiben. Sie wussten dies wahrscheinlich und beruhigten sich. Nach einigem Hin und Her überließen sie mir dann freiwillig ihren Hund. Sie sahen ein, dass es das Beste für sie war. Papiere hatte dieser keine, also wollte ich am nächsten Tag erst einmal einen Tierarzt aufsuchen und ihn gründlich untersuchen zu lassen. Bei dieser Gelegenheit hatte ich auch vor, Papiere ausgestellt auf meinen Namen, anzufordern. Damit war die Sache erledigt und die beiden kamen noch einmal mit einem blauen Auge davon. In anderen Städten, so hatte ich schon gehört, ging das für die Tierquäler nicht ohne Blutvergießen zu Ende. Ich nun jedenfalls war auf den Hund gekommen. Es war eine neue Aufgabe für mich. Einen Hund zu haben, ist eins, aber ihn auch richtig zu betreuen, ist schon etwas anderes.

Als Erstes suchte ich einen Namen für ihn und da er schwarz war, fiel mir nichts Besseres ein, als ihn auch dementsprechend so zu nennen. Ich gab ihm den Namen Blacky. Ein nicht sehr ausgefallener, aber passender Name. Er war sehr zutraulich und gewöhnte sich auch schnell an mich. Ich wusste aber auch, dass ich mir dadurch zwei Feinde gemacht hatte. Ich dachte mir aber, was soll's, auf der Straße hat man eben nicht nur Freunde. Man muss eben auch damit leben können.

Ich war nun wiederum fast einen Monat in Messina und es wurde Zeit nach Termini zurückzukehren. Man sollte seinen festen Standpunkt nie ganz vernachlässigen. Es könnte sonst durchaus sein, dass sich ein anderer Vagabund dort breit machte. Auf dem Bahnhof von Messina lernte ich noch einen anderen Bettler kennen. Er kam aus Hamburg und war irgendwie eigenartig drauf. Ich war aber der Meinung, irgendwelche Macken haben wir doch alle. Er schlug mir vor, mit nach Lipari zu kommen. Ich wusste bis dahin noch nicht einmal, wo das genau lag. Er erklärte mir, Lipari läge auf der Insel Vulkano. Vulkano gehöre zu einer Inselgruppe kurz vor Sizilien. Die Inselgruppe heißt Aeolische Inseln. Ich dachte mir, warum nicht auch einmal dorthin. Dort gewesen bin ich auch noch nie, also nichts spricht dagegen. Wir fuhren gemeinsam, er, ich und ab jetzt natürlich auch Blacky nach Milazo. Von dort sollte es dann weiter mit der Fähre weitergehen. Da Vulkano kurz vor Milazo lag, vielleicht zehn Kilometer, kostete dementsprechend auch die Fahrkarte nicht viel. Was ich aber noch nicht wusste, ab jetzt musste ich auch für Blacky bezahlen. Halber Preis, aber ich tat's gerne. Er kostete außerdem nur den Kinderpreis. Auf Lipari teilten wir uns zum Betteln. Die Stadt ist nicht sehr groß und für zwei ein wenig eng. Wo mein Wegbegleiter hin ist, weiß ich nicht mehr. Ich setzte mich vor einem kleinen Supermarkt und versuchte wie immer mein Glück. Nun aber zum ersten Mal mit meinem neuen Freund Blacky. Am Ende meiner Sitzung hatten ich oder wir (Blacky und ich) ganz gut verdient, da gesellte sich ein Italiener zu uns. Er sprach sehr gut deutsch und lud mich ein etwas zu trinken. Da es umsonst war, lehnte ich natürlich nicht ab. Ein großer Fehler, den ich noch lange bereuen sollte. Er kaufte eine Flasche Schnaps und auch ein paar Bier. Wir gingen in einen nahe gelegenen Park und machten es uns auf einer Bank gemütlich. Bald war mein Pegel an Alkohol weit überschritten. An den Hamburger dachte ich schon längst nicht mehr. Wir tranken bis spät in die Nacht und ich war so voll wie schon lange nicht mehr. Als ich ihn fragte, ob er eine Schlafstelle wüsste, meinte er nur, ich könnte bei ihm übernachten. Mir sollte es nur recht sein, da ich in meinem Zustand eh nichts anderes mehr gefunden hätte. Den Rest kenne ich nur noch aus Erzählungen der Polizei und von ihm. Wir hielten vor einem Haus und er sagte zu mir, ich sollte auf ihn warten, da er nachsehen wolle, ob seine Eltern noch wach wären. Ich dachte mir nichts Schlimmes dabei, da wir doch mächtig getrunken hatten und ich keinen guten Anblick machte. Also wartete ich auf der Straße auf ihn. Nach einer Weile, ich war inzwischen mitten auf der Straße eingeschlafen, kam er wieder und sagte die Luft wäre rein. Seine Eltern wären heute nicht zu Hause und ich könne beruhigt die Nacht dort bei ihm verbringen. Wir gingen durch die Vordertür ins Haus und ich bat ihm nur um einen Platz zum Schlafen. Ich konnte mich kaum noch auf den Beinen halten. Er verwies mich in ein Zimmer, wo ein Kinderbett stand. Es gehöre seiner kleinen Nichte, aber ich könnte ohne Bedenken dort schlafen. Ich machte mir keine weiteren Gedanken und schlief auch sofort ein. Es muss wohl so gegen 3 Uhr gewesen sein, als ich durch einen lauten Knall aus dem Schlaf gerissen wurde. Vor mir standen Polizisten mit gezogener Waffe. Mein Hund suchte sofort sein Heil in der Flucht und schaffte es tatsächlich zu entkommen. Ich wurde auf den Fußboden geworfen und man legte mir brutal Handschellen an. Als Erstes wusste ich gar nicht, was überhaupt los war. Erst auf dem Polizeirevier erfuhr ich, was sich abgespielt hatte. Der Typ, mit dem ich auch noch mitgegangen war, ist in dieses Haus eingebrochen, hat mich zum Schlafen geschickt und in aller Ruhe die Wohnung auf den Kopf gestellt. Als er merkte, dass die Polizei nahte, ist er einfach abgehauen und hat mich meinem Schicksal überlassen. Wie sollte ich es den Polizisten nur erklären? Ich wusste ja selbst nicht mal mehr den ganzen Vorgang. Ich kann nicht gerade behaupten, dass sie freundlich zu mir waren. Jedenfalls landete ich fürs Erste in einer Zelle. Am nächste Morgen ging die Tür wieder auf und wer kam wohl rein? Klar, mein zufälliger Bekannter. Man hatte ihn mit den Diebesgut erwischt und verhaftet. Da die Polizeikaserne sehr klein war und nicht genügend Zellen zur Verfügung standen, sperrte man ihn einfach bei mir mit ein. Zu meiner Erleichterung hatte er schon eine Aussage gemacht, indem er mich voll und ganz entlastete. Von da an waren auch die Polizisten freundlicher zu mir. Ich sagte ihnen, dass ich Alkoholiker wäre und es nur zwei Möglichkeiten für sie gäbe. Entweder sie holten einen Arzt für mich, da sich langsam der Entzug einstellte, oder sie gaben mir etwas Alkoholisches zu trinken. Wahrscheinlich kannte sich einer ein wenig aus damit. Er erklärte den anderen, das ein Delirium mitunter sehr gefährlich für einen werden könnte. Es war Sonntag und einen Arzt aufzutreiben, erwies sich als etwas sehr Schwieriges. Da ich ja, wie sich herausgestellt hatte, nicht weiter mit den Einbruch zu tun hatte und auch so einen ruhigen Eindruck erzeugte, ließ man mein Geld bringen und ich durfte für eine Stunde die Kaserne verlassen. »Nur«, so sagten sie mir, »Wein kaufen und dann sofort wieder zurück.« Ich konnte es einfach nicht glauben. Man ließ mich einfach so frei, um mir was zu trinken zu besorgen und danach sollte ich wieder eingesperrt werden. Es war schon komisch. Da ich mir aber keinerlei Schuld bewusst war, hatte ich auch gar nicht erst vor zu fliehen. Es hätte die Sache nur verschlimmert und da würde mir keiner mehr glauben, dass ich nichts vom Einbruch gewusst hätte. Also kaufte ich mir meinen Wein, gleich ein paar Kartons mehr, und ging wieder zurück. Sie hatten wohl damit gerechnet, dass ich versuchen würde abzuhauen. Ich sah es ihren Gesichtern an. Als ich aber wieder da war, konnte ich doch eine Erleichterung ihrerseits erkennen. Von da an blieb meine Zellentür unverschlossen. Am Abend durfte ich noch einmal die Zelle verlassen um mir erneut Nachschub zu kaufen.

Diesmal gab es keinerlei Diskussion. Man schrieb mir noch nicht einmal vor, wann ich genau zurück zu sein hätte. An einem Montag sollte uns der Prozess gemacht werden. Das galt auch für mich. Wie man so schön sagt, mit gefangen mit gehangen. Obwohl mir alle versicherten, dass ich nichts weiter zu befürchten hätte, war mir doch mulmig. Es kam eigens ein Richter aus Messina für den Prozess. Die Verhandlung war schnell zu Ende. Der Kerl, dem ich dies alles zu verdanken hatte, musste ins Gefängnis, da er schon mehrfach aufgefallen war. Ich kam noch einmal davon. Na, jedenfalls fast. Man brummte mir eine Geldstrafe von 400.000 Lire auf und ich bekam Inselverbot für drei Jahre. Meine Dolmetscherin sagte mir auch, ich bräuchte mir keinerlei Sorgen wegen des Geldes machen. Mein Verteidiger drehte es so, dass ich diese nur bezahlen müsste, wenn man mich noch einmal auf der Insel erwischte. Ich wurde sofort aus der Haft entlassen. Dies sollte mir eine Lehre gewesen sein. Traue nie anderen, sondern nur dir selbst. Mit dieser Einstellung kommst du am weitesten. Natürlich musste ich die ganze Zeit auch an meinen Hund denken. Was machte er bloß? Hatten ihn sich schon andere unter den Nagel gerissen, war er gesund und wohlauf? Ich lief den ganzen Tag quer durch die Stadt und fragte sämtliche Leute, die ich begegnete, ob sie einen schwarzen Hund gesehen hatten. Am Ende, ich wollte schon aufgeben, berichteten mir Kinder, sie hätten einen großen schwarzen Hund am Strand gesehen. So schnell ich konnte, begab ich mich dorthin. Kaum war ich dort, kam mir mein Blacky auch schon entgegen. Er sprang an mir hoch und war überglücklich. Das gleich galt selbstverständlich auch für mich. Jetzt wollte ich die Insel nur so schnell wie möglich verlassen. Mit der nächsten Fähre ging es dann auch sofort nach Milazo. Dort wollte ich mich erst einmal von meinem Erlebnissen erholen. Ich stand immer noch unter Schock. Als Nächstes wollte ich nach Palermo.

Es war nun mittlerweile November. Die Nächte wurden immer kälter. Leider stieg auch zu jener Zeit mein Alkoholkonsum wieder stark an. Ich trank nun schon nicht mehr Wein und Bier. Immer öfter kaufte ich mir nun auch Schnaps. Dadurch, dass ich sehr viel trank, aß ich auch nicht mehr so wie es eigentlich sein sollte. Am Morgen schon fing ich an und hörte mitunter erst spät abends wieder auf. Es kam aber auch vor, dass ich nachts aufwachte und zur Flasche griff. Vielleicht war es die Einsamkeit oder eben nur das Verlangen an nichts Negatives zu denken. Wie auch immer. Die ganze Sache geriet außer Kontrolle. Früher oder später musste es aber so kommen. Der Alkohol hatte mich wieder einmal voll im Griff. Das Schlimme an der Sache war, ich konnte und vielleicht wollte ich auch nichts ändern. Es ging von Tag zu Tag weiter mit mir bergab. Am Ende konnte ich nur noch eines tun, ich gab Blacky in vernünftige Hände. Damit war wenigstens sein Leben außer Gefahr. Es fiel mir sehr schwer, aber es musste einfach getan werden, ansonsten hätte ich ihn bestimmt eines Tages vernachlässigt und soweit wollte ich es auf keinen Fall kommen lassen. Ich gab ihn also in Hände, wovon ich wusste, dass er es gut haben würde. Auch den Leuten aus Termini fiel auf, dass mit mir etwas nicht stimmte. Ich hatte zwar schon vorher getrunken, aber so kannten selbst sie mich nicht mehr wieder. Es kam wie es kommen musste. Eines Nachts wachte ich mit wahnsinnigen Schmerzen in der Bauchgegend auf. Ich krümmte mich und übergab mich in einer Tour. Auch bekam ich sofort hohes Fiber. Zum Glück war eine Polizeistreife unterwegs, die mich liegen sah. Sie hielten sofort an, um sich zu erkundigen, was mir fehlte. Sie waren ratlos und machten das einzig Vernünftige in dieser Situation. Einer der beiden alarmierte umgehend einen Rettungswagen. Dieser traf auch nach kurzer Zeit ein. Ich wurde mit Blaulicht ins Krankenhaus von Termini gefahren. Mittlerweile bekam ich auch noch Atemnot. Im Krankenhaus erwartete man mich schon und es ging sofort auf die Rettungsstation. Als Erstes bekam ich Spritzen gegen die Schmerzen und einen Tropf. Die Schmerzen wollten aber nicht aufhören. Da beschloss man sich, mich doch einmal genauer zu untersuchen. Bei einer Blutuntersuchung und einem Ultraschall stellte sich schnell heraus, ich hatte eine gefährliche Entzündung der Bauchspeicheldrüse. Bei nachfolgenden Röntgenaufnahmen erfuhr man des Weiteren, dass sich in meiner Bauchspeicheldrüse Zysten gebildet hatten. Dies machte es nur noch komplizierter. Ich kam sofort auf die Intensivstation. Ab nun sollte ein mehr oder weniger langer Leidensweg folgen. Nach einem Monat wurde ich entlassen, mit dem guten Ratschlag nie wieder Alkohol zu trinken. Es könnte ansonsten mein letzter sein. Ich war vorher nie ernsthaft krank gewesen, also warum ausgerechnet jetzt? Die Worte der Ärzte schoss ich einfach in den Wind. Nach meiner Entlassung ging es mir wieder gut, also war ich der Meinung geheilt zu sein. Ich hätte Arzt werden sollen! Für eine gewisse Zeit hielt ich auch durch. Bald aber begann ich wieder mit dem Trinken. Erst langsam und bedächtig, nach einer Woche schon wieder aus allen Rohren. Es werden wohl so um die drei Wochen vergangen sein, als es mich wieder erwischte. Diesmal noch ein wenig schlimmer. Wieder ging es mit Blaulicht ins Krankenhaus. Bei der Untersuchung stellte sich nun aber heraus, die Zysten in meiner Bauchspeicheldrüse hatten sich zunehmend vergrößert. Jetzt war ein Krankenhausaufenthalt von mehreren Wochen angesagt. Ich wurde an verschiedene Schläuche und Geräte angeschlossen und durfte auch nichts Essen und Trinken. Im Krankenhaus lernte ich ein Mädchen kennen. Wie soll ich sie bloß besser beschreiben? Sie hieß Maria und war so um die 20. Weiterhin erfuhr ich, dass sie noch studierte. Irgendetwas mit Medizin. Sie kam fast täglich zu Besuch eines nahen Verwandten. Es musste, so glaube ich, ihr alter Onkel gewesen sein. Dabei kamen auch wir ins Gespräch und sie interessierte sich für mein Leben. Ich weiß zwar nicht, was daran so besonders war, aber die Abwechslung tat auch mir ganz gut. Ansonsten hatte ich ja keinen, der mich besuchen kam. Auf Bitten von mir brachte sie mir auch Zigaretten und was zu lesen mit. Als dann ihr Onkel aus dem Krankenhaus entlassen wurde, kam sie weiterhin zu mir. Es war nicht Liebe, aber es entstand eine gewisse Art von Freundschaft zwischen uns. Nach zwei Monaten wurde ich wieder entlassen und diesmal sagte mir mein Arzt, das nächste Mal könnte das letzte Mal sein. Für den Augenblick hatte ich begriffen, dass ab nun nicht mehr zu spaßen war. Wieder hieß es, kein Alkohol und auch keine scharfen Sachen zum Essen. Es ist nun aber mal nicht so leicht, sich an all diese Sachen zu halten, schon gar nicht, wenn man auf der Straße lebt.

Maria kam mich auch noch nach meiner Entlassung weiterhin besuchen. Sie brachte mitunter Essen oder auch Kleidungsstücke an meinen Bettelplatz. Auch so war sie ganz nett und freundlich zu mir. Auf die

Idee, dass es mehr werden könnte, bin ich nie gekommen. Ich war doch nur ein einfacher Vagabund, der außerdem nichts weiter hatte, was vielleicht Mädchen imponieren könnte. Es sollte sich auch nie zwischen uns etwas anderes ergeben. Zu dieser Zeit hatte ich auch noch gar nicht den Wunsch dazu. Natürlich hatte ich mitunter auch das Bedürfnis nach Sex, aber durch meinen Alkoholkonsum wurde dieser buchstäblich auf Eis gelegt. Ich machte mir auch keinerlei Hoffnung. Maria und ich wurden eben nur einfach gute Freunde und das war schon sehr viel für mich. So verging ein weiteres Jahr, ohne dass sich mein Gesundheitszustand etwas verbesserte, aber auch nicht verschlechterte. Ich hielt mich mehr oder weniger an die Anordnung des Arztes.

Da es mir so weit ganz gut ging, beschloss ich wieder einmal, die Stadt für ein paar Tage zu verlassen. Ich dachte an Palermo. Es war nicht weit entfernt und ich kannte mich dort auch ganz gut aus. Außerdem wollte ich wieder einmal ein paar Bekannte von mir besuchen. Maria war komplett dagegen. Sie befürchtete das Schlimmste, wenn ich mit Gleichgesinnten zusammen kam. Sie sollte Recht behalten.

Trotz aller Warnung fuhr ich nach Palermo. Dort lernte ich einen Österreicher kennen. Er war auch Bettler genau wie ich. Sein Alter war schwer zu schätzen. Ich glaube aber, dass er die 50 schon überschritten hatte. Der Alkohol hatte auch bei ihm Spuren hinterlassen. Er hieß Hannes. Wir bettelten gemeinsam vor einem Supermarkt und machten am Schluss halbe halbe. In der Regel ist dies auch normal, aber es gab natürlich auch Ausnahmen. Nachdem wir also fertig waren, lud er mich zu sich ein. Er meinte, dass er ein Haus besitze. Ich glaubte ihm kein Wort, aber ließ ihn in seiner, für mich Wahnvorstellung. Als ich später das Haus sah, verschlug es mir die Sprache. Es war ein altes, aber historisches Gebäude. Ich glaube aus dem 19. Jahrhundert. Genau kann ich es jedenfalls nicht sagen, da ich mich mit so etwas nicht gut auskenne. Es hatte viele große Zimmer mit hohen Decken, die künstlerisch bemalt waren. So etwas hatte ich bis dahin nur in Museen gesehen. Es war sogar in einigen Zimmern Strom vorhanden. Auch jetzt behauptete er noch, dass dies alles Seins wäre. Er musste wohl mein Misstrauen im Gesicht gesehen haben. »Warte einen Augenblick, dann beweise ich es dir.« Er ging in ein anderes Zimmer und kam nach kurzer Zeit wieder. In der Hand hielt er ein paar alte Dokumente ausgestellt auf seinem Namen. Aus diesen ging tatsächlich hervor, dass er der alleinige Besitzer von allem wäre. Mir verschlug es den Atem. Wie konnte denn dies nur möglich sein? Hannes war Bettler wie ich, aber Besitzer eines Hauses, was vielleicht Millionen wert war. Unvorstellbar, aber wahr. Am Abend erzählte er mir seine Geschichte.

Diese Haus gehörte einst einem Onkel von ihm. Davor einem anderen nahen Verwandten und so weiter. Als sein Onkel starb, Hannes lebte zu dieser Zeit noch in Österreich, vermachte er ihm das Haus. Leider war es schon ziemlich heruntergekommen und voller Schulden. In Österreich ging es Hannes finanziell ganz gut. Er nahm also sein ganzes ersparte Geld und verließ Österreich, um sich in Sizilien nieder zu lassen. Er verkaufte alles in seiner Heimat, um die Schulden für sein geerbtes Haus zu begleichen. Leider waren die Schulden so hoch gewesen, dass sein ganzes Geld nur dafür reichte. Wovon sollte er nun leben? Er besaß nun nichts weiter als dieses Haus. Nach Österreich konnte er nun nicht mehr zurück, da er alles verkauft hatte und hier blieb ihm auch nichts weiter übrig. Verwandte besaß er keine mehr. Um nicht zu verhungern, musste er mit dem Betteln anfangen. Am Anfang, so sagte er mir, fiel ihm diese sehr schwer, aber man gewöhnt sich eben an alles. Tja, so meinte er nur. Jetzt wäre er ein so genannter Millionär, aber am Ende doch nur ein Bettler. Ich dachte mir nur, Geschichten schreibt das Leben. Wenn ich es nicht selbst erlebt hätte, ich würde es sicher nicht glauben, aber es ist die volle Wahrheit.

Ich war eine Woche sein Gast. Danach verließ ich ihn wieder. Aus welchem Grund, weiß ich auch nicht mehr.

Ich begab mich wieder auf den Bahnhof, da ja dort die meisten Vagabunden anzutreffen waren. Es dauerte auch nicht lange und schon waren die ersten eingetroffen. Ich traf dort wieder alte und auch neue Gesichter. Unter ihnen war einer, er hieß Rudolf. Na, das war vielleicht ein Kauz. Er kam wie ich aus dem Osten. Besser gesagt aus Sachsen. Schon allein sein Dialekt war zum Totlachen. Auch hatte er so eine Art an sich. Man musste, ob man wollte oder nicht, unwillkürlich über ihn lachen. Wir nannten ihn scherzhaft, Rudolf, der einsame Hirsch. Er machte einen auf intelligent, hatte aber von nichts eine Ahnung. Das Lustige daran war aber, er glaubte, was er sagte und merkte nicht, dass er überall nur daneben lag und dass bei fast allem, was er tat. Er war nicht dumm, eben nur tollpatschig. Dann war noch ein anderer. Roland. Dieser war genau das Gegenteil von Rudolf. Dieser war ein Schläger, mit dem man sich besser nicht anlegte. Ich hatte ihn ein paar Mal in Aktion gesehen. Wenn er etwas getrunken hatte, schlug er wahllos Leute zusammen. Meist reichte ein simpler Grund. Wenn dieser nicht vorhanden war, suchte er einen. Auch war es oft nur ein Gesicht, was ihm nicht gefiel. Am liebste nahm er sich Ausländer vor. Er machte auch keinen Hehl daraus, dass er faschistisch veranlasst war. Eben ein Rassist wie im Buche. Vor ihm hatten alle Angst, da er unberechenbar war.

Jeden Abend kam ein Franziskanermönch zum Bahnhof. Dieser kam mit einem Kleinbus und brachte Essen und Decken mit, welche er dann abends an alle verteilte, die anwesend waren. Zu dieser Zeit konnte man noch vor dem Bahnhof übernachten. Heute, so weiß ich, ist dies nicht mehr möglich. Mitunter waren mehr als 50 Personen anwesend. Auch brachte dieser Mönch Kartons als Unterlagen zum Schlafen mit und mitunter auch Sachen, die er tagsüber sammelte. Die Leute, die sich hier einfanden, waren aller Rassen. Meist Obdachlose und Vagabunden, wie ich es war. Mitunter kamen aber auch Drogenabhängige. Sie waren zwar nicht so gern gesehen, aber wurden doch geduldet. Jeder hatte eben seine ganz persönliche Vergangenheit. Altersgrenzen gab es keine. Es waren Jugendliche, fast noch Kinder und ältere Menschen auf die Hilfe dieses Mönches angewiesen. Er wurde zu einer Art Legende und ist heute noch am Schaffen für die Bedürftigen. Es ist schon erwähnenswert, was dieser Mann alles geleistet hat und noch heute leistet. Er legte sich mit dem Stadtrat von Palermo an, mit der Polizei und selbst vor der Mafia machte er nicht halt. Wenn es doch bloß viel mehr solcher Menschen geben würde. Man muss wohl dafür geschaffen sein, um so Großes zu vollbringen. Wir werden aber noch von ihm hören.

Mit Rudolf verbrachte ich eigentlich die meiste Zeit. Vormittags bettelten wir zusammen und am Nachmittag fuhren wir dann an den Strand.

Es war unsere einzige Abwechslung und gab uns auch das Gefühl, wenigstens für ein paar Stunden, keine Bettler mehr zu sein. Abends am Bahnhof kehrten wir dann wieder in die Realität zurück. Eines Tages machte ich Rudolf den Vorschlag mit mir nach Termini zu kommen. Dort war es weitaus ruhiger und ich hatte auch wieder Sehnsucht. Ich musste zugeben, ich vermisste Maria. Rudolf war einverstanden und so fuhren wir noch am selben Tag nach Termini. Das Erste, was ich in Termini auf dem Bahnhof tat, ich rief Maria an. Sie war glücklich, wieder etwas von mir zu hören. Als ich ihr noch sagte, dass ich wieder in Termini wäre, meinte sie nur, warte auf dem Bahnhof. Sie wollte so schnell wie nur möglich dort erscheinen. Als sie dann kurz darauf erschien, war ihre erste Frage, wie es mir gesundheitlich ginge. Was sie damit meinte, war nicht schwer zu erraten. Danach fiel sie mir um den Hals und scherte sich einen Dreck darum, ob es andere sehen konnten. Vergessen wir aber nicht, zwischen uns bestand nur eine gute Freundschaft. Rudolf machte nur große Augen und konnte es nicht fassen, wie ich zu so ein Mädchen kam. Auch staunte er nicht schlecht, als er merkte, dass die Leute hier mich fast alle grüßten und fragten, »na, wie geht's denn so?« In Palermo waren die Leute auch ganz nett, aber so wie hier, nicht vorstellbar.

Ich versuchte es Rudolf zu erklären. In dieser Stadt hatte ich nie gestohlen, machte keinen Ärger und nahm auch keinerlei Drogen. Dies respektierten die Leute und sogar die Polizei. Weiterhin versuchte ich auch immer freundlich zu sein. Mein Motto war immer und das auch bis heute, so wie du in den Wald rufst, so schallt es wieder heraus. Eine Weisheit, die sich bis heute bewährt hat. Klar gab es auch Ausnahmen, aber diese waren unbedeutend. Nach nur einer Woche zog es Rudolf schon wieder weiter. Wir waren nun auch schon eine Weile zusammen und er wollte nach Catania. Ich hatte dazu keine Lust, da ich ja gerade erst wieder hier angekommen war. So verabschiedeten wir uns kurz und weg war er. Ich sollte ihn noch einige Mal wieder treffen, wenn auch erst sehr viel später.

Mein Tagesablauf war wieder der gleiche. An meiner alten Stelle Sitzung und abends Einsamkeit. An alles konnte ich mich gewöhnen, nur an die verfluchte Einsamkeit nicht. Diese machte mir wirklich zu schaffen. Ich fing erneut an, mehr Alkohol zu trinken, als es mir gut tat.

Eines Nachts wurde ich im Park, ich war mal wieder voll, von irgendwelchen Kerlen überfallen. Auszurauben gab es ja nichts weiter. Mit einem Messer wurde ich schwer am Arm verletzt. Dabei trennten sie mir zwei Sehnen der linken Hand. Als sie das ganze Blut fließen sahen, bekamen sie es wohl mit der Angst und ließen ab von mir. Schmerzen hatte ich keine, aber mir wurde doch schlecht. Ich legte mich auf die Parkbank und von da an weiß ich nichts mehr. Später erzählten mir Jugendliche, sie hätten mich in einer großen Blutlache bewegungslos gefunden und sofort einen Rettungswagen alarmiert. Wären die Jugendlichen nicht gewesen und hätten mich gefunden, so wäre ich wohl verblutet. Ich wurde noch in der gleichen Nacht operiert. Man nähte mir die Sehnen wieder zusammen, aber ich habe noch heute leichte Probleme, die linken Finger zu bewegen. Es stellte sich später heraus, dass die Typen, die mich überfallen hatten, nicht aus Termini waren. Von einer Anzeige sah ich trotz alledem aber ab, da es sowieso nichts gebracht hätte. Dies ist eben das Risiko, wenn man auf der Straße schläft.

Es war auch das einzige Mal, dass mir so etwas in der Art in Termini passierte. Also, was soll's. Mir fällt dazu ein dummer Spruch ein. Was mich nicht tötet, macht mich nur noch härter. Mit der Zeit wurde mir alles immer gleichgültiger. Ich trank nur noch und aß sehr wenig, manchmal sogar Tage gar nichts. Dies konnte auf die Dauer natürlich nicht gut gehen. Die Folgen waren bald abzusehen. Maria versuchte zwar zu helfen, aber am Ende brachte dies auch nicht viel. Bestimmte Sachen muss man selber schaffen oder man verliert das Spiel. Es kam also wieder, wie es vorauszusehen war. Meine Pankreas (Bauchspeicheldrüse) machte den ganzen Lebensstil, den ich führte, nicht mehr mit. Es war August 1996, als ich wieder mit starken Schmerzen ins Krankenhaus eingeliefert wurde. Diesmal sah es noch schlimmer mit mir aus. Die Zysten, die immer noch vorhanden waren, drohten zu platzen. Die Ärzte waren machtlos dagegen. Ich wurde auf das Schlimmste vorbereitet. Erstaunlicherweise nahm ich dies damals sehr gelassen hin. Ich kam zwar nicht sofort auf die Intensivstation, aber war an mindesten zehn Schläuchen angeschlossen.

Eines Morgens, ich war gerade auf dem Weg eine Zigarette zu rauchen, passierte es. In der rechten Hand schob ich meinen Ständer mit den ganzen Flaschen vor mir hin, als plötzlich meine Beine nachgaben. Ich sackte einfach zusammen und konnte nicht mehr aufstehen. Meine Beinmuskeln versagten einfach ihren Dienst und nicht nur diese. Ich hatte in beiden Beinen einfach kein Gefühl mehr. Man kann sich so etwas nur schwer vorstellen, von einem auf den anderen Moment, seine Beine nicht mehr zu spüren. Im Fachausdruck heißt diese Krankheit Polyneurophatie. Es handelt sich um eine Störung des Nervensystems der Beinmuskel.

Ich rief nach den Pflegern, die erschrocken angeeilt kamen, als sie mich so im Flur liegen sahen. Es wusste ja noch keiner, was in diesem Augenblick mit mir los war. Das hatte mir nun wirklich noch gefehlt. Erst Pankreas und nun auch noch dies. Man trug mich erst einmal in mein Zimmer und verständigte dann sofort den wachhabenden Arzt. Ich war eigentlich kein Mensch, dem so schnell die Tränen kommen, aber da konnte ich mich einfach nicht mehr halten. Es war einfach zuviel für mich. Soweit hatte mich also der Alkohol gebracht. Für Einsicht war es jetzt aber leider zu spät. Ich war immer der Meinung, mich würde es nie erwischen. Ein schwerwiegender Irrtum, der nun nicht mehr zu ändern war.

Mein Gesundheitszustand verschlechterte sich zunehmend, dass sich die Ärzte entschlossen, mich nach Palermo zu verlegen. Im Klinikum von Palermo wurde ich sofort auf die Intensivstation gelegt. Meine Schmerzen wurden auch immer schlimmer, so dass sich die Arzte entschlossen mir Morphium zu geben. Auf der Intensivstation zu liegen, ist schon mit das Schlimmste, was dir in einem Krankenhaus passieren kann. Überall das Piepsen irgendwelcher Geräte und Apparaturen. Das allein zehrt an deine ohnehin angeschlagenen Nerven. Ich konzentrierte mich immer auf das Piepsen und wenn ich das Gefühl hatte, ein Ton stimmte nicht, brach ich sofort in Panik aus. Nur wenn mir der Pfleger Morphium gab, war alles ganz anders. Ich schwebte wie auf einer Wolke und mir war in diesem Augenblick so ziemlich alles egal.

Trotz aller Bemühungen der Ärzte verbesserte sich mein Gesundheitszustand nicht wesentlich. Schmerzen hatte ich zwar keine, aber das lag wohl an den Medikamenten, die ich bekam. Nach zwei Monaten wurde ich dann auf eine normale Station verlegt. Den einzigen Trost, den ich in dieser Zeit hatte, Maria kam mich fast alle zwei Tage besuchen und gab mir ein wenig Mut. Sie brachte mir auch Zigaretten mit. Dies war das Einzige, was mir die Ärzte nicht verbieten konnten. Ich durfte nichts essen und auch nicht trinken. Es war schon grausam, den anderen beim Essen zusehen zu müssen. Die Tage vergingen und nichts Wesentliches an meinem Zustand änderte sich. Ich bekam zwar Krankengymnastik, um meine Beinmuskeln zu stärken, aber das war auch schon alles. Die Ärzte sagten mir, dass mit den Laufen wäre nur zeitweilig, aber ich konnte dies einfach nicht glauben. Es wollte nicht voran gehen. Man gab mir zwar weiterhin Morphium, aber in den kurzen Phasen des Wachseins fühlte ich mich so verlassen wie nie zuvor. Ich stellte mir immer wieder die Frage, war es das nun wirklich schon? Was hast du erreicht bis jetzt? Ich war ein Nichts, wenn nicht sogar ein Garnichts. Ich fing in diesen Tagen sogar mit Beten an. Es ist wie ein Strohhalm, an den man sich klammerte. Es war alles so sinnlos geworden. Die Krankengymnastik und auch die Medikamente, von denen ich der Meinung war, sie halfen doch nicht. Wenn Besuchszeit war und die ganzen Angehörigen meiner Zimmerkollegen eintrafen, sahen sie mich immer wieder, so hatte ich jedenfalls den Eindruck, erwartungsvoll an. Auch die Schwestern und Pfleger benahmen sich mir gegenüber sehr auffällig. Ich hatte als Einziger auf der ganzen Station ein eigenes Raucherzimmer. Besser gesagt war es nur eine Abstellkammer, aber ich brauchte nur zu klingeln und schon brachte mich irgendjemand dort hin oder besser gesagt, schob mich dorthin. Da ich noch immer nicht laufen konnte, war ich auf den Rollstuhl angewiesen. Mit unter verbrachte ich dort Stunden allein. Dass dies die Arzte erlaubten, war für mich aber kein gutes Zeichen. Hatte man mich vielleicht schon aufgegeben? Die meisten Stunden verbrachte ich dort, wenn Besuchszeit im Krankenhaus war. So entging ich den mitleidigen Blicken und brauchte auch keine dummen Fragen zu beantworten. Wenn Maria kam, wusste sie, wo ich zu finden war. Es war schon bitter zu sehen, wie die Leute kamen und wieder gingen.

Bei einem Gespräch mit dem Stationsarzt, sagte mir dieser, dass man das deutsche Konsulat benachrichtigt hatte und man mich in eine Klinik nach Deutschland überweisen wolle. Mir wurde nun endgültig klar, sie wussten einfach nicht mehr weiter. Ein paar Tage später kam ein Mitarbeiter des deutschen Konsulates und sagte mir, dass man mich schon in der nächsten Woche nach Berlin fliegen würde. Ob ich nun wollte oder nicht, ich musste nach Deutschland. Weglaufen ging nicht aufgrund meiner Beine, die mir immer noch den Dienst versagten, und zweitens war ich immer noch nicht gesund. Ich nahm es gelassen, da es ja doch nicht zu ändern war. Ich hoffte nur, in Deutschland würde man mir endlich richtig helfen können. Maria war dagegen doch schon etwas trauriger, aber sah am Ende doch ein, dass es für mich das Beste war. Nach ganzen drei Monaten Krankenhausaufenthalt ging es nun nach Deutschland. Genauer gesagt nach Berlin. Der Abschied von Maria fiel auch mir nicht leicht, aber ich versprach ihr, sobald ich wieder gesund bin, zurückzukommen.

Von meinem Aufenthalt im Berliner Krankenhaus gibt es nichts weiter zu erwähnen. Nur soviel, die Ärzte schafften es tatsächlich, meine Beine in Ordnung zu bringen und auch meine Pankreas wurde notdürftig »repariert«. Nach insgesamt sechs Monaten in verschiedenen Krankenhäusern, Italien mitgerechnet, wurde ich im Januar 1997 endlich entlassen. Ich stand nun wieder vor dem nichts. Auch die deutschen Ärzte sagten mir, ich sollte die Finger vom Alkohol lassen, denn ich hätte auch diesmal mehr als nur Glück gehabt.

Mein einziger Wunsch war aber, so schnell wie nur möglich wieder nach Italien zurückzukehren. Ich versuchte durchs Sozialamt so schnell an Geld zu kommen, wie es nur ging. Dies erwies sich aber nicht so einfach, wie ich es mir vorgestellt hatte. Man musste sich erst arbeitslos melden und auch zum Einwohnermeldeamt gehen, um sich registrieren zu lassen. Leider musste ich dies alles über mich ergehen lassen, denn ohne dies gab es auch kein Geld. Kostbare Tage vergingen, ohne dass sich auch nur das Geringste beim Amt tat. Die deutsche Bürokratie ist ja schließlich auf der ganzen Welt bekannt. Es war mal wieder zum Verzweifeln.

Mir kam die Idee, warum fährst du nicht mal deine Stiefmutter besuchen? Ich hatte eine Ewigkeit nichts mehr von ihr gehört. Hin und wieder schrieb ich ihr eine Karte aus dem Ausland, aber da ich keine feste Adresse angeben konnte, brauchte ich auch nicht auf Antwort zu hoffen. Also fuhr ich sie besuchen. Bei meinem unangemeldeten Aufkreuzen war sie doch sehr erstaunt. Sie machte aber einen erfreuten Eindruck, als wir uns nach Jahren wieder einmal sahen. Inzwischen hatte sie auch einen neuen Lebensgefährten gefunden, mit dem sie sich gut verstand. Von meiner Heimatstadt kann ich nur soviel sagen, sie war schon vor der Wende trostlos, aber nun war es noch weitaus schlimmer. Verlassener ging es gar nicht mehr. Der meiste Teil der Jugend war gleich nach dem Mauerfall in den Westen gegangen. Die Arbeitslosigkeit war überall zu spüren. Die Häuser waren zwar neu verputzt worden, aber es wohnte keiner mehr drinnen. Es war, um die richtigen Worte zu finden, eine Geisterstadt mit fast nur alten Leuten. Meine Mutter bot mir sogar an, hier zu bleiben, aber dies konnte ich mir aber bei besten Willen nicht vorstellen. Mein Ziel war und blieb Sizilien. Meine Sehnsucht war so groß, dass ich schon an nichts anderes mehr denken konnte.

Mit dem Lebensgefährten meiner Mutter verstand ich mich gut. Er war ein netter Kerl und sie passten beide gut zusammen. Leider trank er aber des Öfteren ein Glas zuviel. Das muss aber eine Volkskrankheit in der ehemaligen DDR gewesen sein und ist es heute auch noch. Ich möchte sogar behaupten, es ist noch schlimmer geworden. Die Wende hat nicht nur die langersehnte Freiheit gebracht, vielmehr auch Arbeitslosigkeit und sogar Armut. Das Gold des großen Westens war schon längst verblasst. Viele hatten sich das alles wohl ein wenig anders vorgestellt. Die Schuld sucht man gerne bei anderen und so wird es auch immer sein. Ich hoffe nur und wünsche mir, dass die Leute, auch die Politiker, nun mal langsam aufwachen und den Tatsachen ins Auge sehen. Von nur meckern und schönen Worten hat sich noch nie etwas verändert.

Von meiner Mutter hatte ich auch erfahren, sie konnte es sogar durch ein Zeitungsausschnitt beweisen, dass mein Vater nur knapp dem Gefängnis entkommen ist. Wie ich durch sie erfuhr, wurde er nach der Wende wiederum Betriebsleiter und hat sich wohl da auf seine Art ein zweites Einkommen erschaffen. Richter nennen es Veruntreuung, aber ich einfach nur Diebstahl. Es ist aufgeflogen und man hat ihn kurzerhand gefeuert. Dabei hatte er noch einmal Schwein gehabt. Kleine Leute kommen dafür sofort in den Knast. Das ist aber auch Kapitalismus. Der Klassenunterschied zwischen reich und arm. In der DDR war es ja auch nicht anders. Dort hieß es eben Parteimitglied oder einfacher Arbeiter. Früher habe ich mir nie weiter große Gedanken darüber gemacht, ändern konnte ich es sowieso nicht, also was soll's? Heute ist das schon etwas anders. Ich weiß zwar, ich kann auch heute nichts ändern, aber ich mache mir doch mehr Gedanken darüber.

Bei meiner Mutter blieb ich trotz Bitten ihrerseits nur eine Woche. Es war einfach zu trostlos bei ihr. Mit Sicherheit war es nicht ihre Schuld, aber ich konnte einfach nicht anders. Beim Abschied musste ich ihr aber versprechen, mich ab nun doch regelmäßiger zu melden. Ich versprach es und ab ging es, zurück erst einmal nach Berlin. Zum Abschied überreichte mir meine Mutter sogar noch einen Umschlag. Was darin enthalten war, ist wohl jedem klar. Sie gab mir trotz eigener Geldsorgen ein paar Mark. Nicht gerade viel, aber das war uninteressant für mich. Schon allein der gute Wille zeigte mir, dass ich ihr doch nicht so egal war, wie es am Anfang den Anschein hatte.

Wieder in Berlin musste ich noch zu einigen Nachuntersuchungen, um sicherzustellen, dass mit mir soweit alles in wieder in Ordnung war. Der zuständige Arzt nahm kein Blatt vor den Mund und erklärte mir ganz klar, dass ich meinen Lebensstil umstellen müsste. Er hatte natürlich Recht, aber doch keine Ahnung, was ich vorhatte. Ich konnte ihm auch schlecht sagen, dass es mich wieder nach Italien zog. Er hätte es wohl auch nicht verstanden. Was er versuchte mir klar zu machen, war kein Alkohol, keine Zigaretten und auch auf meine Ernährung sollte und musste ich achten. Er führte mir den Ernst meiner Krankheit deutlich vor Augen. Ich sollte es nicht auf die leichte Schulter nehmen, da ich nicht der Einzige wäre, der an einer Pankreatitis gestorben wäre. Nach allem, was ich bis dahin schon durchmachen musste, hätte es mir eigentlich klar sein sollen. Laufen konnte ich bis dahin zwar immer noch nicht richtig, aber, so sagte er mir, dies würde sich noch mit der Zeit ändern. Fürs Erste musste ich noch mit Krücken vorlieb nehmen. Dadurch, dass ich ein ärztliches Attest beim Sozialamt vorzeigen konnte, wurde ich nicht so ohne Weiteres wieder auf die Straße geschickt. Man brachte mich in einer Pension unter. Nicht gerade vornehm, aber immer noch besser als auf der Straße zu übernachten. Wir hatten es Januar und da sind die Nächte mitunter eiskalt. In der Pension wurde gesoffen, randaliert und was weiß ich nicht noch alles. Mit Sicherheit wurden dort auch Drogen konsumiert oder waren zumindestens im Umlauf. Dem Besitzer dieser, nennen wir es einfach mal so, Absteige war es egal, was in seinem Haus los war. Ihm interessierte nur der Scheck am Ende des Monates, den ihm das Sozialamt gab. Sie bezahlten ihn nicht schlecht für die Bruchbude. Es gab nur kaltes Wasser, Gas und Strom, musste man bei ihm extra bezahlen. Er war ein Gauner durch und durch. Man hatte ihn wohl auch schon des Öfteren verprügelt, aber es änderte sich nichts an seiner Geldgier. Ich wollte jedenfalls nur solange bleiben, bis es wieder ein wenig wärmer wurde und ich auch ohne Krücken laufen konnte. Zweimal die Woche ging ich zu einer Krankengymnastik und machte auch so gute Fortschritte.

An die Mahnungen des Arztes hielt ich mich nicht, wie auch, in so einer Absteige, wo fast jeden Tag die Polizei kommen musste, weil wieder einer durchdrehte. Man konnte es dort nur unter Alkoholeinfluss aushalten. Ich hatte es auch meinen zuständigen Sozialarbeiter gesagt und darum gebeten, mich woanders hinzuschicken, aber dieser erwiderte nur, Pensionsplätze wären knapp und er könnte mir nicht helfen. Er hatte sogar die Idee: »Geh doch wieder ins Krankenhaus.« Der hatte doch nicht die geringste Ahnung. Ich war sechs Monate dort und wollte keinen Tag mehr dort zubringen. Dann schon lieber so, auf die Gefahr hin, dass es mich wieder erwischte. Freunde suchte ich mir zu jener Zeit keine. Es war auch niemand vorhanden, wo man vielleicht hätte sagen können, mit dem konnte man eine Weile herumziehen. Es waren nur Strafentlassene, Trinker und Dealer anwesend. Ich für meinen Teil blieb die meiste Zeit in meinem Zimmer und ging nur auf die Straße, um irgendwelche Besorgungen zu machen. Ansonsten versuchte ich mich von den anderen fern zu halten. Es erschien mir als das Klügste. Klar, ich konnte mich nicht vollständig isolieren, ansonsten wäre ich unangenehm aufgefallen, aber ich versuchte doch meinen eigenen Weg zu gehen. Ich wollte um jeden Preis wieder nach Sizilien. Dort war meine Heimat und nur dort fühlte ich mich wohl. Man kann dies nicht in Worte fassen, es ist eben ein Gefühl, was von innen heraus kommt. Ich glaube, jeder wird das auf irgendeine Weise schon einmal erfahren haben. Man kann es und braucht es auch gar nicht erst versuchen zu erklären. Klar, ich hätte auch in Deutschland bleiben können. Früher oder später würde man auch mir eine Wohnung oder zumindestens ein Zimmer geben und wer wirklich arbeiten wollte, fand auch welche. Natürlich musste man dabei Abstriche machen, aber Arbeit ist nun mal Arbeit. Es sind nicht die Ausländer, die uns die Arbeit wegnehmen. Ich glaube eher wir Deutschen sind es, denen bestimmte Arbeiten einfach zu dreckig erscheinen. Gut, es möge wohl auch Ausnahmen geben, wo Ausländer nur wegen unseren Sozialsystems ins Land kommen, um dort dann auf unsere Kosten zu leben, aber tun das nicht viele Deutsche auch? Ich gehörte doch damals auch dazu. Heute muss ich ehrlich sagen, schäme ich mich dafür. Ich kann von mir zwar behaupten, dass ich die meiste Zeit im Ausland lebte und somit den Staat nicht weiter auf der Tasche gelegen hatte, aber dies soll keine Entschuldigung sein. Schließlich kann ich ja auch nicht behaupten, dass es anders gewesen wäre, wenn ich in Deutschland geblieben wäre.

Wie schon gesagt, in der Pension ging es drunter und drüber. Ich musste so schnell wie nur möglich da raus. Es war nun April und meine Beine spielten dank der Krankengymnastik wieder ganz gut mit. Ich konnte nun schon ohne Gehhilfe laufen und das war für mich der Startschuss. Als Erstes brauchte ich wieder eine komplett neue Ausrüstung, wie ich sie schon zuvor hatte. Dank der Erfahrungen von damals war es diesmal nicht so schwierig und ging auch ziemlich schnell. Ich konnte es kaum noch erwarten, das Geld vom Sozialamt zu erhalten. Als es endlich soweit war, zögerte ich auch nicht erst lange. Ich kaufte alles, was ich brauchte und machte mich noch am selben Tag auf den Weg. Von Berlin ging es diesmal mit den Zug, natürlich ohne Fahrkarte, nach Stuttgart. Von dort sollte es wieder los gehen. Ich kannte nun ja schon die Strecke und machte mir keinerlei Sorgen. Die Hauptsache war doch nach Sizilien zu kommen. Egal, wie lange es auch dauern mochte.

Es dauerte auch keine vier Tage und ich setzte überglücklich meinen Fuß auf Sizilien. Endlich wieder in Messina. Nach fast über acht Monaten.

Was sich in den folgenden Monaten und Jahren ereignete, berichte ich im dritten Teil meines Buches.

Es wurde auch zur Wende meines bisherigen Lebens!

Teil III

Hier erzähle ich, wie sich mein Leben grundlegend änderte und ich zu dem wurde, was ich heute bin

Meine dritte und wohl auch letzte Reise

Wie schon gesagt, war ich nun endlich wieder in meiner Heimat oder zumindestens dort, wo ich mich zu Hause fühlte. In Messina wollte ich mich nicht weiter aufhalten, sondern so schnell wie nur möglich nach Termini gelangen. Ich war wollte Maria überraschen und rief sie deswegen nicht aus Messina an. Morgens, gegen 8 Uhr kam ich in Messina an und bin dann gleich weiter mit dem Zug und einer Fahrkarte nach Termini-Imerese gefahren. Gegen Mittag erreichte ich die Stadt und konnte es einfach noch nicht glauben, endlich wieder hier zu sein. Schon auf dem Bahnhof wurde ich von alten Bekannten begrüßt. Nun aber konnte ich mich nicht mehr halten und rief Maria an. Leider, so sagte mir ihre Mutter am Telefon, wäre Maria in Palermo und käme erst am Nachmittag wieder. Ich bat sie, nichts von meinem Anruf ihr gegenüber zu erwähnen. Es sollte doch eine Überraschung werden. Sie versprach es mir und so blieb mir nichts weiter übrig, als bis zum Nachmittag zu warten. Mich gleich zum Betteln hinzusetzen, wollte ich noch nicht. Dies hatte schließlich noch Zeit und außerdem verfügte ich noch über eine eiserne Reserve. Ich ging also in einen Park und genoss die Ruhe, um über alles Vergangene nachzudenken. Was würde ab nun sein? Wie geht's weiter? Ich hatte mir darüber vorher noch keine Gedanken gemacht. Über meine Zukunft habe ich mir eigentlich noch nie größere

Gedanken gemacht. Bis jetzt ging es mir den Umständen entsprechend immer gut. Natürlich durfte man nicht vergessen, dass ich auf der Straße lebte und dass da andere Maßstäbe anzusetzen waren. Mir war natürlich klar, dass es so nicht immer weitergehen konnte. Bis jetzt hatte ich aber noch keinen für mich einleuchteten Grund gefunden, meinen Lebensstil zu ändern. Dass ich durch mein Leben auf der Straße ernsthaft krank wurde und leider auch wohl für immer sein werde, begriff ich erst weitaus später. Ich beobachtete die jungen verliebten Pärchen und wünschte mir mitunter einer von ihnen zu sein. Am Nachmittag kam Maria und die Freude, als sie mich sah, war natürlich riesig. Sie konnte es kaum fassen, mich wieder hier zu sehen. Ich weiß aber bis heute noch nicht, ob das wirklich so war oder ob sie mir nur etwas vormachte. Am Ende sollte dies mich aber auch nicht weiter interessieren, da sie ja doch nur eine gute Freundin war. Ab da begann wieder der alte Trott. Betteln und die Zeit totschlagen. Es wird wohl jedem klar sein, dass ich mit der Zeit auch wieder zu trinken begann. Ich gebe keinem die Schuld, noch nicht einmal unbedingt mir selbst. Was sollte ich auch den ganzen Tag machen? Wie ich schon vorher erwähnte, waren eben die Nächte die schlimmsten. Mitunter konnte ich ohne Alkohol im Blut noch nicht einmal mehr schlafen. Nachts wachte ich auf und fing ohne ersichtlichen Grund an zu weinen. Wenn es wirklich einen Gott geben sollte, warum musste ich dann so leiden? War das denn meine vorgeschriebene Straße? Ich wollte es aber nicht akzeptieren. Es musste doch auch anders gehen. Er gab mir zwar das Gefühl weiter abzuwarten, doch worauf? Vielleicht die Erlösung durch den Tod. Es mögen wohl harte Gedanken gewesen sein, aber ich war 31 und hatte bis jetzt nichts erreicht. Ich fühlte mich jetzt schon wie ein Greis. Hatte morgens Schmerzen im Rücken und auch so machte ich keinen großen Unterschied zwischen einem 70-Jährigen und mir. Die ganzen Jahre auf der Straße begannen nun ihre Wirkung zu hinterlassen. Maria musste gespürt haben, dass ich mich zunehmend veränderte. Sie tat in diesem Augenblick das einzig Vernünftige. Eines Tages, ich war mal wieder beim Betteln, kam sie an der Treppe vorbei und meinte nur, sie hätte eine Überraschung für mich. Ich sollte mich noch ein wenig gedulden, da wir auf einen Bekannten von ihr warten mussten, der diese mit dem Auto vorbeibringen würde. Nach kurzer Zeit erschien dieser und ich traute meinen Augen nicht, was mir da entgegen sprang. Es war mein alter Hund, den ich damals abgeben musste. Er erkannte mich sofort wieder und war außer sich vor Freude. Mir kamen die Tränen, da ich ihn schon für verloren hielt.

Ich war in die Fluten gestürzt und drohte zu ertrinken, aber dieser Hund war das Rettungsseil für mich. Es lohnte sich wieder zu leben und gab mir auch neue Hoffnung. Ihr müsst wissen, auf der Straße sind es mitunter Kleinigkeiten, die doch große Wirkung haben. Dies kann sich negativ auswirken, aber wie in meinem Fall auch positiv.

Ich möchte euch mal eine einfache Rechnung vor Augen führen. Ihr seht einen Bettler auf der Straße sitzen und der bittet euch um ein wenig Kleingeld. Ihr gebt ihm, da er euch vielleicht Leid tut, 50 Pfennig. Klar, 50 Pfennig sind nicht viel, aber am Ende macht es die Masse. Geben zehn Leute 50 Pfennig sind dies schon fünf Mark. Auf den ganzen Tag verteilt kann ein Bettler, wenn er ein wenig Glück hat und das Wetter mitspielt, leicht auf 50 oder sogar mehr Mark kommen. Ich möchte euch nur versuchen zu erklären, auch wenig kann viel bewirken.

Tut mir Leid, dass ich vom Thema abgekommen bin, aber mir fiel dies gerade ein und ich dachte mir, es ist doch auch mal erwähnenswert.

Also weiter geht's zu mir. Maria brachte mir Blacky wieder. An diesem Tag war an Betteln nicht mehr zu denken. Auch Maria standen die Tränen in den Augen, als sie uns beide beobachtete, wie wir wieder vereint waren und unserer Freude freien Lauf ließen. Mit Blacky kam wieder mehr Farbe in mein eigentlich trostloses Leben. Ich hatte ja sonst keinerlei Abwechslung und tat jeden Tag immer wieder das Gleiche. Ein Hund an deiner Seite ändert zwar nicht allzu viel, aber verbessert doch deine Stimmung. Du denkst nicht mehr so viel nach, da man ja schließlich doch mehr abgelenkt wird. Das Leben allein auf der Straße ist schon an sich sehr einsam und trostlos, aber in Begleitung macht es dies doch etwas erträglicher. Ein Hund ist, wenn man ihn gut behandelt, der beste Freund, den man nur haben kann. Er gibt sich mit wenig zufrieden und ist schon über die kleinste Anerkennung ihm gegenüber dankbar. Tagsüber musste ich ihn an der Leine führen, da es die Polizei so wollte.

Nachts dagegen ließ ich ihn frei herumtollen. Er entfernte sich nie allzu weit von meinem Schlafplatz. Kam einer mir zu nahe, wenn ich schlief, machte er sich sofort bemerkbar. Das schreckte sogar Leute ab, die uns eigentlich gut kannten. Blacky wollte einfach keinen in meine Nähe lassen, wenn ich schlief. Am Tage, wenn wir zusammen bettelten, ruhte er sich dann eben aus, weil er wusste, ich würde auf ihn aufpassen. Ich bemerkte aber auch, dass er nie richtig schlief. Immer, wenn mich jemand ansprach, hob er ein Ohr, um sich zu vergewissern, ob auch alles wirklich in Ordnung wäre. So waren wir eben ein eingespieltes Team.

Wiederum vergingen die Wochen, ohne dass irgendetwas passierte. Die Tage waren die gleichen für mich und das Geld reichte gerade so, um die nötigsten Unkosten zu decken. Unter Unkosten fielen bei mir wie zum Beispiel Hundefutter, etwas zu Essen für mich sowie Alkohol und Zigaretten. Das Trinken konnte ich trotz allem nicht lassen. Es war keine direkte Sucht, aber ich vergaß eben alles andere herum. Die einzige Sucht bestand wohl darin, dass man sich in eine andere Welt versuchte zu begeben. Das gelang natürlich nicht immer und kostete auch eine Menge Geld. Am nächsten Morgen war dir dann immer hundsübel und du hast wieder getrunken, um dich besser zu fühlen. Vielleicht war es ja doch eine Sucht, die ich mir aber nicht eingestehen wollte. Heute weiß ich es besser.

Mein Schlafplatz war auf der Erde vor einem Park. Dieser wurde nachts geschlossen und so war ich doch halbwegs ungestört. Ich schlief auf Kartons, die ich mir Tags zuvor besorgte. Jeder aus Termini wusste, wo ich schlief und manchmal kamen abends Leute und brachten mir etwas zu essen oder auch Kleidungstücke. Mitunter war auch mal eine Decke dabei oder anderes, was gut zu gebrauchen war. Die Sachen waren meist zu klein oder zu groß. Ich nahm sie trotzdem, um die Leute nicht zu verärgern. Einige schmiss ich heimlich weg, andere nutzte ich für Blacky als seine Unterlage. Er kam immer so gegen 4 Uhr morgens und ruhte sich dann bis um 6 Uhr aus. Dies war dann meine Zeit, um aufzustehen. Mitunter kam mein Hund mit irgendwelchen Bisswunden zurück. Er hatte wohl inzwischen sein Revier und das verteidigte er auch mit allen Mitteln. Ihm ging es wohl am besten von uns beiden.

Gegen 6.30 Uhr kam jeden Tag eine ältere Frau und brachte mir Kaffee. Sie wohnte gleich gegenüber vom Park. Abends gegen 22 Uhr wartete sie schon immer mit einem Teller Spaghetti auf mich. Kam ich mal zu spät, konnte sie richtig erzürnt werden. Am meisten ärgerte sie, wenn ich dann auch noch voll war. Sie ließ es sich trotz allem nicht nehmen, mir jeden Morgen und Abend was vorbeizubringen. Mitunter brachte sie ihre älteren Freundinnen mit und da war es doch wirklich angebracht, seinen Alkoholpegel schon überschritten zu haben. Sie schnatterten dann wild auf mich ein, wobei ich aber doch nur die Hälfte von dem verstand, was sie eigentlich sagten. Ihnen war dies aber wohl egal, da sie nicht aufhörten, bis es dann doch zu spät wurde und auch sie erschöpft, aber zufrieden nach Hause gingen. Nun konnte auch ich mich endlich ein wenig entspannen.

Eines Abends, es war genau der 15. Mai 1995, ich weiß es noch, als wäre es gestern gewesen, kam ein Bekannter mit seiner Verlobten bei mir vorbei, um mich mal wieder zu besuchen und sich zu erkundigen, wie es denn so ginge. Er brachte außerdem noch die Schwester seiner Verlobten mit. Mir fielen sofort die blonden Haare und die blauen Augen auf. Dies war doch sehr ungewöhnlich hier in Sizilien. Die meisten Mädchen hatten dunkle Augen und Haare. Bei ihr war es genau anders herum. Sie war auch nicht besonders groß, aber doch hatte sie etwas an sich, was ich nicht genau zu beschreiben wusste. Ich bemerkte, dass sie mich genau beobachtete. Mir war dies irgendwie peinlich, da ich ja auch nicht gerade in der besten Verfassung war. Sie schien sich für mein Leben zu interessieren und stellte einen Haufen Fragen. Das war an sich nichts Ungewöhnliches, aber irgendwie doch anders als sonst bei anderen. Ihre Fragen waren doch irgendwie ernsthafter und aufrichtiger. Es steckte mehr dahinter als bloßes Interesse an meinem Leben. Sie wollte sich in meine Lage hineinversetzen. Die Hintergründe erfahren, warum ich so lebte. Gegen Mitternacht verabschiedeten sie sich von mir, aber das Mädchen versprach mir heimlich, ohne dass es ihre Schwester und dessen Verlobten hören konnten, wieder zu kommen. Schon am nächsten Morgen, es muss so gegen 7 Uhr gewesen sein, erschien sie an meinem Schlafplatz. Erst jetzt verriet sie mir ihren Namen. Sie hieß Elena. Ein schöner Name, der auch zu ihr passte. Außer Maria kam nie ein Mädchen allein zu mir. Sie fragte mich, ob ich irgendetwas bräuchte. Sie wollte mir gerne helfen. Man merkte auch, dass sie in dem Umgang mit Jungs recht ungeschickt war. Ihre Zeit wäre im Augenblick knapp, da sie als Kindermädchen arbeitete, aber gegen Mittag wollte sie mich, wenn ich einverstanden wäre, wieder treffen. Ich hatte nichts dagegen und dachte mir auch nichts weiter dabei. Sie fuhr dann mit ihrem Auto zur Arbeit und ich begann mich auf meinen Tag vorzubereiten. Das heißt meinen Schlafplatz aufräumen und den Rucksack packen.

Gegen Mittag ging ich dann in den Park, wo ich die Stunden bis zum Nachmittag verbrachte. In Italien haben die Geschäfte von 13 bis 16 Uhr geschlossen. Ich hatte mir eine Flasche Schnaps gekauft, da es an diesem Tag ganz gut lief. Blacky war auch versorgt und so konnte ich mich also voll und ganz fallen lassen. Ich hatte soviel verdient, dass ich es eigentlich nicht nötig gehabt hätte, am Abend noch einmal betteln zu gehen. Ich konnte mich also vollaufen lassen und sehen, in welcher Verfassung ich am Abend wäre.

An Elena dachte ich schon gar nicht mehr. Nicht, weil sie mir nicht gefiel, im Gegenteil, sie war ausgesprochen schön, aber das war wohl das Problem. Welch so gut aussehendes Mädchen würde sich schon für einen Vagabunden interessieren? Ich war gerade dabei die Flasche zu öffnen, als ein Wagen hinter mir hielt. Ich nahm ihn erst gar nicht so richtig war. Erst als dieser kurz hupte, wurde ich aufmerksam. Ich konnte es kaum glauben, aber es war Elena. Sie hatte ihr Versprechen gehalten und war wirklich gekommen. Sie stieg aus und kam einfach auf mich zu. Ich wusste nicht, wie ich mich verhalten sollte. Ich muss wohl sehr dumm ausgesehen haben mit der Flasche Schnaps in der Hand. Leider war es nun schon zu spät, um diese zu verstecken. Ich weiß auch nicht wieso, aber ansonsten ist es mir eigentlich egal, ob die Leute mich mittags beim Trinken sehen. Es wusste doch sowieso jeder. In diesem Fall war es aber doch etwas anders. Ich wollte eigentlich nicht, dass mich Elena beim Trinken so direkt sah. Ihr schien dies aber nichts weiter auszumachen und begrüßte mich sogar auf italienisch. Ein Kuss links, einer rechts auf die Wange. Ich muss wohl Rot wie ein Krebs geworden sein, da sie lachte.

Sie setzte sich einfach zu mir auf die Bank und begann zu erzählen. Von ihrer Familie und ihrer Arbeit. Sie hatte außer ihrer Schwester, die ich kannte, noch einen Bruder. Ihr Vater war Fischer und ihre Mutter einfache Hausfrau. Weiterhin hatte sie noch vier Onkel, wobei einer davon bei der Mafia ein großes Tier war. Ein so genannter Pate. Sie erzählte mir dies alles mit einer Vertraulichkeit, als wenn wir uns schon Jahre kennen würden, obwohl wir uns doch erst einen Tag zuvor kennen gelernt hatten. Weiterhin vertraute sie mir an, dass ihre Familie nichts davon wüsste, dass sie sich mit mir treffen würde. Ich sollte es auch keinen weiter erzählen. Es war schon irgendwie verrückt. Ein Mädchen aus gutem Hause traf sich mit einem Vagabunden. Wenn es nicht meine Geschichte wäre und ich es nicht selber erlebt hätte, würde ich es mit Sicherheit nicht glauben, aber es ist alles wahr und nichts davon erfunden. Dieses Mädchen, Elena, sollte mein ganzes Leben verändern.

Ihr kennt doch alle die Fernsehserie »Ein Engel auf Erden«? Bei mir hieß er eben Elena und der Unterschied zwischen der Serie und meinem Engel war, er verschwand am Ende nicht mehr. Es war wohl diese Wunder, auf das ich gewartet hatte und nun ist es tatsächlich eingetroffen. Elena kam mich von nun an täglich besuchen. Ich dachte erst, es wäre vielleicht nur Mitleid, aber ohne es richtig zu bemerken, wurde es weitaus mehr, was sie veranlasste, fast täglich zu mir zu kommen.

Es war wie ein Märchen aus Tausend und einer Nacht. Nur eben kein Märchen sondern Wirklichkeit. Sie fing damit an, mir täglich Essen zu bringen und später nahm sie auch meine Wäsche mit, um sie zu waschen. Elena kam früh, vor Beginn ihrer Arbeit, mittags und wenn möglich auch noch am Nachmittag.

Eines Nachmittags kam sie zu mir wie gewöhnlich in den Park und berichtete mir überglücklich, sie hätte eine kleine Wohnung für mich gefunden. Ich konnte es kaum glauben. Nach so vielen Jahren ein Dach über den Kopf und auch noch Strom, Wasser, eben alles, was zur einer Wohnung gehöre. Ich fragte sie, wie ich denn nur die Miete dafür aufbringen sollte. Ihre Antwort bestand nur darin: »Mach dir darüber keine Gedanken.« Es wäre alles schon geregelt und ich könnte noch heute, eigentlich sofort, einziehen. Die Schlüssel hatte sie schon. Weiterhin fragte ich, was aus Blacky würde. Kein Problem, auch er könnte selbstverständlich mit. Elena brachte mich also sofort zur Wohnung. Kein Prachtschloss, aber für mich erschien es wie eines. Selbst ein WC war vorhanden. Wie ich später erst erfuhr, bezahlte dies alles Elena von ihrem kleinen Gehalt. Es war nun mal eine Bruchbude, aber mit etwas Farbe nahm sie doch immer mehr eine schönere Gestalt an. Außerdem war es unsere Wohnung. Denn ab nun konnten wir uns hier treffen, ohne dass es gleich ganz Termini erfuhr. Blacky nahm seinen Platz sofort unter dem Küchentisch ein. Dort hatte er den besten Überblick und war doch ungestört. Elena breitete sogar eine Decke für ihn darunter aus, die er dankbar mit einem Schwanzwedeln in Besitz nahm. Das so genannte Wohnzimmer befand sich eine Treppe höher. Es war nicht gerade sehr groß, aber hatte doch Platz für ein Bett, einen kleinen Schrank und einen Schreibtisch. Für den Notfall war sogar noch Platz, um ein Campingbett aufzustellen.

Wir kannten uns nun schon sechs Monate und dies war wohl das erste Mal, dass ich Elena einen Kuss gab. Diesmal nicht auf italienische Art, sondern mehr auf deutscher. Sie war erst erschrocken, genau wie ich, denn es überkam mich einfach so, aber dann lachten wir nur und das war dann wohl unsere heimliche Verlobung. Eine verbotene Verlobung, von der wir selbst noch nicht einmal etwas begriffen. Erst heute können wir es als diese bezeichnen, aber damals sah es noch ein wenig anders aus. Es gab noch sehr große Hindernisse zu überwinden. Manche schienen unmöglich, doch die Macht der Liebe versetzt nicht nur Berge, nein ganze Welten.

Es gibt eben doch Sachen, die eigentlich unmöglich sind. Wenn man aber fest daran glaubt und auch alles, wirklich alles dafür hergibt, können diese Dinge wirklich werden. Nichts ist unmöglich auf dieser Welt, man muss es nur eben fest wollen.

Elena hatte so eine Art an sich, mir diesen Willen einzuverleiben. Nicht an das Gestern zu denken. Dies ist vorbei. Denk an das Morgen und bereite dich aber heute schon darauf vor. Es ist nicht immer leicht, aber am Ende auch nicht so schwer.

Der Sommer kam nun auch endlich wieder zurück und mit ihm die Hitze, die hier mitunter 40 Grad im Schatten betrug. Im Juli kam eine Freundin von Elena aus Deutschland zu Besuch. Sie war auch Italienerin, lebte aber schon seit Jahren in Deutschland. Ihr Name war Martina und sie kannte Elena schon, als sie noch Kinder waren. Roberta war nämlich verliebt in den Bruder von Elena. Eine Liebe, die mehr einer Freundschaft glich. Aber darum geht es hier ja auch gar nicht. Eins kann ich aber behaupten, Martina war schon eine ganz Verrückte. Sie war auch immer der treibende Teil in der Freundschaft zu Elena. Ihr fielen die merkwürdigsten Sachen ein. Elena vertraute ihr unsere Geschichte an und bat auch um Rat. Roberta kam auf die Idee: »Warum fahrt ihr nicht einfach mal zusammen in den Urlaub?« Sie würde uns dabei helfen. Martina hatte in der Nähe von Agrigento Verwandte. Zu diesen wurde sie und Elena eingeladen. Ich sollte einen Tag später folgen. Klar war, dass ich nicht bei den Verwandten von Martina wohnen konnte. Dies wäre viel zu riskant gewesen, aber sie wollte eine andere Möglichkeit finden, damit wir, das heißt Elena und ich, wenigsten ein paar Tage ungestört zusammen sein konnten. Als ich dann einen Tag später in Agrigento ankam, warteten Elena und Roberta am Bahnhof auf mich. Ich hatte selbstverständlich auch Blacky bei mir. Ohne ihn wäre ich wohl auch nicht gefahren. Wo hätte ich ihn auch lassen sollen? Martina hatte es wirklich geschafft, eine Unterkunft für mich zu organisieren. Es war zwar nur eine einfache Strandhütte, die mehr als Umkleidekabine genutzt wurde, aber immerhin stand eine kleine Liege darin und ich konnte sie auch abschließen. Somit konnte ich den ganzen Tag mit Elena verbringen. Die Angst saß uns aber doch immer im Nacken, dass irgendjemand aus Termini uns sehen konnte. Wie hatten aber Glück. Es waren wohl die schönsten zehn Tage unserer bisherigen Beziehung. Finanziell unterstützte uns auch Roberta. Somit konnten wir die Tage ungestört genießen. Leider war die Zeit viel zu kurz für uns, aber wir hatten gelernt, dass es doch immer irgendeinen Weg gab für ein paar Tage zusammen zu sein. Auch Blacky hatte seinen Spaß und schloss schnell Freundschaft mit anderen Hunden am Strand.

Klar war natürlich, dass unsere Liebe nicht für immer geheim bleiben konnte. Dafür war Termini einfach zu klein. Maria, die bisher immer so eine Art Freundin war, wurde mit einen Mal doch sehr eifersüchtig. Grund hatte sie doch eigentlich keinen, da wir doch kein Paar waren, aber Frauen sind wahrscheinlich nun einmal so. Versuch sie nie zu verstehen. Sie sind eine Rasse für sich. Mir gegenüber versuchte sie zwar die Unschuldige zu spielen, aber sie hegte doch einen gewissen Hass Elena gegenüber. Ich brauchte nicht viel Verstand, um dies zu begreifen. Ich hatte Maria viel zu verdanken und tue es eigentlich noch heute, aber ihre Abneigung gegenüber Elena nahm mitunter schon sehr seltsame Formen an. Ich glaube heute, dass Maria auch ein wenig in mich verliebt war, aber nicht den Mut besaß es einzugestehen. Vielleicht wäre alles anders verlaufen, wenn sie früher schon etwas mehr mir gegenüber offener gewesen wäre. Was soll's. Ich möchte es auch gar nicht mehr wissen. Ich war nun einmal in Elena verliebt und das konnte sie nun auch nicht mehr ändern. Ich jedenfalls musste dafür sorgen, dass sich die beiden so wenig wie nur möglich sahen. Irgendwie bekamen aber auch die Eltern von Elena unsere ganze Geschichte mit. Elena bekam richtigen Stress mit ihren Eltern. Selbst mir wurde mehrfach nahe gelegt, die Stadt schnellstmöglich zu verlassen. Es wurden auch Andeutungen gemacht, die klar und verständlich waren. Hier in Sizilien spaßt man mit so etwas nicht. In unserem Fall wurde die Familienehre angegriffen. Ein Grund, weswegen schon so mancher ins Gras beißen musste. Wir mussten also eine Lösung finden, die es uns erlaubte, unser eigenes Leben zu führen und das aber zu zweit. Trennung stand zu keinem Augenblick zur Debatte. Es musste doch irgendeinen anderen Weg geben. Elena hatte schon große Angst, da sie erfahren hatte, dass man mich aus den Weg räumen wollte. Einen Vagabunden verschwinden zu lassen, ist hier nicht allzu schwer. Wer würde mich denn schon großartig vermissen? Die Polizei hat wirklich anderes zu tun, als einen einfachen Bettler, der irgendwo tot aufgefunden wurde, zu identifizieren. Man würde vielleicht Fragen stellen, aber am Ende nie Antworten erhalten und der Fall wäre spätestens nach einem Monat vergessen. Die Situation begann langsam gefährlich zu werden.

Eines Morgens klingelte es bei mir an der Haustür und die Mutter von Elena stand vor der Tür. Ich bat sie höflich hinein. Kaum war sie in meiner Wohnung, begann sie wie wild herumzuschreien. Was mir wohl einfiel ihre Tochter zu belästigen und den Ruf der ganzen Familie in den Schmutz zu ziehen. Ich wusste im ersten Augenblick gar nicht, wie mir geschah. Sie stieß wüste Drohungen aus, die aber auch ernst zu nehmen waren, da ich ja schließlich auch wusste, wer und was ihr Bruder in Termini verkörperte. Als sie sich dann etwas beruhigte, bat sie mir Geld an, um die Stadt zu verlassen. Eine nicht gerade geringe Summe. Wie viel, spielte aber in diesem Augenblick keine große Rolle, da es schließlich um mehr ging als nur darum. Um sie nicht noch mehr zu provozieren, versprach ich ihr, ohne das Geld zu nehmen, bald die Stadt zu verlassen. Ich musste ihr ja schließlich etwas anbieten, ansonsten hätte es für mich schwerwiegende Folgen haben können. Natürlich kann ich mich heute in ihre Situation hineinversetzen. Die ganze Stadt wusste von meiner Beziehung zu Elena und da war es doch klar, dass es früher oder später soweit kommen musste. Ich wusste auch, dass mich die Mutter von Elena im Prinzip ganz gut leiden konnte. Doch einen Vagabunden als Schwiegersohn zu haben, ging dann doch schon etwas zu weit.

Ich muss aber gestehen, dass es auch ein wenig meine Schuld war. Elena hatte mir auf ihre Kosten einen Telefonanschluss verlegen lassen. So konnten wir telefonieren und uns verabreden. Eines Tages, ich hatte wieder einmal einen über den Durst getrunken, rief ich bei ihr zu Hause an und sagte nur, dass ich mich in sie verliebt hätte. Eigentlich nichts Schlimmes, nur dass statt Elena ihre Schwester am Telefon war. Ich hatte es in meinem Suff gar nicht bemerkt und ihre Schwester ließ mich auch munter reden. Als ich dann aufgelegt hatte, wusste ich noch nicht, was ich damit angerichtet hatte. Ihre Schwester erzählte es natürlich sofort ihrer Mutter und damit war die ganze Sache erst einmal ins Rollen gekommen. Zumindestens war das der Auslöser. Die Auswirkungen spürte ich ja dann den Morgen darauf. Dummheit muss eben einfach bestraft werden. Mir tat nur Elena leid, da sie die Hölle zu Hause durchmachen musste.

Fürs Erste beschlossen wir unseren Kontakt erst einmal nur aufs Telefonieren zu beschränken. Es fiel uns beiden zwar nicht gerade leicht, aber es war nun mal die einzige Möglichkeit, die Situation etwas zu beruhigen und vor allem um etwas Zeit zu gewinnen. Schließlich konnte es so mit uns nicht mehr weitergehen.

Es gab nur einen Ausweg für uns. Wir wollten auf jeden Fall zusammen bleiben, aber das war hier in Sizilien unmöglich. Auch würde man uns in Italien suchen und eines Tages mit Sicherheit finden.

Sie hatte dann die Idee, warum gehen wir nicht einfach nach Deutschland. An sich kein schlechter Vorschlag nur wohin? Ich konnte doch nicht einfach mit ihr nach Deutschland gehen, ohne vorher zu wissen, wo wir leben würden. Außerdem, so glaubte ich, waren da noch ein paar Probleme mit dem Gesetz aus vergangenen Tagen. Die mussten erst einmal bereinigt werden. So beschloss ich fürs Erste allein nach Deutschland zurückzukehren, um alles Nötige vorzubereiten. Elena war davon gar nicht so begeistert, aber musste doch am Ende einsehen, dass es der einzig richtige Weg war.

Es stellte sich nun die Frage, wie und vor allem wann ich nach Deutschland gehen würde. Dazu kam auch noch wohin genau. Welche Stadt wohl am besten geeignet wäre. Am Ende entschloss ich mich für Stuttgart. Diese kannte ich noch am besten und wusste, dort würde man uns sicher helfen. Wie genau wusste ich aber auch noch nicht. Es stand aber zu viel auf dem Spiel, um jetzt einfach aufzugeben. Außerdem wollte ich Elena nicht mehr verlieren und sie war der gleichen Ansicht. Um Geld zu sparen, hatte ich geplant, die Reise nach Deutschland wieder mit Autostopp durchzuführen. Mit dem Zug aber wollte ich wenigstens bis Messina fahren, da es, wie ich schon einmal erwähnt hatte, sehr schwierig war in Sizilien zu trampen. Von dort mit der Autofähre nach Villa San Giovanni. In Villa war es dann schon erheblich einfacher einen LKW-Fahrer zu finden, der in Richtung Norden fuhr. Ich hatte wiederum circa drei bis vier Tage eingeplant.

Der Abschied von meiner Elena fiel mir sehr schwer und auch sie hatte mit ihren Tränen zu kämpfen. Wir wussten aber, dass es der einzige Weg war, für immer zusammen zu bleiben. Es mussten eben auch Opfer gebracht werden. Außerdem sollte es schließlich nicht für immer sein. Die Hoffnung auf ein Leben zu zweit in Frieden gab uns den nötigen Mut, dies alles zu ertragen. Es sollten fast ganze sechs Monate vergehen, bis wir uns wieder in den Armen lagen. Diesmal aber in Deutschland.

Meinen Blacky gab ich Elena und sie versprach mir, ihn in gute Hände zu geben. Ich vertraute ihr, aber wusste doch auch irgendwie, dass ich ihn nie wiedersehen würde. Von ihm wurde es ein Abschied für immer. Ich denke noch heute sehr oft an ihn. Er war bis dahin mein einziger bester Freund gewesen und dazu noch ein treuer. Er wird immer ein Platz in meinem Herzen haben.

Es ging nun also wieder zurück nach Deutschland. Doch diesmal hatte meine Reise einen anderen Sinn. Ich wollte alles unternehmen, um Elena möglichst schnell dort zu haben. Ich wusste, dass es schwierig werden würde, aber es musste doch zu schaffen sein. Es ging nun nicht mehr nur um mich, sondern auch um das Leben von Elena, die mir vertraute und darauf wartete, schnellstmöglich nachkommen zu können. Meine Reise bis zur deutschen Grenze verlief ohne irgendwelchen Zwischenfälle. Ich war sogar erstaunt darüber, wie schnell es ging. Ich hatte in Villa sofort Glück und fand einen Fahrer, der sogar bis München fuhr. Er nahm mich mit. An der deutschen Grenze erwischte es mich aber dann. Bei einer einfachen Kontrolle der Personalien hielt man mich fest. Man erklärte mir, dass gegen mich ein Haftbefehl laufen würde. Irgendwie war ich aber darauf vorbereitet und ließ mich ohne Widerstand abführen. Es handelte sich um eine alte Geschichte von früher. Ich hatte einmal im Rausch ein Auto geklaut, indem der Zündschlüssel steckte. Mit ihm machte ich eine so genannte Spritztour. Bei einer Polizeikontrolle wurde ich dann geschnappt. Ich bekam eine Bewährungsstrafe und das war's. Da ich später Deutschland verließ, wurde diese widerrufen und mir drohte eine Gefängnisstrafe von fünf Monaten. Diese musste ich nun jetzt absitzen. Es kam mir nun aber sehr unpassend, doch als ich mir es dann später genauer überlegte, musste ich mir doch eingestehen, besser jetzt als wenn es dann passierte, wenn Elena in Deutschland wäre. Was hätte sie ohne mich, allein in einem fremden Land gemacht? Es war also schon das Beste so. Ich musste nun in den sauren Apfel beißen und die fünf

Monate gut überstehen. Mit Elena stand ich trotz allem in ständigen Kontakt. Ich durfte einmal die Woche telefonieren. Wir machten uns gegenseitigen Mut und so bezwang ich die Monate unbeschadet. Es fiel mir nicht gerade leicht, aber was sollte ich anderes machen?

Im März wurde ich dann nun endlich aus dem Gefängnis entlassen. Ich musste meine Zeit in Landsberg am Lech absitzen. Das liegt in Bayern. Ich ließ mir eine Fahrkarte nach Stuttgart ausstellen und nahm mein Geld in Empfang, das ich im Gefängnis erarbeitet hatte. Es war nicht viel, musste aber fürs Erste einmal reichen. Mit dem nächsten Zug fuhr ich sofort nach Stuttgart. Es war ein Freitagnachmittag und das Sozialamt hatte natürlich geschlossen. Ein Hotel konnte ich mir nicht leisten und so begab ich mich erst einmal in die Bahnhofskneipe. Dort wollte ich in Ruhe überlegen, was nun zu unternehmen wäre. Leider lernte ich dort wieder einmal die falschen Leute kennen. Sie versprachen mir zwar zu helfen, aber waren doch mehr auf meine paar Mark aus. Der eine von den beiden hatte eine Wohnung vom Sozialamt. Dorthin gingen wir und es wurde klarerweise getrunken. Sie wollten dann mit mir am Montag zum Amt gehen und das Nötige veranlassen, um mir auch eine Wohnung zu verschaffen. Es hörte sich alles so leicht an, dass ich ihnen auch glaubte. Leider oder sagen wir einmal Gott sei Dank brauchte ich nicht bis Montag zu warten. Durch den plötzlichen und auch massenhaften Alkoholgenuss machte meine Pankreas mal wieder nicht mehr mit. Ich bekam so starke Schmerzen, dass einer von den beiden noch am Sonntagabend den Rettungswagen rief und ich auch sofort ins Krankenhaus gebracht wurde. Am Montag durfte ich schon wieder aufstehen und konnte endlich Elena informieren. Sie machte sich natürlich die größten Sorgen, aber ich beruhigte sie und meinte, es wäre nur halb so schlimm, wie es aussehen würde. Ich wollte so schnell wie nur möglich entlassen werden, aber Elena meinte nur, ich sollte so lange wie es nur ginge dort bleiben, da sie wahrscheinlich eine Lösung gefunden hatte. Was genau, wollte sie mir aber noch nicht sagen und riet mir nur, auf ihren nächsten Anruf zu warten. Auf diesen brauchte ich auch nicht lange warten. Als sie nach nur zwei Tagen wieder bei mir im Krankenhaus anrief, teilte sie mir erfreut mit, dass sie nun endlich einen Weg gefunden hat, um nach

Deutschland zu kommen. Es wäre alles soweit geklärt. Das sollte heißen, sie hatte Arbeit und eine Unterkunft für uns beide gefunden. Wie, berichtete sie mir später. Jedenfalls wollte sie schon innerhalb einer Woche in Deutschland sein. Besser gesagt in Speyer bei Mannheim. Stuttgart und Mannheim liegen ungefähr eine Stunde Zugfahrt voneinander entfernt. Am 20. April rief sie mich zum letzten Mal im Krankenhaus an und sagte mir: »Morgen bin ich in Deutschland.« Ich konnte es kaum fassen. Meine Tränen konnte ich vor niemanden verbergen und wollte es aber auch nicht, so glücklich war ich. Das lange Warten hatte sich nun also doch gelohnt. Die ganzen Strapazen der letzten Monate wurden so unwichtig. Es zählte ab nun an nur noch morgen. Der nächste Tag sollte die entscheidende Wende in meinem Leben werden. Meine Elena kam nur wegen mir und ich musste ab jetzt für sie da sein. Dies hieß mit anderen Worten keinen Alkohol und mit dem Betteln war es nun auch vorbei. Wie ich das alles schaffen sollte, war mir noch ein Rätsel, aber ich musste irgendeinen Weg finden. Ich durfte sie jetzt auf keinem Fall im Stich lassen, das war mir von Anfang an klar. Sie kam in ein für sie fremdes Land ohne die Sprachekenntnisse, Erfahrungen und vor allem weit weg von ihrem Zuhause sowie ihrer Familie.

Am nächsten Morgen rief sie mich gegen 10 Uhr an, dass sie in Speyer eingetroffen wäre. Ich sollte doch so schnell wie nur möglich dorthin kommen. Ich packte so schnell ich konnte meine paar Sachen, sprach noch kurz mit der Ärztin und weg war ich. Zwei Stunden später kam ich in Mannheim auf dem Bahnhof an. Von dort aus rief ich noch einmal Elena in Speyer an, um ihr Bescheid zu geben, dass ich in Mannheim auf dem Bahnhof auf sie warten würde. Sie versprach so schnell wie nur möglich dorthin zu kommen. In der Zwischenzeit kaufte ich noch einen riesigen Strauß Rosen. Meine Aufregung kannte logischerweise keine Grenzen. Ich wusste nicht genau, wie lange ich warten musste. Ich wollte Elena nicht verpassen. Mit den Rosen in der Hand begab ich mich also zum Bahnhofsausgang. Mir kam es so vor, als wenn die Zeit überhaupt nicht vergehen würde. Um mir wenigstens ein wenig die Zeit zu vertreiben, kaufte ich mir eine Zeitung, aber hatte keine Nerven auch nur eine Seite zu lesen.

Nach einer weiteren Stunde des unerträglichen Wartens war es endlich so weit.

Ich erkannte Elena, meine Elena schon von Weitem und war in diesem Augenblick wie gelähmt. Als sie mich dann endlich entdeckte, brach sie in Tränen aus. Was sich nun abspielte, ist mit einfachen Worten nicht wiederzugeben. Es war einfach unglaublich. Wir fielen uns in die Arme und weinten beide wie kleine Kinder. Ob uns die Leute beobachteten oder nicht, war uns völlig egal. Für keine Träne, die floss, schämte ich mich. Alles um mich herum wurde so unwirklich. Das Einzige, was mich in diesem Augenblick interessierte, ich hielt Elena in meinen Armen. Es kam mir wie ein Traum vor. Ihr Begleiter, wie ich auch noch später erfuhr, war auch gleichzeitig unser Arbeitgeber. Er hatte es ein wenig eilig und somit begaben wir uns zum Auto, um nach Speyer zu fahren. Wie sich dann herausstellte, war unsere Arbeit in einem italienischen Eiscafe. Man stellte uns die Unterkunft frei zur Verfügung. Unsere Arbeit bestand darin, im Eiscafe zu arbeiten. Elena hinter dem Tresen und ich als Bedienung. Aber dazu noch später.

Jetzt gab es erst einmal Wichtigeres als an Arbeit zu denken. Dies verstand auch unser Arbeitgeber und gab uns eine Woche Zeit, bevor wir mit der Arbeit beginnen sollten. Was gab es nicht alles zu besprechen zwischen mir und meiner geliebten Elena.

Sie berichtete mir, dass ihre Eltern noch nicht einmal wussten, wo sich ihre Tochter aufhielt. Sie war uns zuliebe einfach von zu Hause weggelaufen. In Deutschland nichts Ungewöhnliches, aber für italienische Verhältnisse ein Skandal. Auch, so erzählte sie mir, haben ihr einige Leute bei ihrer Flucht geholfen. Es wurde alles gut geplant und vorbereitet. Die Leute, die ihr halfen, riskierten einiges. Zum Beispiel war da eine befreundete Ärztin von uns, eine ältere Dame und auch eine Tante von Elena wusste Bescheid und bot ihre Hilfe an. Wie sie den Mut aufbrachte, ich meine damit Elena, ist mir bis heute noch ein Rätsel.

Dass mit der Arbeitsstelle und Unterkunft regelte eine Freundin, die Verwandte in diesem Eiscafe hatte. Sie besorgte auch die Busfahrkarte nach Deutschland.

Die Koffer packte Elena schon Tage vorher und versteckte diese bei ihrer Tante. Heimlich hob sie ihr ganzes erspartes Geld von der Bank. Immer die Angst im Nacken ihre Familie könnte etwas erfahren.

Am Morgen ihrer Flucht stand sie wie gewöhnlich auf, frühstückte noch mit ihren Eltern und sagte dann, dass sie jetzt zur Arbeit müsste. Keiner schöpfte irgendeinen Verdacht. Es hätte ihr auch niemand so etwas zugetraut. Noch ein Abschiedskuss und dann, ohne viele Worte aus dem Haus. An einem bestimmten Treffpunkt wartete schon ihre Tante mit den Koffern. Fünf Minuten später kam dann auch noch die Ärztin, um Elena auf die andere Seite von Sizilien zu begleiten. Von dort aus sollte dann die Busreise losgehen. Es war alles so gut durchdacht, dass aber auch niemand aus ihrer Familie das Geringste mitbekam. Irgendwie grenzte das schon an ein Wunder. Elena ist von Haus her katholisch erzogen worden und sie glaubt an Gott. Wie sie mir erzählte, verbrachte sie die ganze vorherige Nacht mit beten und das hätte ihr geholfen.

Wie sie mir dies alles so berichtete, konnte ich es kaum glauben, dass sie alle Strapazen nur für uns in den Kauf genommen hatte.

So unglaublich es auch klingen mag, wir wollten ab jetzt nur eins: So schnell wie nur möglich heiraten. Wir waren nun endlich frei und vor allem zusammen. Wer soviel durchgemacht hatte, wie wir beide, dem war wohl einer Heirat nicht zu widersprechen. Ich hatte meine Traumfrau gefunden und durch ihre Flucht bestätigte sie nur ihre Liebe zu mir, obwohl ich mir dieser schon vorher sicher war. Nichts auf der Welt sollte uns nun wieder trennen. Bis zu unserer Heirat sollten aber noch ein paar Monate vergehen.

Als Erstes mussten die nötigen Unterlagen beantragt werden, Aufenthaltsgenehmigung und der ganze bürokratische Kram. Damals war eben noch nicht die EU. Heute mag das alles ein wenig schneller gehen, aber dies spielt ja nun keine Rolle mehr.

Nach nur drei Monaten Arbeit kündigten wir. Wir arbeiteten in unterschiedlichen Schichten und sahen uns nur für ein paar Stunden am Tag. Freie Tage hatten wir keine und somit blieb uns nichts anderes übrig. Außerdem war die Arbeitszeit katastrophal und die Bezahlung mehr als nur miserabel. Elena litt sehr unter dieser Arbeitszeit. Von morgens bis spät in die Nacht und das täglich. Wir hatten kaum Zeit für uns und wenn doch, dann waren wir so geschafft, dass kein Privatleben möglich war.

Als wir den Arbeitsplatz kündigten, verloren wir automatisch auch unsere Unterkunft. Man gab uns drei Tage, um auszuziehen. Jetzt war guter Rat teuer. In unserer Not rief ich meine Mutter an und erklärte ihr die Lage. Spontan lud sie uns bei sich zu Haus ein. Dort wollten wir dann in Ruhe alle zusammen überlegen, was wohl nun am besten für uns wäre. Auch ihr Lebensgefährte bot seine Hilfe an. Also fuhren wir erst einmal zu meiner Mutter. Elena wurde auf das Herzlichste von meiner Mutter aufgenommen. Als meine Mutter erfuhr, dass Elena von zu Hause weggelaufen war, wurde ihr doch etwas ungemütlich und sie bekam es doch ein wenig mit der Angst zu tun. Ihre größte Sorge war, das einer von Elenas Verwandten bei ihr zu Hause auftauchten. Ich und Elena hatten uns aber vorgenommen, ihre Eltern erst zu informieren, wo sich ihre Tochter aufhielt, wenn wir verheiratet wären. Keinen Tag früher. Ich wusste, dass ihr ihre Familie fehlte. Dies war wohl auch verständlich, aber sie ließ es sich meinetwegen nichts anmerken. So groß war ihre Liebe zu mir.

Elena hatte dann den retteten Einfall. Sie erinnerte sich an ihre Freundin Martina, die in der Nähe von Saarbrücken wohnte. Diese rief sie noch am selben Tag an und klärte sie über unsere Probleme auf. Martina versprach sofort etwas zu unternehmen. Bis dahin sollten wir aber noch bei meiner Mutter bleiben. Nach nur einer Woche fand sie in der Nähe von Saarbrücken eine Wohnung für uns. Diese würde das Sozialamt bezahlen. Wir könnten sofort einziehen. Ein Stein fiel uns vom Herzen. Meine Mutter hatte schon die Idee vorgebracht, dass Elena allein zurück nach Sizilien gehen und abwarten sollte, bis ich hier eine Lösung gefunden hätte. Diesen Vorschlag lehnten wir sofort entschieden ab.

Schon am nächsten Tag bereiteten wir uns auf Saarbrücken vor. Meine Mutter war zwar sehr zufrieden mit dem Ausgang unserer Sache, aber auch wiederum sehr froh, dass wir wieder gingen. Sie hatte immer noch die Befürchtungen, es könnte an der Tür klingeln und der Bruder von Elena stände dann da. Am nächsten Morgen ging es also nach Saarbrücken, genauer gesagt nach Brebach, mit dem Zug. Martina war infor-

miert und wartete schon auf den Bahnhof auf uns. Die Wiedersehens-
freude war natürlich sehr groß zwischen den beiden. Mit ihrem Auto
brachte sie uns sofort erst einmal in unsere neue Wohnung. Die Ver-
mieter kamen, genau wie Elena auch aus Italien. Somit konnte sie sich
endlich wieder einmal mit Landsleuten unterhalten. Ich bemerkte, dass
dies ihr gut tat. Ich wusste nur zu gut, wie es ist in einem fremden Land
zu sein. Dazu kam noch, dass sie kein einziges Wort sprach oder verstand.
Wir richteten uns erst einmal so gut wie es ging in unserer Wohnung
ein. Es fehlte eigentlich an allem. Zum Schlafen hatten wir nur zwei Ma-
tratzen und ein paar Decken. Das alles störte uns aber nicht. Mit der
Hilfe von Martina erledigten wir sämtliche Behördengänge. Von Anmeldung, Sozialamt bis zu unserer Anmeldung zur Eheschließung, was für
uns am wichtigsten war. Dies alles ging ohne weiteren Komplikationen
von Statten. Das Einzige, was uns ein paar Schwierigkeiten bereitete,
waren irgendwelche Dokumente, die Elena für die Eheschließung benötigte. Diese mussten aus Italien angefordert werden. Wir riefen also
unsere ältere Bekannte aus Termini an und baten sie, dieses auf diskre-
tem Wege zu erledigen. Ein Restrisiko bestand natürlich, dass nun die
Eltern erfuhren, wo wir waren. Es vergingen keine zwei Wochen und
wir hatten die Unterlagen in der Hand. Nun konnte wir endlich heiraten. Nach einem weiteren Monat wurde unser Trauungstermin auf den
18. 09. 1998 festgelegt. Wir konnten es kaum noch erwarten. Geld für
richtige goldene Ringe hatten wir nicht, aber dafür noch unsere Verlo-
bungsringe, die ich in Speyer gekauft hatte. Sie waren zwar aus Silber,
mussten aber eben reichen. Es war uns eigentlich auch egal, aus was die
Ringe bestanden und wenn es nur einfaches Eisen gewesen wäre.

Nun war es endlich soweit. Es wollte zwar meine Mutter anwesend
sein, aber aus Respekt davor, dass auch die Eltern von Elena nicht da
waren, ließ ich dies nicht zu. Zur Trauung kam nur Martina als Trauzeu-
gin und gleichzeitig als Übersetzerin. Sie wurde noch davor vereidigt. Es
war wie ein gutes Zeichen. Einen Tag davor hatte es noch stark geregnet,
aber am 18. schien die Sonne aus vollen Kräften. Am 19. regnete es schon
wieder, aber da war es schon nicht mehr so wichtig.

Die Trauung wurde schnell erledigt. Es war ja schließlich nur eine im Standesamt. Um 10 Uhr ging es los und um 11 Uhr waren wir Mann und Frau. Nach deutschem Recht, was aber überall anerkannt wird, auch in Italien. Nach der Trauung gingen wir noch in einer Gaststätte Essen, dazu lud uns Martina ein. Nun war es also geschafft. Keiner von uns beiden konnte es glauben. Immer wieder musste ich Elena die Heiraturkunde zeigen und vorlesen. Unser Traum, unser Wunsch, das Unmögliche war in Erfüllung gegangen. Es grenzte einfach an ein Wunder. Nun endlich konnte Elena ihre Eltern anrufen und ihnen mitteilen, dass sie in Deutschland wäre und sie mich geheiratet hätte. Es war wohl das schwerste Telefonat, das sie je geführt hatte. Ich ließ sie dazu allein, um nicht zu stören. Es dauerte wohl mehr als eine Stunde und ich konnte ihre Erleichterung schon von ihrem Gesicht ablesen. Sie hatte mit ihrer Mutter gesprochen und von Anfang an erst einmal klargestellt, dass wir nun verheiratet waren und daran nichts mehr zu ändern wäre. Klarerweise sind auch Tränen geflossen, aber am Ende nahm es ihre Mutter beziehungsweise ihre ganze Familie dann doch in Kauf, dass ich nun ihr Schwiegersohn war. Sie waren nicht gerade begeistert, aber hatten wenigstens ihre Tochter wieder und wussten, dass es ihr gut ging. Natürlich wurden auch Vorwürfe laut, aber dies war zu erwarten. Ende gut, alles gut, wie es doch so schön heißt. Am Ende ging es sogar so aus, dass ihre Mutter uns anbot, nach Sizilien zurückzukommen. Sie wollte aber erst noch mit dem Rest der Familie darüber sprechen, war sich aber sicher, dass es keinerlei Konsequenzen uns gegenüber geben würde. Das war aber auch eine Bedingung von Elena.

Nach weiteren zwei Wochen war es soweit. Diesmal rief ihr Bruder an und verlangte nach mir. Er wollte mit mir sprechen, um sicher zu gehen, dass ich es wirklich ernst mit seiner Schwester meinte und ich mir auch ein Leben in Italien oder anders ausgedrückt in Sizilien vorstellen könnte. Er schien mit meinen Antworten zufrieden zu sein, da er sagte, er habe hier in Palermo eine Wohnung für seine Schwester und mich gefunden. Weiterhin würde er so schnell wie möglich das Geld für die Fahrkarten nach Deutschland senden. Als ich dies Elena berichtete, brach sie in Tränen aus. Sie oder besser wir konnten unser Glück nicht fassen. Jetzt war es sogar soweit gekommen, dass mich nun endlich auch ihre Familien akzeptierte. Was sollten sie wohl auch anderes machen? Ansonsten hätten sie ihre Tochter und Schwester verloren. Darauf hatten wir aber auch spekuliert. Sie musste nun erst einmal in den sauren Apfel beißen. Nun lag es an mir, ihnen zu beweisen, dass ich doch kein so schlechter Kerl war, wie sie vielleicht vermuteten. Dies ist und war nicht leicht, da ich ja schließlich den Ruf eines Vagabunden hatte und auch allgemein als Alkoholiker in Termini bekannt war. Keiner außer Elena kannte mich wirklich. Es ist nun mal so in unserer Gemeinschaft, dass es leichter ist einen schlechten Ruf zu bekommen als ein guten. Das gilt nicht nur für Deutschland, sondern auch auf der ganzen Welt. Hierbei spreche ich aus Erfahrungen, die ich bisher gemacht habe. Man sieht gern das Schlechte in anderen, um seine eigenen Fehler zu übermalen. Darum geht es aber im Augenblick nicht, sondern vielmehr um mich und meine Elena.

Es ging also wieder nach Sizilien. Diesmal aber als Paar und niemand konnte uns das streitig machen. In Sizilien nimmt man es eigentlich nicht so ernst mit den Gesetzen, aber Ehe und Familie waren nicht nur ein Gesetz für sich, sondern fast schon heilig. Wir fuhren mit dem Zug zurück. In Palermo erwartete uns der Bruder von Elena auf dem Bahnhof. Er wollte uns dann in die neue Wohnung, die er für uns gefunden hatte begleiten. Ein bisschen war mir schon komisch zumute. Nicht dass ich Angst gehabt hätte, aber eben ein Gefühl der Unsicherheit. Wie würde er uns empfangen? Wie sollte ich ihn empfangen? Dass ich nicht gerade mit offenen Armen erwartet wurde, war mir schon klar. Je näher wir Palermo kamen, wurde auch Elena unruhiger. Sie hatte wohl die gleichen Gedanken wie ich. Wir passierten mit dem Zug Termini und da wurden alte Erinnerungen wieder wach. Es waren nur noch 30 Kilometer bis Palermo. Die Anspannung stieg, als wir endlich in den Bahnhof einfuhren. Dort wartete bereits Toni, ihr Bruder, auf uns. Als wir aus dem Zug stiegen, kam er sofort auf uns zu. Ich war eigentlich auf das Schlimmste gefasst, doch genau das Gegenteil passierte. Er nahm erst seine Schwester in den Arm und danach mich. Kein Wort des Vorwurfs oder gar Hass war zu spüren. In mir machte sich erst einmal Erleichterung breit. Der erste Schritt war getan. Anders dagegen war die Situation mit den Eltern. Weniger die Mutter, aber doch ihr Vater brauchte noch etwas Zeit, um alles zu verarbeiten. Es waren auch für ihn keine leichten Monate ohne seiner Tochter.

Mein neuer Schwager, verhielt sich von Anfang an kameradschaftlich zu mir. Er war froh, dass es seiner Schwester gut ging und sie glücklich war. Nur das zählte für ihn. Alles andere würde sich mit der Zeit schon einrenken. Ich bin heute der Meinung, dass genau so auch der Rest der Familie dachte. Ich sollte Recht behalten.

In unserer neuen Wohnung, in die uns Toni begleitete, setzten wir uns erst einmal zusammen, um zu reden. Wie es zum Beispiel weitergehen sollte, na ja, einfach über alles. Er sagte uns jedenfalls seine Hilfe zu. Als Erstes, so war er der Meinung, müssten wir Frieden mit den Eltern von Elena finden. Dies war im Augenblick das Wichtigste. Er vereinbarte noch am gleichen Tag ein Treffen zwischen Elena und ihren Eltern. Ich sollte erst einmal abwarten. Toni fuhr mit Elena zu den Eltern nach Hause. Ich blieb allein in Palermo und wartete gespannt die Rückkehr meiner Frau ab. Endlich, am späten Abend kamen beide wieder zurück. Toni verabschiedete sich noch herzlich von mir und ließ uns dann allein, damit Elena mir in Ruhe berichten konnte, wie die Situation im Augenblick war. Sie versuchte mir zu erklären, dass es wohl etwas kompliziert wäre, aber doch wiederum nicht allzu schwerwiegend. Ihre Eltern brauchten eben noch etwas Zeit, um mich bei ihnen zu empfangen. Mit etwas anderem hatte ich eigentlich auch gar nicht gerechnet. Elena konnte jederzeit nach Hause fahren, da sich ihr Vater bereiterklärt hatte, ihr ein Auto zu kaufen. Ich konnte doch mehr als zufrieden sein und war es auch.

Nach drei Wochen war es dann soweit. Elena hatte Geburtstag und das war ein Grund für die Eltern, mich das erste Mal bei ihnen zu empfangen. Schließlich war ich nun ihr Schwiegersohn und es konnte auf die Dauer auch nicht so weitergehen. Wie fuhren also gemeinsam nach Termini. Toni und seine Ex-Verlobte Vanna begleiteten uns und ich war auch sehr froh darüber, da sie wohl merkten wie nervös ich war. Sie sprachen mir immer wieder Mut zu und machten sogar Scherze. Zum

Fest sollte auch ihre Schwester Patrizia anwesend sein. Sie hatte mich und Elena eigentlich erst zusammen gebracht. Damals bereute sie es bestimmt, aber heute scheint sie sogar froh darüber zu sein. Man muss eben erst einen Menschen näher kennen, bevor man über ihn urteilt. Diese Erfahrung habe selbst ich schon machen müssen. Eigentlich war es Vanna, das ist die Abkürzung für Giovanna, aber alle nannten sie eben nur Vanna, die das Eis zwischen mir und meinen Schwiegereltern zum Schmelzen brachte. Auf ihr Drängen hin kam es zur ersten Zusammenkunft mit meinen Schwiegereltern.

Was soll ich über meine erste Begegnung mit meinen Schwiegereltern sagen? Ich wurde zwar nicht gerade mit offenen Armen empfangen, aber doch auch nicht unfreundlich. Sagen wir es einmal so, diskret. Toni, Vanna, Patrizia und natürlich auch meine Frau versuchten alles, um es uns allen so leicht wie nur möglich zu machen, was ihnen ja auch gelang. Immerhin sprachen die Schwiegereltern mit mir. Dies war schon einmal ein Anfang, der sich mit der Zeit immer weiter verbesserte. Erstaunlicherweise wurde das Thema Deutschland und die Flucht von Elena mit keiner Silbe erwähnt. Es war Elenas Geburtstag und darum nicht gerade Gesprächsstoff, aber man konnte spüren, dass es in der Luft lag. Wenn ich daran zurückdenke, muss ich sagen, dass es selbst bis heute noch nie richtig besprochen wurde. Es ist wohl eine Eigenschaft der Sizilianer schneller zu verzeihen oder zumindestens zu vergessen als wir Deutschen. Im Laufe der Jahre kamen wohl Andeutungen, aber nie Vorwürfe, obwohl ich damit gerechnet hatte.

Am späten Abend begleiteten uns Toni und Vanna wieder nach Palermo. Wir waren alle doch ziemlich erleichtert, dass alles so gut ausgegangen war. Ab nun fuhr Elena nicht mehr allein nach Termini, sondern immer in Begleitung von mir. In Palermo wohnten wir zwei Monate und es sah sehr schlecht mit Arbeit für mich aus. Außerdem fehlten mir auch noch sämtliche italienische Ausweise. Es waren dann meine Schwiegereltern, die uns anboten, zu ihnen nach Termini zu ziehen. Platz war genügend vorhanden. Sie hatten ein großes Haus außerhalb der Stadt, wir brauchten dort keine Miete zu zahlen und auch so wäre es einfacher alles in Ruhe zu erledigen. Dankbar gingen wir auf diesen Vorschlag ein.

Mit der Hilfe von meinen Schwiegerelter fand ich dann auch später verschiedene Arbeiten. Vom Tellerwäscher in einem großen Hotel bis hin zum Nachtwächter einer Ferienresidenz. Es war mitunter sehr hart, aber ich musste beweisen, dass ich nicht nur der Vagabund von früher war, sondern ein ganz anderer Mensch. Einer der arbeiten wollte und auch fähig dazu war. Mit meinem ganzen Willen schaffte ich es auch und eroberte so immer mehr das Vertrauen meiner Schwiegereltern. Von Tag zu Tag, von Woche zu Woche und Monat zu Monat ging es bergauf. Nicht gerade mit der Arbeit, doch aber mit Schwiegermutter und Schwiegervater. Sie sahen, dass ich ihre Tochter liebte und alles für sie tat.

Dann kam auch noch im Dezember 1998 die überraschende Nachricht, Elena war schwanger. Das schlug ein wie ein Blitz. Nicht nur Elena und ich waren überglücklich, die ganze Familie war es auch. Als sich dann später noch herausstellte, dass es ein Junge werden würde, war ich für meinen Schwiegervater der Held des Tages. Er klopfte mir auf die Schultern und sagte nur: »Das haste gut hinbekommen, mein Sohn.« Von da an wurde ich erst richtig in die Familie aufgenommen.

Meine Frau bekam ein Sohn und ich war der glücklichste Vater der Welt. Mein Sohn Kevin kam am 19. 10. 1999 gesund zur Welt. Seinen Sohn das erste Mal in den Armen zu halten, kann man nicht so einfach beschreiben. Nur wer selbst Vater ist, kann diese Gefühl nachvollziehen. Es war jedenfalls einer der schönsten Momente meines bisherigen Lebens. Ich war so stolz und auch dankbar meiner Frau gegenüber, wie man eben nur sein konnte.

Wiederum begann ein neuer Lebensabschnitt für mich. Wir waren ab nun eine richtige Familie.

Mein Schwiegervater arbeitete zur damaligen Zeit noch als Hafenarbeiter im internationalen Hafen von Palermo. Als er dann wenig später in die Rente ging, vermachte er seinen Posten Toni. Es war und ist bis heute eigentlich unmöglich, als Nichtverwandter dort eingestellt zu werden. Dies ging nur von den Vater auf den Sohn. Da der Verdienst für sizilianische Verhältnisse sehr gut ist, war er auch sehr beliebt. Die Arbeit bestand einfach nur darin, Schiffe an- und wieder abzulegen. Öltanker, Containerschiffe und Kreuzfahrtschiffe. Für diesen Posten musste man aber bestimmte Vorkenntnisse mitbringen. Man brauchte zum Beispiel auch eine weiße Weste. Das soll heißen, nie Probleme mit dem Gesetz gehabt zu haben. Weiterhin mindestens zwei Jahre auf einem Schiff fest angeheuert gewesen zu sein und einige Ausbildungsabschlüsse zu besitzen und vor allem auch nachweisen zu können. Als Toni die Arbeit antrat, hatte er all dies hinter sich gelassen. Nun wollte er, dass auch ich dort eines Tages eingestellt werden würde. Ein wahnsinniges Vorhaben, da ich nichts vorweisen konnte. Toni nahm mich also zur Seite und erzählte mir von seinem Vorhaben. Klarerweise waren auch die Schwiegerelter anwesend. Sein Vorschlag mich dort in den Hafen mit hineinzubringen, fand Anerkennung. Uns, vor allem mir, war aber klar, dass es ein langer beschwerlicher Weg werden würde, in dem es kein Zurück mehr gab. Als Erstes musste ich mich einschiffen. Dies ging über einen bekannten Fischer von meinem Schwiegervater. Ich brauchte ja schließlich die zwei Jahre nachweisbar auf See. Man möge es wohl als romantisch sehen, aber das wohl eher nur aus der Sicht als Tourist. Die Wirklichkeit sieht ganz anders aus. Wir fuhren bei Wind und Wetter aufs Meer. Im Sommer wie im Winter. Am Anfang war es auch für mich noch romantisch. Es ist aber knallharte Arbeit, jede Nacht. Da wir nur nachts fischten, ging es abends los. Bei den Fischern hieß diese Art des Fischens »Cianciolo«.

Ich versuche es einmal zu erklären: Auf unserem Fischkutter waren drei weitere kleinere Boote. Zwei davon waren mit Rudern und starken Lampen versehen. Mit einem Kran wurden dann diese über ein bestimmtes Seegebiet, für das sich der Kapitän entschieden hat, ausgesetzt. Jeweils im Abstand von etwa einem halben Kilometer. Der Fischer schaltete darauf sofort den Dieselgenerator ein und erzeugte damit den Strom für die Lampen. Der Grund dafür ist wohl jedem einleuchtend, da das Licht die Fische anlockte. Wenn dann der Kapitän das Zeichen gab, ruderten die beiden Boote langsam aufeinander zu. Im Moment des Treffens der beiden Boote schaltete eins der beiden seine Lampen ab und der andere erhöhte seine Lichtstärke. Langsam entfernte sich dann das unbeleuchtete Boot vom anderen. Nach einer gewissen Zeit wurde dann das dritte Boot mit dem Kran zu Wasser gelassen. Dies war aber eins mit einem Dieselmotor und Schraube. An ihm wurde das Ende des Netzes befestigt. Dann kam der schon etwas gefährliche Teil der Arbeit. Jeder kannte seinen Posten und auf Kommando wurde das Netz ausgeworfen. Dies geschah, indem wir eine Kreisfahrt um das beleuchtete Boot machten und das Netz zu Wasser gezogen wurde. Das Ziehen übernahm das kleine Motorboot. Dies schaltete den Rückwärtsgang ein und wir fuhren mit dem Fischkutter, wie schon erwähnt, die Rundung bis wir wieder mit dem Motorboot zusammen trafen. Beim Zusammentreffen wurden dann wiederum das Ende des Netzes auf den Kutter gezogen und befestigt. Das Netz wurde backbord eingeholt. Dies ist die linke Seite eines Schiffes. Bevor das Netz aber eingeholt wurde, musste das Motorboot noch schnell unter das Stahlseil hindurch und auf Steuerbord, der rechten Seite. An Steuerbord wurde es dann an einem 30 Meter langen Tau befestigt, um beim Einholen des Netzes den Fischkutter gegen die Strömung zu halten. Jetzt konnte der eigentliche und auch für alle spannende Teil beginnen. Das Zusammenziehen des Netzes. Dies geschah, indem das untere Stahlseil des Netzes wie ein Trichter zugezogen wurde. Der Radius des Netzes konnte bis zu 100 Meter betragen. Es war davon abhängig, wie lang das Netz war. Jedes Fischkutternetz hatte seine eigene Länge und auch Tiefe. Unseres ging bis zu 45 Meter unter dem Meeresspiegels. An den Kran wurde eine hydraulische Winde befestigt, über die das Netz an Bord gezogen wurde. Es war ein Knochenjob und manchmal auch vergebens. Es gab Nächte, da brachten wir kein einzigen Fisch nach Hause und wiederum Tage, da war das Netz voll. Mitunter verirrte sich sogar ein Tunfisch oder Schwertfisch im Netz. Delphine mögen wohl sehr anmutige Gesellen sein, aber beim Fischen wirken sie sehr störend. Delphine haben die Eigenschaft, Fischschwärme auseinander zu treiben, als ob sie ihnen helfen wollten, nicht gefangen zu werden. Also, wenn Delphine auftauchten, brauchten wir erst gar nicht anzufangen mit dem Netzauswerfen. Es ging mit 99% Wahrscheinlichkeit daneben.

Wie ihr seht, keine leichte Arbeit, wenn man bedenkt, dass man von Regen und vom Sturm überrascht werden konnte. Ich musste es aber hinter mich bringen, da ich die Monate brauchte, um mich am Hafen von Palermo bewerben zu können.

Inzwischen war ein Jahr vergangen. Bei den Fischern von Sizilien gab es eine Krise, die auch Termini nicht verschonte. Da ich noch jung war und dank meines Schwiegervaters alle wussten, dass ich nie länger als nur die zwei Jahre bleiben würde, war es also klar, ich wurde als einer der Ersten gekündigt. Ich musste so schnell wie möglich etwas anderes finden. Mir kam die Idee: ›Da ich doch jetzt etwas Zeit habe, warum mache nicht einfach den Bootsführerschein?‹ Leichter gesagt als getan. Trotz allem begann ich mir die nötigen Bücher und Anleitungen zu besorgen. Teilweise auch aus Deutschland. Nun hieß es lernen und nochmals lernen. Das Schwierige war, dass ich mich entschieden hatte, Segelboot und Motorboot zusammen zu machen. Es kam noch dazu, ich wollte den Bootsführerschein ohne Limit. Man konnte den Schein für die drei Meilenzone machen, also nur für Küstenfahrten, oder den ohne Limit für das gesamte Mittelmeer sowie auch noch den Rest der Welt. Dieser war weitaus schwieriger, da man eine Menge mehr brauchte, um nur einfach ein Boot steuern zu können. Die Abschlussprüfung war fünf Monate später und natürlich auf italienisch. Erstaunlicherweise ging alles gut und ich bestand beide Prüfungen. Schließlich hatte ich auch wirklich jeden Tag verbracht, um zu lernen, obwohl es mitunter zum Verzweifeln war. Als ich endlich meinen Bootsführerschein hatte, arbeitete ich für ein paar Monaten als Skipper. Ich wurde zwar nie fest eingestellt, konnte doch aber Erfahrungen sammeln in Bezug mit Booten und den anfallenden Arbeiten. Nun musste ich aber auch noch ein paar Lehrgänge absolvieren. Es waren genauer gesagt vier. Ich hatte mich mittlerweile auch bei einer großen Rederei hier in Palermo beworben. Die verlangten aber diese Abschlüsse, um auf einem Schiff fest angestellt zu werden. Wieder lernen und auch diesmal ging's gut. Ich schaffte alle Abschlüsse und brauchte nur noch ein Jahr auf einem Schiff zu arbeiten, um mich dann endlich im Hafen bewerben zu können. Nach diesem Jahr konnte ich dann genau zwei Jahre Navigation in meinem Seemannsbuch nachweisen.

Meine Frau war glücklich, dass bisher alles so gut verlief. Mein Sohn bekam von den ganzen Trubel so gut wie nichts mit. Meine Schwiegerelter waren zufrieden mit ihrem Schwiegersohn und alles schien beim Besten zu sein.

In der Verwandtschaft von Elena war aber nicht alles, wie es hätte sein sollen. Elena hatte einen Onkel. Nichts Ungewöhnliches, aber dieser war eben doch etwas anders. Um mich und meine Familie zu schützen, werde ich auch keine weiteren Namen nennen. Dieser Onkel war ein Mafiaboss. Ein ziemlich bekannter sogar, hier in Sizilien. Er war einer der Bosse von der ganzen Region Palermo. Von der Polizei wurde er unter Hausarrest gestellt. Ihr werdet euch jetzt sicher fragen, warum nur unter Hausarrest. Ganz einfach. Man hatte einfach Angst vor ihm. Seine Arme reichten bis nach Rom und noch weiter. Seine Beziehungen gingen bis ganz nach oben. Selbst der Bürgermeister von Termini war ihm hörig. Elena war nicht unbedingt stolz auf ihn, aber er war nun mal ihr Onkel. Natürlich hatte dieser auch schon das Gefängnis von innen gesehen, aber man ließ ihn immer wieder frei. Seine Zellen waren auch entsprechend eines Mafiabosses eingerichtet. Dies alles erfuhr ich erst durch Elena. Als ich Elena kennen lernte, war ihr Onkel aber schon nicht mehr aktiv tätig, doch hatte er noch immer seinen Ruf und dieser war nun einmal der Pate von Palermo. Ich weiß nicht, ob er auch mit Mord und Drogen zu tun hatte und will es eigentlich auch gar nicht wissen. Da ich nun mit Elena verheiratet war, wurde er automatisch auch ein Verwandter von mir. Es wurde bei uns zu Hause nur wenig über ihn gesprochen. Ich wusste nur, dass Elena eine seiner Lieblinge war. Er hatte ihr sogar ein Auto gekauft und auch so benahm er sich recht freundlich ihr gegenüber. Er war eben ein Onkel wie aus dem Bilderbuch, doch mit dunkler Vergangenheit. Aus Erzählungen wusste ich, dass er sogar recht beliebt war in Termini, da er vielen Familien half. Ob es sich nun um finanzielle Unterstützung handelte oder um einen Arbeitsplatz für einen Familienvater, er versuchte eben sich überall beliebt zu machen. Sizilien war und ist leider auch noch bis heute nicht gerade reich an Arbeitsplätzen. Demensprechend fiel es auch ihrem Onkel nicht schwer, sich einen guten Namen zu machen. Er hatte nun mal das Geld und auch die nötigen Beziehungen. Nun ist es so, wer einmal seinen Fuß in diesen Clan hineingesetzt hat, kommt aber auch nicht mehr hinaus und wenn ja, dann nur tot. Es ist wie mit dem Bund des Teufels. Hinein zu kommen fällt nicht besonders schwer, wenn man die Veranlagungen dazu hat, aber wieder herauszukommen, ist schier unmöglich. Ich persönlich kann nichts Schlechtes über den Onkel von Elena sagen, da ich ihn ja so gut wie nicht kannte. Ich hatte wohl früher schon einmal von ihm gehört, aber das war auch schon alles.

Es musste also kommen, wie es schon vorauszusehen war. Auch ein Mafiaboss lebt nun mal gefährlich. Es gab viele Neider unter anderen Bossen oder wie man hier auch sagt Paten. Er konnte sich nicht einfach so zur Ruhe setzen und so tun, als wenn nie etwas gewesen wäre. Sein ganzes Leben bei der Mafia, er wusste einfach zuviel.

Eines Tages, wir waren gerade mit den Schwiegereltern bei uns zu Hause beim Abendbrot, klingelte das Telefon. Es war die Polizei und sagte meiner Schwiegermutter, man habe soeben ihren Bruder auf offener Straße erschossen. Es war wie eine Bombe, die bei uns einschlug, aber eben eine mit Zeitzünder, weil jeder es schon irgendwie geahnt hatte, dass es einmal so enden würde. Meine Schwiegermutter bat mich, da mein Schwiegervater nicht in der Lage dazu war, sie sofort zum Tatort zu begleiten. Die tödlichen Schüsse fielen an einem Abend gegen 20 Uhr. Wir fuhren sogleich in die Stadt. Es geschah auf offener Straße. Elenas Onkel lag mit einer weißen Plane zugedeckt auf dem offenen Bürgersteig. Wie sich später ergab, kamen die Killer mit einem Motorrad und feuerten acht Kugeln auf ihn. Er brach sofort tödlich getroffen zu Boden. Außer ihm wurde noch eine weitere Person verletzt. Diese bekam eine Kugel in den Arm und überlebte den Anschlag nur durch ein Wunder. Ich werde diesen Anblick wohl nie vergessen, wie der Körper einfach nur so regungslos, in einer großen Blutlache dalag. Meine Schwiegermutter war erstaunlich gefasst. Sie sagte nur zu mir, er wusste, dass es früher oder später passieren würde. Alle wussten es. Es war ein Spiel mit dem Feuer, worauf er sich eingelassen hatte. Natürlich wurde ihr Bruder reich und auch auf gewisse Art berühmt, aber alles hat nun mal seinen Preis und das wusste er auch. An diesem Abend bezahlte er seinen. Es gibt nur zwei Möglichkeiten eines Mafiabosses zu sterben. Entweder auf der Straße wie der Onkel meiner Frau oder im Gefängnis.

Eines möchte ich aber erwähnen, dass die Mafia auch ihr Gutes in Sizilien mit sich brachte. Sizilien ist nun mal eine Insel und der Staat kümmerte sich einen Dreck um diese. Die ganze Industrie gibt es nur im Norden von Italien. An Sizilien hatte man so gut wie gar nicht gedacht. Daran hat sich bis heute leider noch nichts geändert. In Sizilien gibt es die höchste Arbeitslosigkeit von Italien. Auch wird hier Armut noch sehr groß geschrieben. Die Mafia hat diesen Zustand einfach für sich ausgenutzt. Sie investierten in Schulen, Kindergärten und schafften auch Arbeitsplätze. Aus meiner Sicht ist es ein Mitverschulden des Staates, dass es hier soweit kommen musste. Als der Staat erkannte, was sich hier abspielte und als die Mafia begann, sich in ganz Italien breit zu machen, war es aber schon zu spät. Es gibt auch in anderen Städten von Italien Mafia, wie zum Beispiel in Neapel die Camorra. Wie kennen aber die bekannteste hier in Sizilien.

Darum geht es aber hier auch nicht. Außerdem weiß ich auch zu wenig, um darüber zu schreiben. Ich wollte nur versuchen zu erklären, warum diese Organisation hier so erfolgreich ist. Es betraf schließlich auch meine Familie und deswegen für mich erwähnenswert. Ansonsten hätte ich wohl nicht darüber weiter geschrieben.

Da kam die nächste Überraschung. Elena war wieder schwanger, nur waren es diesmal Zwillinge. Die Freude bei uns zu Hause kann man sich wohl gut vorstellen. Es sollten wieder Jungs werden. Damit hatte ich also drei Söhne. Nun hieß es noch härter am Ball zu bleiben, um für meine Familie auch richtig sorgen zu können.

In der Zwischenzeit gab es aber noch ein anderes besondere Vorkommen. Ein recht Bedeutsames. Wie ihr euch sicher noch erinnert, wurde ich adoptiert. Ich wusste nichts über meine wahre Familie. Elena war es, die immer wieder den Anstoß gab, meine leiblichen Eltern zu suchen. Aus Berichten meiner Mutter waren mein Vater und Mutter bei einem Autounfall ums Leben gekommen. Elena war davon aber überhaupt nicht überzeugt. Sie ließ einfach nicht locker und mehr um ihr als mir einen Gefallen zu tun, begann ich Briefe nach Deutschland zu schreiben. Ich war überzeugt davon, dass dies eh nichts brachte, aber wie gesagt, um Elena zu beruhigen, tat ich es einfach. Mehr oder weniger der Form halber. Ich schrieb ans Rote Kreuz, an den Berliner Senat und an, ach was weiß ich nicht noch. Eigentlich fast an alle auffindbaren Adressen, die mir eventuell weiterhelfen könnten. Fast zwei Monate kamen nur Absagen, dass man mir diesbezüglich nicht weiterhelfen könnte. Ich war schon nahe daran aufzugeben, als ein Brief aus meiner Geburtsstadt kam. Man verwies mich an eine andere Stelle und Stadt. Ich versuchte es ein letztes Mal und bekam Antwort. Ich konnte es kaum fassen. Man hatte meinen wahren Vater ausfindig machen können und ihn davon informiert, dass sein leiblicher Sohn ihn aus Italien suchen würde. Man schickte mir seine Adresse und Telefonnummer mit. Er hatte sich dazu einverstanden erklärt. Elena begann zu weinen und mir zitterten die Hände. Auch die Schwiegereltern waren aufgeregt. Alle waren sich darüber klar, was dies für mich bedeutete, erst einmal meinen richtigen Vater gefunden zu haben. Wieder war es Elena, die mir zu Hause das Telefon in die Hand drückte und darauf bestand, sofort anzurufen. Was sollte ich am Telefon sagen? Hallo Vater, hier spricht dein Sohn? Ich wusste es einfach nicht. Wer war er? Wie war er? Ich wusste doch nichts von ihm.

Elena ließ aber einfach nicht locker und somit wählte sie dann einfach die Nummer meines Vaters und gab mir dann den Hörer. Er war auch sofort am Telefon. Ich versuchte ihm stockend zu erklären, dass ich wohl sein Sohn wäre. Er war genau so aufgeregt wie ich und somit fiel es uns beiden am Ende doch leichter, den ersten Kontakt aufzubauen. Was soll ich weiter sagen? Einen Monat später war er mit seiner Frau bei mir in Sizilien. Wir verstanden uns von Anfang an gut. Auch wurde er von der Familie meiner Frau herzlichst aufgenommen. Mein Vater heißt Ingo. Er und mein Schwiegervater waren sich von Beginn an sympathisch. Von Elena brauche ich erst gar nicht zu sprechen. Man konnte von ihrem Gesicht ablesen, was und wie sie sich fühlte. Nicht nur, dass sie nun auch einen Schwiegervater hatte, nein vielmehr dass ich nun endlich auch einen Vater hatte. Es ging aber noch weiter. Von meinem Vater erfuhr ich auch, dass ich sogar einen Bruder hatte. Für mich und Elena keine Frage. Jetzt musste auch er gefunden werden. Leider musste ich erfahren, dass meine leibliche Mutter bei der Geburt von meinem Bruder gestorben war. Mein Vater brachte mir ein Bild von ihr mit, das ich heute noch in Ehren halte und immer ein Platz in meinem Herzen finden wird. Monika, die jetzige Frau meines Vaters, war sehr freundlich und nahm mich wie einen neuen Sohn auf, obwohl die beiden schon zwei Jungs hatten. Dies sind nun meine Stiefbrüder. Ich mag dieses Wort zwar nicht, weil es so hart klingt, aber es ist nun einmal so. Nach zwei Wochen fuhren mein Vater und Monika wieder nach Hause zurück, aber wir blieben in Verbindung, die wir bis heute noch halten.

Drei Monate später fand ich auch noch meinen Bruder. Bei ihm war es etwas schwerer, da er bei der Polizei arbeitet. Nach anfänglichen Verzögerungen konnte ich schließlich auch zu ihm Kontakt aufnehmen. Wenn ich heute daran zurückdenke, dass ich mit der Hilfe von Elena meine Familie fand, kann ich es immer noch nicht glauben. Man darf nicht auf Wunder warten. Etwas tun muss man schon, damit sie in Erfüllung gehen. Keinem wird etwas geschenkt. Das Leben ist für mich wie eine große Fabrik. Entweder man arbeitet und erreicht etwas oder man tut es eben nicht. In diesem Fall braucht man aber auch auf nichts hoffen.

Weiter zu mir. Nachdem ich auch meinen Bruder gefunden hatte, war es nur noch eine Frage der Zeit, auch ihm das erste Mal zu begegnen. Dies geschah sechs Monate später. Diesmal waren es wir, die nach Deutschland fuhren. Meine Schwiegereltern ließen es sich nicht nehmen dabei zu sein, also kamen sie mit. Elena war schon schwanger und Kevin zwei Jahre alt. Unser Besuch in Deutschland dauerte zehn Tage. Ich traf nun endlich meinen Bruder mit seiner Familie. Er wurde auch adoptiert. Es kam zu einem großen Fest, wo einige Onkels, Tanten und natürlich mein Vater und Bruder anwesend waren. Es war eine Familienzusammenführung, wie man sie eigentlich nur aus Filmen kennt und so kam mir alles auch vor. Ich war der Hauptdarsteller und meine Frau führte Regie. Meine Elena wurde gefeiert, da sie den Stein erst ins Rollen brachte. Ohne sie wäre es nie soweit gekommen. Das war auch allen bewusst. Es war einfach alles unvergesslich. Nach den zehn Tagen ging's wieder nach Italien. Ich war nun ja dort zu Hause und wollte auch gar nicht mehr in Deutschland leben. Es war für mich nur wichtig zu wissen, was aus meiner Familie geworden war. Ich denke mal, jeder hat dazu ein Recht. Das der Kontakt bis heute gehalten hat, ist der Beweis dafür, dass nichts über eine Familie geht. Ich habe dies eigentlich erst hier in Sizilien gelernt, wo der Name Familie noch etwas zählt. Der Familienzusammenhalt ist hier doch etwas größer als in Deutschland. Man spürt es erst, wenn man hier auch lebt. Es ist verdammt schwierig, in einer neuen Familie Anerkennung zu finden. Hat man aber diese, ist man einer von ihnen und wird akzeptiert und auch respektiert. Dies hat nun nichts mit Gastfreundschaft zu tun. Das ist man hier eigentlich zu allen. Es ist nun mal einer der Charakterzüge, der den Südländer ausmacht. In Deutschland kann man sich Freundschaft und Anerkennung erkaufen, hier in Italien, besser noch in Sizilien, muss man schon etwas dafür tun. Man muss sie gewinnen. Niemanden wird dies einfach so geschenkt. Es geht auch nicht von Heute auf Morgen. Ich brauchte zum Beispiel Jahre, um an den Punkt zu kommen, wo ich jetzt stehe. Ich muss aber immer wiederholen, ohne die Hilfe von meiner Frau hätte ich es wohl nicht geschafft. Sie trägt ein großen Anteil daran, mein Leben wieder lebenswert zu machen. Das werdet ihr aber bereits schon mitbekommen haben.

Wir waren nun also wieder in Sizilien. Jetzt hieß es für mich endlich eine Arbeit zu finden. Ich brauchte etwas um erstens Geld zu verdienen und zweitens musste ich ja noch die zwei Jahre Navigation auf einem Schiff zusammen bekommen. Ich schrieb Bewerbungen an verschiedene Reedereien hier in Italien. Nach drei weiteren Monaten kam unverhofft ein Anruf. Es handelte sich um eine Reederei aus Neapel. Sie hieß Grimaldi Lines. Man sagte mir, sie wären bereit, mich anzuheuern und sie würden sich baldmöglichst wieder melden. Zu Hause waren alle froh über diese Nachricht. Ein wenig auf dem Mittelmeer herumkommen und alle zwei Wochen zu Hause. Ich dachte mir: ›Damit kannst du leben.‹ Elena war nicht so begeistert davon. Was sollte sie aber am Ende weiter tun, als es in Kauf zu nehmen? Es sollte aber noch sehr viel komplizierter werden, als es bis dahin den Anschein machte. Nach zwei weiteren Tagen klingelte das Telefon erneut. Es war Neapel. Sie sagten nur kurz und knapp, morgen müsste ich nach Neapel kommen, um die nötigen Unterlagen zu unterschreiben, um einschiffen zu können. Ich gab den Telefonhörer an Elena weiter, damit sie das Nähere mit meiner Frau besprechen konnten, denn ich war zu aufgeregt, um etwas zu verstehen. Auf einmal wurde meine Frau ganz blass. Ich bekam nur soviel mit, dass es sich um eine etwas längere Reise handeln sollte. Endlich legte Elena den Hörer auf und berichtete allen, was sie erfahren hatte. Es war nicht die Rede von Mittelmeer und nur zwei Wochen Schiffsreise. Vielmehr handelte es sich um eine Schiffsreise von sechs Monaten und es sollte bis nach Südamerika gehen. Afrika, Brasilien und Argentinien waren die Ziele. Wir alle waren etwas geschockt. Damit hatte nun wirklich keiner von uns gerechnet. Elena fing sogar an zu weinen. Bei mir spielten die Gedanken verrückt. Ich wusste nicht, ob ich mich freuen sollte oder nicht. Klar klang es aufregend einmal nach Südamerika zu kommen. Afrika, Brasilien und Argentinien, das war doch schon mal was. Es hörte sich wie ein neues Abendteuer an. Mir war aber noch nicht richtig klar, was das alles für mich noch zu bedeuten hatte.

Meine Schwiegerelter waren auch der Meinung, dass ich diese Reise machen sollte. Es wurde sehr gut bezahlt und ich hatte am Schluss sechs Monate mehr in meinem Seemannsbuch stehen. Sie beruhigten Elena, bis sie sich einverstanden erklärte. Am Ende blieb ihr auch gar keine andere Wahl. Am gleichen Abend packten wir also noch meine Sachen. Ich war soweit beruhigt, da Elena und die Kinder schließlich bei ihren Eltern wohnten und sie somit nicht auf sich allein gestellt war. Ansonsten hätte ich es vielleicht auch gar nicht gemacht. Am nächsten Tag, kaufte mir Toni die Fahrkarte für die Fähre nach Neapel. Es sollte gegen Abend losgehen. In Neapel würde ich dann den Rest erfahren, wo mein Schiff lag und wie ich dorthin komme.

Der Abschied von Elena und meinen Jungs fiel mir am Ende doch schwerer, als ich mir gedacht hatte. Gegen 21 Uhr sollte die Fähre nach Neapel ablegen. Ich hatte noch einen Begleiter, der mit mir zusammen anheuern sollte. Auch er war überrascht worden und hatte mit so einer langen Reise genau wie ich nicht gerechnet. Wir machten uns aber gegenseitig Mut und hofften, dass alles nicht so wild werden würde.

Was soll ich weiter groß berichten? Wir kamen am nächsten Morgen in Neapel an. Wir wurden unterrichtet, dass es weitergehen sollte und zwar bis Belgien. Dort wäre unser Schiff. Es ging also mit dem Flugzeug nach Belgien. Dort wartete bereits ein Taxi der Schiffsgesellschaft auf uns beide. Als ich mein Schiff nun zum ersten Mal vor Augen hatte, wurde mir ganz flau in der Magengegend. So riesengroß hatte ich es mir nun weiß Gott nicht vorgestellt. Ein richtiger Ozeanriese.

Ein Bild von der »Grande Brasile« – meinem Schiff

Es beförderte um die 3.000 PKWs, LKWs, zahlreiche Container und sogar vier größere Yachten.

Wie schon erwähnt, schiffte ich mich in Belgien, besser gesagt in Antwerpen, ein. Die Häfen, in denen wir einlaufen sollten, waren Frankreich (Le Havre), Spanien (Bilbao), Afrika (Setubal, Casablanca, Dakar) und Südamerika (San Salvador, Vitoria, Rio de Janeiro, Santos, Buenos Aires, Zarate, Montevideo, Rio Grande, Paranagua). Von dort sollte es wieder zurückgehen und zwar nach Nordeuropa wie England und Hamburg. Eine Rundreise sollte circa drei Monate dauern. Insgesamt hatte ich mich für drei davon verpflichtet. Am Ende sollte es aber nur eine werden, da ich es einfach nicht mehr aushielt ohne meine Elena und den Kindern. Ich war es einfach nicht mehr gewöhnt, über längere Zeit, von meiner Familie getrennt zu sein. Gut, ich kam etwas herum wie Brasilien und Afrika, aber dies kann am Ende doch nicht meine Familie ersetzen. Früher hätte mir dies bestimmt nichts weiter ausgemacht, aber nun war ich verheiratet und hatte Kinder. Jedes Mal, wenn ich aus der Fremde zu Hause anrief, weinten Elena und Kevin am Telefon. Das brach mir fast das Herz und so beschloss ich mit dem Kapitän zu reden. Es war ein guter Mensch, der diese Probleme wohl kannte. Nachdem ich eine volle Rundreise hinter mir gebracht hatte, rief er mich, wir waren gerade wieder in Brasilien, zu sich in die Kajüte und sagte mir: »Morgen kannst du wieder heimfliegen.« In Santos heuerte ich ab und wurde zum Flugplatz nach San Paolo gebracht. Von dort ging es dann in Richtung Europa, genauer nach Mailand.

Elf Stunden Flug. In Brasilien waren es 30 Grad und als ich in Mailand landete, zeigte das Thermometer gerade mal drei Grad. Ich kam mit kurzer Hose und Hemd an und wartete ungeduldig auf mein Gepäck, um mir erst einmal wärmere Sachen anziehen zu können. Die Leute schauten mich verdutzt an und dachten sich sicherlich ihren Teil.

Ich kam so gegen 15 Uhr, in Mailand an und um 18 Uhr sollte es dann schon wieder weiter gehen. Richtung Palermo, wo Elena, Kevin und mein Schwiegervater am Flugplatz auf mich warteten. Ich konnte es kaum erwarten, endlich wieder bei meiner Familie zu sein. Genau so erging es auch Elena. Als ich in Palermo ankam und noch auf mein Gepäck wartete, stand auf einmal Kevin hinter mir. Für ihn hatte die Warterei einfach zu lange gedauert und somit entschloss sich Elena einfach selbst in die Ankunftshalle zu kommen. In Deutschland ist das natürlich verboten, aber Palermo ist nun mal nicht Deutschland. Hier nahm es man noch nicht so genau mit der Sicherheit. Das hat sich aber mittlerweile auch geändert. Überglücklich nahmen wir uns in den Arm. Drei Monate waren vergangen, als wir uns das letzte Mal sahen. Für mich waren es fast schon Jahre. Es ist nun mal nicht jedermanns Sache, Monate auf den Weltmeeren zu sein, schon gar nicht, wenn man Frau und Kinder hat. Ich war übrigens auch nicht der Einzige, der so eine lange Zeit durchhielt. Ich hatte wieder einmal meinen guten Willen gezeigt und der Rest war für mich nicht von allzu großer Bedeutung. Fürs Erste blieb ich zu Hause, zusammen mit meiner Frau und den Kindern. Der Rest wird sich schon finden.

Nach zwei weiteren Monaten rief mich Toni, mein Schwager an und sagte, er habe eine Arbeit als Skipper für mich gefunden. Es war aber wie vom Regen in die Taufe. Diesmal sollte es für ganze sechs Monate nach Sardinien gehen. Das konnte schon von Anfang an nicht gut gehen, aber um nicht als arbeitsscheu dazustehen, sagte ich doch zu. Es handelte sich darum, als so genannter zweite Mann an Bord einer privaten Motoryacht anzuheuern. Der Besitzer war ein reicher Unternehmer aus Mailand. Es gab ein Vorgespräch in Palermo, wo der Lohn (Heuer) und die Arbeitsdauer ausgehandelt wurden. Dies übernahm mein Schwager. Der Verdienst hörte sich nicht schlecht an. Mein neuer Chef schickte mir dann auch zwei Wochen später das Flugticket nach Olbia (Sardinien). Wieder hieß es Abschied nehmen, doch diesmal hatte ich mir vorgenommen, durchzuhalten. Dass es am Ende doch anders kommen sollte, war nicht meine Schuld.

Ich kam also wie vereinbart in Olbia an und wartete dort auf meinen neuen Chef. Dieser sollte zwei Stunden später mit einer Maschine aus Mailand eintreffen. Er war in Begleitung von seiner Frau und einem seiner Söhne. Sein Sohn hatte ungefähr das gleiche Alter wie ich. Ich schien ihm von Anfang an nicht gerade sympathisch gewesen sein, dies ließ er mich auch sofort spüren. Es war aber nicht schwer zu verstehen, warum er so zu mir war. Er war einfach nur eifersüchtig. Sein Vater behandelte mich mit mehr Freundlichkeit, als es wohl seinem Sohn lieb war. Dieser Zustand sollte sich sogar noch verschlimmern. Da ich schon einige seemännische Kenntnisse vorzuweisen hatte und sein Sohn noch nicht einmal den Unterschied zwischen einem Dieselmotor und einem Benziner kannte, war es wohl einleuchtend, dass sich sein Vater lieber mit mir unterhielt, was die Yacht anbetraf. Sein Sohn mag wohl studiert haben, aber von der See verstand er rein gar nichts. Dies und noch andere Umstände waren es wohl, die dazu führten, dass ich ungewollt seinen Sohn gegen mich aufbrachte. Wir fuhren also gleich vom Flughafen zum Yachthafen. Dort lag das Boot. Es war neu gestrichen und auch so komplett überholt worden. Wir mussten das Boot von der Werft zum eigentlichen Anlegeplatz bringen. Dieser war nun in einer anderen Stadt circa drei Stunden Fahrt entfernt. Die Frau meines Chefs fuhr schon mal mit dem Taxi voraus, da sie doch sehr gestresst von der Flugreise wirkte. So ging die erste Fahrt mit dem Boot in Begleitung vom Chef und seinem Sohn los. Schon am Anfang unserer kleineren Reise gab es Krach zwischen ihm und seinem Sohn. Dieser wollte unbedingt steuern und verfehlte nur knapp ein entgegenkommendes andere Boot. Roberto, der Name meines Chefs, war außer sich. Verständlich, da sein Sohn, nennen wir ihn einfach Mario, seinen eigenen Kopf hatte und dementsprechend auch das Boot steuerte. Roberto nahm am Ende das Ruder selber in die Hand und so kamen wir wenigstens sicher aus dem Hafen. Nachdem wir die offene See erreichten, übergab er mir das Steuer und das war wohl zuviel für Mario. Er war einfach außer sich und schrie seinen Vater an, was ihm wohl einfiel, mir das Steuern zu überlassen. Ich versuchte noch zu schlichten, aber der Hass gegen mich war von seinen Augen abzulesen. Von da an war es wohl klar, dass es nur zwei Möglichkeiten geben würde. Entweder ging ich oder er. Am Ende sollte er aber den längeren Arm haben. Unter falsche Beschuldigungen ließ er mich nach schon drei Tagen einfach feuern. Er hatte seinem Vater weiß gemacht, dass ich den Abend zuvor volltrunken durch die Stadt gelaufen wäre und mich nicht um das Boot gekümmert hätte. Weiterhin ließ er noch andere Geschichten verlauten, von denen aber nicht eine stimmte. Ich versuchte mich noch zu rechtfertigen, aber es sollte doch nichts nützen. Roberto hörte wohl eher wegen des Familienfriedens auf seinen Sohn. Er hatte wohl nun auch begriffen, dass es keinen Frieden zwischen mir und seinem Sohn, geben würde. Es war daher wohl das Beste für ihn, wenn ich ging. Nicht genug, dass es der Sohn geschafft hatte, mich bei seinem Vater schlecht zu machen, nein, er musste auch noch Unfrieden in meine Familie bringen. Es war wohl eher die Rache an mir, die ihn dazu trieb. Mario rief meinen Schwager an und verbreitete irgendwelche Lügen über mich. Das heizte natürlich die Stimmung bei mir zu Hause an. Als mich mein Schwager noch anrief und mir sagte, ich bräuchte nicht mehr nach Termini zu kommen, drehte ich einfach durch. Ich hatte bisher nicht getrunken, aber nun kaufte ich mir eine Flasche Schnaps und ließ mich erst einmal vollaufen. Da ich schon eine Ewigkeit nichts mehr trank, brauchte ich dementsprechend auch nicht lange auf die Wirkung zu warten. Von da an spielte sich der Rest nur wie in einem schlechten Film ab. Ich bekam alles gar nicht mehr so richtig mit. Irgendwie landete ich in Rom und mein Gepäck in Palermo. Für mich brach eine Welt zusammen. Sollte nun alles, was ich mir aufgebaut hatte, einfach vorbei sein? Ich dachte an Elena und meine Kinder. Sie war wiederum die Einzige, die mir Glauben schenkte. Auf ihren Rat hin sollte ich erst einmal nach Deutschland fliegen und abwarten, bis sich die Sache beruhigt hätte. Also rief ich meinen Bruder an. Er versprach mir auch umgehend zu helfen. Am nächsten Tag hatte ich ein Flugticket nach Berlin. Ich war nicht gerade begeistert, aber im Moment ging es nun mal nicht anders. Mit meinen Schwiegereltern konnte ich bis dahin noch nicht sprechen. Sie lehnten es einfach ab und somit hatte ich auch keine Möglichkeit, die ganze Angelegenheit richtig zu stellen. Es war zum Verzweifeln. Mein Bruder riet mir auch abzuwarten und Gras über die Sache wachsen zu lassen. Die Zeit heilt bekanntlich alle Wunden. Er brachte mich fürs Erste zu unseren Vater. Von dort aus wollten wir dann weitersehen. Am nächsten Tag sprach ich dann mit meinem Vater. Er wusste sich auch keinen Rat und brachte mich in eine Pension in die nächste Stadt. Ich war nun erstmal auf mich selber gestellt. Dort verbrachte ich ungefähr vier Tage und es war schwierig, mit Elena Kontakt zu halten, da die Besitzer der Pension kein Wort Italienisch sprachen. Elena kam dann auf den Gedanken: »Warum gehst du nicht einfach in ein Krankenhaus. Dort bist du in guten Händen«, und sie wäre auch beruhigter. Wir hatten das ja schon einmal so gemacht. Nun als gesunder Mensch in einem Krankenhaus aufgenommen zu werden, ist selbst in Deutschland etwas kompliziert. Ich musste also einen Weg finden, um dies zu schaffen. Mir blieb am Ende nichts weiter übrig, als mich erneut zu betrinken und einfach zur Notaufnahme zu gehen. Dort musste ich ein wenig Theater spielen und schon lag ich auf der Station. Es hatte mal wieder geklappt. Dort kam mich dann auch meine Mutter besuchen und bot ihre Hilfe an. Ich wurde auf mein Bitten entlassen und ging dann zu meiner Mutter. Ich wurde fast wahnsinnig, ohne meine Frau und den Kindern, aber hier in Deutschland waren mir einfach die Hände gebunden. Ich konnte nichts unternehmen, um mich zu verteidigen. Elena versuchte dagegen alles zu unternehmen, dass ich so schnell wie nur möglich wieder nach Sizilien kommen konnte. Es dauerte auch nicht lange, vielleicht zwei Wochen, als sie mich bei meiner Mutter anrief und sagte, sie hätte eine Wohnung für uns alle gefunden. Mir fiel ein Stein vom Herzen. Inzwischen fehlten mir meine Frau und die Kinder. Ich flog schon eine Woche später zurück. Elena holte mich vom Flugplatz in Palermo ab. Wir fuhren sofort in unsere Wohnung. Diese lag in einer anderen Stadt, nicht weit von Termini- Imerese. Unsere Söhne hatte Elena bei ihren Eltern gelassen. Endlich hatte ich die Gelegenheit, die ganze Story aus meiner Sicht zu erläutern. Elena glaubte mir und nun war es auch an der Zeit Schwiegereltern und Toni zu erzählen, was sich wirklich in Sardinien abgespielt hatte. In der Zwischenzeit musste ich aber erst einmal wieder arbeiten, um meine Familie ernähren zu können. Natürlich halfen uns die Schwiegereltern, aber ich wollte es ihnen wieder beweisen. Es lag mir sehr viel an meiner Familie und dafür wollte ich auch etwas tun und nicht nur herumsitzen und abwarten. Außerdem wollte und musste ich schließlich meine Unschuld beweisen. Nach anfänglichen Zögern kam es zu einem ersten Gespräch und man gab mir noch eine weitere Chance. Sie waren sich nicht sicher, wem man wohl mehr Glauben schenken sollte. Am Ende war ich aber der Gewinner und bewies ihnen, dass ich ihnen keine Lüge erzählt hatte. Was andere über mich dachten, war mir immer so ziemlich egal, aber nicht was Elena oder ihre Familie betraf. Ich musste zwar meine Unschuld beweisen, was gar nicht so leicht war, denn ein Unschuldiger beweist nun mal nicht gern seine Unschuld, da er sich in diesem Augenblick doch ein wenig schuldig fühlt, was ja nicht der Sinn sein sollte und dies ging nur, wenn ich auch wieder arbeiten ging. Ich hatte Glück und schon nach Kurzem fand ich wieder einen Job. Keine Festeinstellung, aber wenigstens etwas, womit ich Geld verdienen konnte. Die Arbeit bestand darin, bei einem Professor das Boot in Ordnung zu halten. Mit anderen Worten wieder Skipper. Dies machte ich dann den restlichen Sommer. Was sollte ich aber im Winter tun? Es blieb uns nichts weiter übrig, als nach Termini zurückzukehren und mit der Unterstützung von den Schwiegereltern etwas zu finden. Die Lage hatte sich mittlerweile beruhigt und das Verhältnis war wieder so gut wie früher. Ich heuerte wieder bei den Fischern an und so machte ich dann endlich die zwei Jahre Navigation voll. Die Zeit verging wie im Fluge und mein Großer ging bereits in den Kindergarten. Mit meinem Schwager hatte ich auch wieder Frieden geschlossen und somit war alles bestens. Es fehlte aber eben noch die richtige Arbeit für mich.

Mittlerweile schrieben wir 2004. Ich hatte fast 30 Monate Navigation hinter mir. Das heißt also, die zwei Jahre, die ich noch benötigte, um am Hafen von Palermo zu arbeiten, waren bewältigt. Eines Tages, es war im Mai, kam Toni nach Termini und sagte, ab Juni beginnt für dich die Arbeit im Hafen. Erst einmal nur zur Aushilfe über den ganzen Sommer, aber immerhin. Es sollten am Ende neun Monate werden. Das Gehalt war selbst als Aushilfe schon recht hoch. Es war aber mehr eine Probezeit. Die anderen Arbeitskollegen wollten sehen, wer ich war und wie ich arbeitete. Das war nur verständlich, da bei diesem Gehalt nicht jeder eingestellt wurde. Im dem darauffolgenden Jahr sollte dann die Einstellungsprüfung sein. Ich hatte also genügend Zeit, um mich vorbereiten zu können. Die Arbeit, die ich verrichtete, bestand eigentlich nur darin, Schiffe anzulegen und wieder abzulegen. Man nennt das hier »Ormeggiatore« oder in englisch »Mooring Service«. In Deutsch habe ich keine klare Übersetzung. Ich könnte es vielleicht als Anleger und Ableger von Schiffen bezeichnen, aber das wäre zu einfach. Ein Beispiel: Öltanker dürfen nicht im Hafen ihre Ladung löschen. Dafür gibt es außerhalb vorgesehene Anlegebojen. Wir Ormeggiatore müssen dann mit unseren Motorbooten dorthin und die Tanker an diese Bojen anlegen. Bei schlechten Wetter ist das mitunter eine heikle Angelegenheit. Über Funk sind wir im ständigen Kontakt mit dem Lotsen oder wie man auch hier sagt Piloten. Die Arbeitszeit ist dementsprechend. Einen Tag 24 Stunden Dienst, nächsten frei und dann einen Tag Bereitschaft. In Palermo kommen alle möglichen Schiffe an. Von Kreuzfahrtschiffen, Linienschiffe, Containerschiffen bis hin zu Öltanker ist alles vertreten.

Mir machte diese Arbeit sehr viel Freude und so vergingen die neun Monate wie im Fluge. Ich denke mal, dass ich die Probezeit gut gemeistert hatte, da ich für das folgende Jahr zur eigentlichen Einstellungsprüfung nominiert wurde. Bis dahin musste ich aber noch eine Menge an Theorie lernen. Ich musste alle Begriffe in italienisch lernen und das war nicht so einfach. Elena half mir dabei und natürlich auch der Rest der Familie. Im Juni 2005 sollte dann nun endlich die Prüfung stattfinden. Ich war natürlich nicht der Einzige, der daran teilnahm. Wir waren ungefähr zehn Kandidaten. Es war aber schon von vornhinein klar, das nur zwei genommen werden. Ich konnte eine Woche davor nicht schlafen, so aufgeregt war ich. Von dem Ausgang dieser einzigen Prüfung hing meine Zukunft und die meiner Familie ab. Ich musste es einfach schaffen. Wenn nicht für mich, doch aber für meine Frau und die Kinder. Mit dem Gehalt eines Ormeggiatores konnte ich die Zukunft meiner Kinder sichern. Auch so wären wir endlich finanziell abgesichert. Am Tag der Prüfung war ich nicht mehr ich selbst. Was um mir herum geschah, nahm ich so gut wie gar nicht wahr. Meine Gedanken waren nur: ›Bist du auch wirklich gut vorbereitet? Hast du alles getan, um diesen verfluchten Fragen Paroli zu bieten?‹

Die Prüfung sollte folgendermaßen ablaufen: Erst der praktische Teil. Das hieß mit dem Boot ein Anlegemanöver simulieren. Danach ein paar praktische Seemannsknoten und noch einige Fragen über das Anlegemanöver. Die Prüfungskommission entschied dann, wer in den theoretischen Teil kam. Bis zu dem Augenblick bevor ich an der Reihe war, zitterte ich nur vor Aufregung. Im Moment der praktischen Prüfung war alles vorbei und ich war die Ruhe in Person. Meine ganze Konzentration galt nur der Prüfung. Es ging alles wie von selbst, als wenn mich jemand an der Hand genommen hätte und führte. Nachdem wir alle diesen Teil hinter uns gebracht hatten, wurde bekannt gegeben, dass in circa einer Stunde der theoretische Teil dran wäre. Wer es bis dahin geschafft hatte, würden wir im Hafenmeisteramt an einer Wandtafel ablesen können. Dort wären alle Namen mit Punkten versehen und wer die höchsten Punkte hatte, kam weiter. Ich glaube mich noch zu erinnern, dass man 80 Punkte überschreiten musste, um weiterzukommen. Ich hatte gemischte

Gefühle. Gut, mein Schwager war Ormeggiatore, aber ich war nun mal Ausländer und dazu war mein Italienisch immer noch nicht perfekt. Nach einer unendlichen halben Stunde gab man die Resultate bekannt. Mir schlotterten die Beine und auch so war mir speiübel. Langsam ging ich zur Tafel und versuchte meinen Namen zu finden. Er stand rot geschrieben ganz oben. Im Ganzen waren es zwei Namen. Meiner und ein anderer. Ich wusste erst nicht genau, was dies zu bedeuten hatte, bis mir einer auf die Schulter klopfte und gratulierte. Ich war den Tränen nahe. War es nun Wirklichkeit oder nur ein Traum? Als ich dann auch noch gerufen wurde, dass ich mich beeilen sollte, da die theoretische Prüfung sofort stattfinden würde, begriff ich langsam, ich hatte es so gut wie geschafft. Der Rest war dann mehr oder weniger ein Kinderspiel. Der Weg in die Zukunft war ab nun an frei und gesichert. Ich rief sofort Elena an und ihr könnt euch sicher denken, dass meine Frau in Tränen ausbrach und kein Wort herausbrachte. Von meinen Schwiegerelter gar nicht erst zu reden. Selbst mein Schwager umarmte mich. Meine Söhne werden wohl erst später begreifen, was dieser Moment auch für sie bedeutete. Das Unmögliche habe ich möglich gemacht. Keiner hätte dies von mir gedacht oder erwartet. Um ehrlich zu sein, selbst mir kamen oft Zweifel, schaffst du das alles wirklich? Der Druck am Schluss war ungeheuer groß. Dies alles spielte nun aber keine Rolle mehr. Ich hatte es geschafft und war Ormeggiatore im Hafen von Palermo. Nur das zählte.

Die Freude bei uns zu Hause war natürlich groß. Ich war und bin bis heute der einzige ausländische Ormeggiatore in ganz Italien. Klar, dass ich auch viele Neider habe, aber dies ist mir egal. Ich muss an mich und meine Familie denken. Wir schwimmen zwar nicht im Geld, aber uns geht es finanziell gut.

Am 16. Juni 2005 habe ich meinen Arbeitsvertrag unterschrieben und seit September 2005 bin ich auch Teilinhaber geworden, da wir ein eigenes unabhängiges Unternehmen hier am Hafen sind. Inzwischen wohnen Elena, unsere Kinder und ich in Palermo direkt gegenüber vom Hafen. Für die Zukunft haben wir uns auch schon einiges vorgenommen, da mein Arbeitsplatz sicher ist. Ich stehe unter Kündigungsschutz. Da ich Teilinhaber bin, habe ich dementsprechend auch keinen Chef, der mich entlassen könnte. Ich kann mich nur selber feuern. Meine Söhne gehen nun auf eine Privatschule, damit einmal was Anständiges aus ihnen wird. Ich möchte euch ein Leben, wie ich es einmal führte, ersparen.

Ich werde aber nie vergessen, wer ich einmal war und wie ich zu dem wurde, was ich heute bin. Es war ein langer beschwerlicher Weg mit vielen Hindernissen, aber es hat sich am Ende gelohnt nach vorn zu schauen.

Ich hoffe, dass mein Leben weiter so verläuft, wie ich es mir wünsche und vorstelle. Ich werde jedenfalls alles dafür tun. Meine Familie gibt mir die nötige Kraft dazu und am Ende werden wir sehen, was das Leben noch für mich bereit hält.

Ich habe fast alle Höhen und Tiefen des Lebens durchgemacht. Eins habe ich aber gelernt: Lass dich niemals unterkriegen. Lerne aus deinen Fehlern und verwende diese, um es beim nächsten Mal besser zu machen. Suche dir die richtigen Freunde. Falle hin, aber stehe wieder auf. Am Ende muss jeder seinen eigenen Weg finden und dies ist nicht gerade leicht, aber mit etwas Willen schafft man es. Ich spreche aus Erfahrungen. Ich war dem Alkohol verfallen, habe an Selbstmord gedacht und was weiß ich nicht noch alles mehr. Dies ist aber in Anbetracht unerheblich für mich, da ich an einem Punkt angekommen bin, wo ich voller Stolz sagen kann, ich habe es geschafft aus diesem Loch herauszukommen. Dies wünsche ich jedem und möchte ihnen auch allen Mut machen niemals aufzugeben.

Träume sind etwas Schönes, aber noch viel schöner ist, diese zu verwirklichen. Fantasie und Wirklichkeit sind meist nicht weit entfernt. Bringt man dies in Einklang, ist schon ein großer Schritt getan.

Ich jedenfalls wünsche jedem, der diese Buch liest, viel Erfolg im Leben und hoffe, dass ich ein wenig dazu beitragen konnte verständlich zu machen, dass nicht das Leben schlecht ist, sondern nur was wir daraus machen.